La educación física

«Una voz narrativa que explora su propia identidad a través del cuerpo y que, al hacerlo, recoge el sentir de una generación y lo convierte en una experiencia a la vez única y universal»

Jurado del Premio Biblioteca Breve 2023

PILAR EUSAMIO

PERE GIMFERRER

INÉS MARTÍN RODRIGO

ELENA RAMÍREZ

ISAAC ROSA

Seix Barral Premio Biblioteca Breve 2023

Rosario Villajos
La educación física

Obra editada en colaboración con Editorial Planeta – España

© 2023, Rosario Villajos

© 2023, Editorial Planeta S.A. – Barcelona, España

Derechos reservados

© 2023, Editorial Planeta Mexicana, S.A. de C.V.
Bajo el sello editorial SEIX BARRAL M.R.
Avenida Presidente Masarik núm. 111,
Piso 2, Polanco V Sección, Miguel Hidalgo
C.P. 11560, Ciudad de México
www.planetadelibros.com.mx

Primera edición impresa en España: marzo de 2023
ISBN: 978-84-322-4184-0

Primera edición impresa en México: abril de 2023
ISBN: 978-607-39-0036-2

Impreso en los talleres de Impregráfica Digital, S.A. de C.V.
Av. Coyoacán 100-D, Valle Norte, Benito Juárez
Ciudad De Mexico, C.P. 03103
Impreso en México – *Printed in Mexico*

A las chicas polilla

Polly says her back hurts
She's just as bored as me
She caught me off my guard
Amazes me the will of instinct

NIRVANA
Polly

Este relato sería entonces el de una travesía peligrosa, hasta el puerto de la escritura. Y, en definitiva, la demostración edificante de que, lo que cuenta, no es lo que sucede, es lo que se hace con lo que sucede.

ANNIE ERNAUX
Memoria de chica

Lleva cinco coches diciéndose que está segura de que el siguiente se detendrá, o el siguiente, o el siguiente de color rojo, o el siguiente blanco pero con matrícula capicúa, o el siguiente del color que sea pero a partir de ese momento. El siguiente del siguiente también pasa de largo, igual que los minutos que lleva ahí de pie, por eso deja de contarlos y decide entretenerse haciéndose daño. Catalina se inició en esta fórmula ansiolítica cuando tuvo que aprender a quedarse sola en el hospital. La entiende como una ofrenda, un pequeño soborno con el que alimentar a la criatura monstruosa que guarda dentro a cambio de que no se asome. Conoce varias maneras de satisfacer su hambre: se arranca las costras de las pequeñas heridas que ella misma se provoca; se corta las uñas con los dientes; se muerde la punta de las yemas hasta toparse con el sabor de los dedos en carne viva; también se arranca las cejas, aunque se ha propuesto dejar de hacerlo este año porque eso sí podría derivar en un problema difícil de esconder. A veces se le hace cuesta arriba. Si me arranco dos de un tirón aparecerá pronto un coche que me lleve, se dice, y si no aparece..., si no aparece pronto, me arranco un pelito más y ya paro. Y la criatura oculta la escucha y le deja continuar con la oblación, pues en el fondo es la chica de la superficie quien lo necesita: ahora mismo no tiene otra forma más efectiva de sentir que está viva. El gusto metálico de la sangre la reconforta, consigue espabilarla, concentrarla en el dolor de aquí para olvidarse del de más allá. Su piel es joven y se regenera a toda velocidad, por lo que cualquiera de las opciones que conoce para herirse está siempre disponible. Mamá y papá lo han notado, pero solo le dicen con malos humos que pare. A ella le encantaría responderles que dejen de fumar y ver cómo tampoco paran. Por eso intenta cuidar las apariencias, es consciente del daño originado y no quiere que nadie la moleste cuando se entrega a lo que se considera una tara en toda regla. Algún día le gustaría dejar de hacerlo o, al menos, ser capaz de controlar esta adicción a antojo para que ni ellos ni nadie la noten, porque cree que lo que realmente importa es cómo la ven los demás.

Lo que él veía en ella le importaba demasiado. Nunca había reparado en que alguien la tomara tan en serio. Se interesaba por sus cosas: qué estaba leyendo; qué haría después del instituto. «¿Estudiarás una carrera como Silvia? ¿Aún no sabes cuál? Ven a hablar conmigo cualquier día, yo podría aconsejarte.» Así que, durante el invierno, antes de ir a casa de su amiga a pasar la tarde o a estudiar o a no hacer nada de provecho, se preparaba una serie de respuestas por si él estaba allí. Todavía no se había fijado en que sus preguntas cambiaban de tono cuando no había nadie más a la vista. Quizá Silvia había ido en ese momento a la cocina a por refrescos, o al baño, o a atender el teléfono. Entonces él aprovechaba para asomarse a la habitación. Un día le dijo: «Seguro que una chica tan guapa como tú ya tiene novio. ¿Te gusta alguien de tu clase?». Catalina contestó ruborizada que no, pero ahora le revolotea la culpa porque un segundo después añadió «de mi clase no». Sopesa demasiado tarde las miradas que intercambiaban, cada vez más prolongadas, hasta el punto de levantar la vista y encontrarse siempre los ojos de él puestos en los suyos, o en su boca, sobre todo en su boca. Aún no está segura de lo que ha ocurrido o hasta dónde ha ocurrido, incluso de si ha ocurrido. Todo ha sido muy rápido y no se permite profundizar en ello. Prefiere indagar en la piel de sus dedos o en los pelos de sus cejas.

Lleva un buen rato sin ver un solo coche. Ahora entiende que no haya autobuses más allá de las seis un domingo de agosto. Lo único que le preocupa en este momento es no llegar tarde, aunque dada la hora que es esto no debería ser ni una posibilidad, o eso le dice el tictac del reloj abrazado a su muñeca. Falta mucho para las diez, hora de la cena. Las chicharras, en cambio, marcan otro compás, uno más acorde con el latido precipitado de su corazón. Siempre con prisas, siempre ansiosa, siempre nerviosa por algo. Parezco el conejo de Alicia, se dice buscando algo que la lleve a la niña que era hasta hace nada. Acepta que encarna mejor ese personaje de cuento que el de Cenicienta —el favorito de mamá—, porque su toque de queda es bastante antes de la medianoche y porque, además, resultaría complicado perder un zapato de la talla cuarenta y dos.

Desalentada por el sabor amargo, se saca los dedos sucios de la boca. También teme morderse demasiado porque le castañetean un poco los dientes, está tiritando a pesar de la canícula, pero no por lo que ha ocurrido, sino por lo que está a punto de ocurrir, mejor dicho, por si papá y mamá se enteran de lo que está a punto de ocurrir. No se interesa por sus pequeños temblores internos, está demasiado ocupada con el estertor que procede de fuera, con que nadie la llame puta, con guardar celosamente algunas partes de su carne que ni siquiera ella se atreve a mirar. Debería enfadarse, gritar, cuando menos llorar por lo que ha sucedido hace menos de una hora, pero no entiende o no quiere pararse a entender o prefiere no entenderlo. En lugar de eso, busca un culpable. Ya lo tengo, piensa, yo misma. De acuerdo, entonces solo necesita soluciones: lo primero, llegar a tiempo para la cena; lo segundo, no quedar más con Silvia. Demasiado radical, alguien sospecharía. Por ahora será suficiente con no volver a su casa. O no aparecer por la del campo. O evitar pasearme sin Silvia a mi lado. O, en todo caso, no hacerlo sola.

Privarse de ver a su amiga es una forma de castigo. *Castigo*, del latín *castigare* —lo aprendió este curso—, formada por el adjetivo *castus* y el verbo *agere*, que quiere decir «hacer puro». Necesita *rehacerse*, reformarse cuanto antes, recuperar lo que supone que era ayer mismo. Volver a ser quien era. Cree que todas sus preguntas tienen respuesta en la cultura clásica, incluso su nombre. *Catalina*, le explicó papá hace años, tiene origen griego, significa «pura» e «inmaculada». «Catalina, hazte honor, que es de santa», le decían las monjas en el colegio. Debería ser al revés, se dice ahora: primero ser quien se es y después dejar que tu nombre dé forma a un adjetivo, como del dios Eros tenemos *erótico* y de la hilandera Aracne, *arácnido*. Lo sabe todo de Hermes, Afrodita, Ganímedes y Salmacis, pero no sabe nada de sí misma, por ejemplo, que le saldrá un leve sarpullido en la barbilla si un chico de tercero al que apenas conoce deja de hablarle, o una contractura si el profesor de Inglés la saca a la pizarra durante más de dos minutos. Tampoco distingue la tristeza del enfado, el miedo del deseo, estar enamorada de admirar a alguien. Pero no es la única que confunde lo que siente o lo que sienten los demás, se ha dado cuenta de eso gracias al padre de Silvia. Lo único que tiene claro es el rencor que lleva dentro acumulado, y es tanto que si pudiera transformarlo en energía sería capaz de abastecer de electricidad al país entero. Aún no sabe qué hacer con ese sentimiento, ni cómo aprovecharlo, si es que se puede aprovechar, por eso lo mantiene silenciado, alimentándolo de piel y anexos cutáneos, dejando que crezca latente como una gran bola que no sabe si acabará reventando en algún lugar. Tampoco está segura de a quién dirigirlo exactamente, si a quienes la obligan a no llegar tarde a casa o al padre de su amiga. Quien se lleva la mayor parte de ese rencor, desde luego, es ella misma por no haber dicho en su momento lo que cree que podría haber dicho. Alberga en su memoria una biblioteca infinita con miles de frases en su defensa que jamás ha pronunciado: siempre opta por el mutismo porque sabe con certeza lo que sucede si calla, pero ignora lo que ocurriría si revelase lo que lleva dentro, esa misma criatura monstruosa a la que sacrifica los padrastros de sus dedos. Su furia muda está hecha de dolores de espalda, estómago, garganta, de palpitaciones y lipotimias, de una especie de miedo antiguo, casi amigo o, al menos, un enemigo ya conocido por ella.

Vuelve a posar su mirada en el paisaje. Con mal pulso, intenta escribir en letras capitales el nombre de la ciudad, apretando al máximo porque la tinta del bolígrafo está casi agotada. En otras circunstancias celebraría haber conseguido gastarla antes de perder u olvidar este objeto en cualquier sitio, con la ilusión fugaz que le proporciona acabar algo, pero en estos momentos, empapada en sudor y temblando, preferiría que el boli funcionara en todo su esplendor. Las últimas letras quedan como un grabado prácticamente incoloro sobre la cuadrícula azul. Al arrancar la hoja se da cuenta de que ya había algo escrito en la otra cara. Siempre empieza los cuadernos por las páginas centrales: una precaución más en caso de que alguien —mamá— los coja sin permiso, como hace con sus cartas, y llegue a entender su letra revoltosa. Escribe así de mal adrede e incluso ella misma tiene dificultades para saber qué pone. En este caso es la letra de un tema de Nirvana. Silvia tiene una prima que hace intercambio en Irlanda cada verano y a veces le piden que les transcriba algunas canciones en inglés. Catalina propuso esa en particular porque ni su amiga ni ella entendían gran cosa de oído, a pesar de sus buenas notas en Lengua Extranjera. Tampoco comprendió nada cuando consiguieron traducirla. Con el diccionario en la mano, no tenía ni idea de qué pintaba un soplete en aquella estrofa. *To put out the blow torch*. Le parece que trata de alguien que tortura a un pájaro, pero no puede ser, Kurt Cobain nunca haría eso, se dice. Desconoce la magia de la ficción a través de la primera persona, o que esta no implica que los hechos le sucedan siempre al líder de una banda, pero sospecha que la letra de esa canción es importante porque siempre consigue emocionarla. Al menos ahora le sirve para espantar sus miedos. *Isn't me, have a seed. Let me clip your dirty wings. Let me take a ride, cut yourself.* Se detiene ahí porque más que entender, intuye. *Want some help, please myself.*

Devuelve a la mochila el motivo que le ancla a la tierra. Antes de echársela a la espalda, saca una sudadera enorme con capucha, toda blanca e impoluta, fulgente. Al tirar de la prenda salen volando varias bolas de Albal arrugadas: envoltorios de restos de bocadillos de mediados de curso. También sobresalen el cable de los auriculares de un walkman que necesita pilas nuevas y un trozo de papel que, atrapado entre los pliegues de la sudadera, no se decide a caer al suelo. Empuja el cable hacia dentro, coge las bolas para echarlas de nuevo a la mochila y sacude la prenda hasta que consigue despegar el papel. Mira pasmada cómo asciende y desciende hasta posarse en la gravilla a un metro escaso de sus pies. Se cerciora de que no hay viento que lo mueva. «Enseguida lo cojo», dice en voz alta, pero primero la sudadera. Desde que ha salido de casa sabía que con estas temperaturas no la iba a necesitar, pero es nueva, un regalo de sus amigos por su último cumpleaños, mucho mejor que el reloj de correa infantil que lleva en la muñeca izquierda, comprado por mamá, que se niega a aceptar la edad de su hija; probablemente eso hace que se acuerde de la suya. El reloj de pulsera lo lleva desde entonces, pero aún no había podido ponerse la sudadera. Estaba deseando estrenarla. Le llega casi por las rodillas, eso la protegerá del frío que siente a pesar de los treinta y tres grados que hay fuera. Se siente más valiente con ella puesta, más preparada para lo que va a hacer, aunque no sabe si podrá hacerlo o cuánto tardará en hacerlo. Continúa sin ver un coche a lo lejos. La incertidumbre, esa espera, le da tanto pavor como la acción en sí. Impaciente en el arcén, se compadece del mundo al observar un charco en el horizonte. Sabe que no puede ser agua, que es solo un espejismo, un efecto óptico producido por el exceso de calor en la carretera, pero le fascina que también existan engaños en la naturaleza. Le consuela que haya alguien más que miente a espuertas.

Con su flamante prenda resplandece como un copo de nieve cayendo desde el cielo o a punto de derretirse en el asfalto. Debajo, camiseta negra y vieja con dibujos y unas letras impresas que dicen *Blood Sugar Sex Magik* y bermudas de algodón de color caqui. Le gustaría poder llevar unos pantalones más cortos, pero mamá le prohíbe que vaya por ahí enseñándolo todo. Se nota que la camiseta es dos tallas más grande. A Catalina le gusta ir así, como con una doble capa recubriendo la cáscara en la que se encuentra. Cuando se ha probado la sudadera antes de salir de casa, mamá le ha dicho que estaba ridícula, que parecía uno de esos muñecos hinchables que se inflan y se desinflan haciendo la ola, de esos que se ven frente a algunos centros comerciales. Sin embargo, de las bambas negras que le compró el verano pasado y que ya dejan ver el principio de un agujero no ha dicho nada. Al mirarse las zapatillas vuelve a ver en el suelo el papel que ha salido de la mochila. Se había olvidado de él. Reconoce el diseño y la marca de agua de Hércules con los dos leones. Creía haberlo guardado en un cajón, como una especie de *souvenir* del país de las buenas noticias, un país que se aburre y agoniza cada vez con más frecuencia. Se trata de un volante médico de la última cita a la que acudió para revisión. Le dejaron quedárselo de recuerdo. Ya hace casi dos años de aquello, lo cual quiere decir que lleva tres usando la misma mochila, y la seguirá llevando hasta que parezca papel de fumar. Por suerte para una adolescente como Catalina, lo nuevo no está de moda. Unos años antes, en el colegio, le habría dado vergüenza usar algo sucio, roto o descolorido, pero desde abril, al igual que la mitad de su clase, solo desea recordar en algo a Kurt Cobain y está convencida de que él no se habría dejado ver con una mochila que no hubiera estado tan sucia y vieja como la suya, cosida y recosida por mamá. También le pidió que le hiciera una rebeca como la que tiene Silvia que a la vez es casi idéntica a la que el cantante vestía en un concierto. Catalina la quería de ese mismo color marrón clarito; mamá, que tiene otros gustos, le tejió una con solapas de color vino tinto. Le daba aspecto de yayo, pero la ha llevado este invierno a clase con la mayor dignidad posible. Para ella, esa rebeca, como la mochila vieja y la música que escucha, representa que forma parte de una tribu. Se peinan y visten como Kurt Cobain para mantenerlo vivo un poco más, no para que mamá le diga que parece un payaso. Idolatrar a una banda grunge está bien porque los chicos también lo hacen; en cambio, volverse loca por Alejandro Sanz, al que mayoritariamente admiran las chicas, no es serio. Si solo les gusta a ellas será porque carece de importancia, aunque griten y salten y dibujen corazones sobre las fotos con las que forran sus carpetas expresando sin tapujos que tienen deseos sexuales. En la suya figura Kurt Cobain y no necesita mostrar ni un ápice de frenesí, puesto que pertenece a uno de esos grupos musicales que atrae casi tanto a unas como a otros. Nirvana es un territorio neutral, como aquel donde ella se encuentra.

Se queda ensimismada enrollando el papel gastado de la cita médica con dos dedos hasta que coge la forma de un canuto, así evita llevarse las manos a la boca. Las tiene muy sucias. Todavía se acuerda de la impresión que le causó aquella consulta, hasta del olor a tabaco que evidenciaba que algunos médicos seguían fumando entre paciente y paciente, a pesar de que estaba prohibido desde hacía unos años. El techo amarilleaba justo a la altura del escritorio, donde antes habría un cenicero. Se preguntó por el escondite para las colillas mientras el doctor le hablaba directamente a mamá, como si Catalina no estuviera allí, porque los hombres adultos no suelen dirigirse a las niñas; es una consigna, si lo hacen todo el rato es que algo va mal. Se lo ha demostrado el padre de Silvia hace un momento. Este sí que le hablaba mirándola a la cara, y hasta encontraba la ocasión para preguntarle su opinión sobre una camisa, una corbata, una chaqueta tan sosa que no requería del criterio de nadie. Ahora se da cuenta de que solo buscaba una confirmación de su atractivo físico pero, entonces, también hacía imaginar a Catalina que su voto importaba en un mundo paralelo al de las niñas adolescentes. El médico, en cambio, habló con su tronco orientado hacia el de mamá. Que todo en el organismo de su hija era correcto, aunque no le hubiera bajado todavía el periodo a la niña. Que a unas les viene antes y a otras después. Que no se preocupase tanto por eso. Que, en principio, no hacía falta que fuera nunca más a su consulta por ese motivo. Desde aquel día se ha puesto mala mil veces de lo que mamá llama «mal cuerpo» —gripes y resfriados—, ha tenido fiebres que siempre le recuerdan a la fiebre primigenia, la primera desde que tiene memoria, el ardor que provoca un delirio discreto, como ese en el que una espuma siniestra y rosa le impide el sueño, y cada vez que cierra los ojos solo intuye unas pompas que se expanden y estallan a idéntica velocidad, un burbujeo que no avanza ni desaparece mientras la temperatura continúa tan alta. Es solo una alucinación, como el espejismo en la carretera, por eso no le disgusta. También ha enfermado de otros males que a nadie le gusta nombrar, a nadie excepto a Nirvana en sus canciones cuando dicen *cut yourself*, y que en el fondo nada tienen que ver con aquellas visitas al hospital que componen muchos de sus primeros recuerdos de infancia.

A finales del año pasado le vino la regla al fin, aunque ella fingía tenerla desde mucho antes, desde que empezó a escuchar a otras chicas hablar de compresas con alas y sin alas y supo lo suficiente sobre el tema como para poder usar el periodo como coartada si tardaba más de un minuto en salir de los baños femeninos del instituto, en lugar de admitir que simplemente estaba haciendo caca. Qué miedo le da aceptar que tiene entrañas como todo el mundo. Ahora que le viene el periodo de verdad, también le da vergüenza decir que lo tiene, como a la protagonista de aquel anuncio de tampones en el que una adolescente está paseando al perro y tiene que caminar frente a un grupo de chicos. La cámara empatiza con ellos haciendo un primerísimo plano de las nalgas de la chica, aprisionadas en unos shorts —como los que no le dejan usar a Catalina—, entonces todo se ralentiza por unos segundos, incluso los gestos en las caras de los chavales, hasta que al final ella consigue aprobar y aun pasar con nota, pues sonríe victoriosa dejándolos atrás. Catalina se ha visto en esas demasiadas veces pero, por el tamaño de su compresa, ha preferido cambiar de acera o darse media vuelta.

La primera vez le bajó durante la noche, poco antes de acostarse se retorció de dolor en el sofá a la espera de que mamá la llevara a Urgencias, como había hecho tantas otras veces por cualquier nimiedad. Pero en esa ocasión solo le ofreció una manzanilla y ella la rechazó porque el sabor le recordaba a sus días de hospital. A la mañana siguiente las sábanas amanecieron con una mancha oscura y mamá le mandó frotar las bragas con jabón antes de echarlas a la lavadora. A Catalina no le hacía ninguna ilusión saber que iba a tener esos calambres tan a menudo. ¿Por qué había oído a las chicas del instituto hablar de compresas y tampones pero no del dolor? ¿Es que había un complot para no aterrorizar a las niñas más pequeñas con eso? Se preguntó si a ellas también les dolía tanto, si les causaba diarrea y retortijones, si la sangre era roja o marrón, como la suya. Cómo aliviarían el mal en su vientre, en su pecho, en sus piernas, en su espalda. Hablar de todo eso con mamá le parecía impensable, así que dio por hecho que todas las reglas eran iguales, que la menstruación siempre sería así: una mancha en las bragas que aparece tras un dolor de barriga, avisándote de su llegada con un día de antelación. Sin embargo, desde que la tiene, su ciclo no cumple ninguna norma ni en su propio calendario, va y viene sin que haya manera de saber cuándo y cómo; el dolor aparece incluso a los dos días de haber comenzado a manchar. No comprende cómo es posible seguir el ritmo diario con la misma energía que un día sin periodo. Lo más desconcertante, a pesar de todo, es que mamá se echase a reír la primera vez que le insinuó que prefería no ir a clase en ese estado.

Que se diera una ducha para quitarse la sangre seca de las piernas, pero que procurara no mojarse la cabeza o se quedaría tonta. Esas fueron las instrucciones de mamá, y Catalina las desobedeció porque habría preferido quedarse tonta desde aquel mismo momento y porque mamá procedía de un pueblo lleno de brujas, curanderos y habladurías que solo le agradaban cuando las escuchaba al resplandor de una vela.

«Ya eres una mujer», continuó mamá, y Catalina sabía perfectamente a qué se refería, pero también le pareció una frase estúpida.

—¿Acaso antes era un hombre?

—Antes eras una niña.

Catalina no se había sentido nunca como una niña porque la imagen que ella tenía de las niñas no le parecía consecuente con la gravedad que sentía en su interior. Tampoco tenía la impresión de ser de repente una mujer porque no sabía cómo se sentían las mujeres, aunque se lo imaginaba más excitante que ser una niña. Ni siquiera se sentía como cree que lo haría cualquier adolescente a pesar de que ya hubiese dado el gran estirón. Se suponía —la genética, la enfermedad, los médicos dijeron— que no crecería demasiado y, sin embargo, ya les saca una cabeza a todas las chicas que conoce. A veces tiene que encorvarse para hablar con algunos de sus compañeros y los dos pares de pantalones largos de campana que le compraron a principios del curso pasado ahora le llegan a la altura de los tobillos. Se mueve de forma torpe, como los muñecos hinchables que dice mamá, y por eso prefiere el verano: con bermudas y sin clase.

Guarda el papel del médico en un bolsillo de la mochila. Se acuerda de sus días en el hospital, aunque de forma abstracta, porque era muy pequeña. No está segura de cuánto tiempo permaneció ingresada. ¿Dos semanas?, ¿un mes? Se le pasa por la cabeza la idea de que tal vez estuvo en coma durante mucho tiempo —como en las películas— y que puede que sea tan alta porque tiene tres años más de los que cree que tiene, con lo cual lo que ha pasado hace un rato con el padre de Silvia quizá no sea para tanto, porque supone que ese es el tipo de cosas excitantes que les pasan a las mujeres adultas. Así es como una pamema resuelve sus dificultades. Le gustaría seguir con esta historia en la que es mayor de edad por accidente, pero sabe que eso no cambiaría su situación ahora mismo, perdida en mitad de la nada, sin saber cómo volver a casa antes de la cena.

Vuelve a haber un flujo tímido de coches. Uno cada dos minutos. Extiende el brazo derecho hasta que forma un ángulo de casi noventa grados con el resto del cuerpo, lo estira y levanta con resolución el pulgar. Va a hacer autostop. Se desea mucha suerte, como si fuera cosa del azar el poder llegar *bien* a casa. En la mano izquierda sujeta la hoja arrancada de la libreta, por si alguien quiere adivinar las últimas letras de lo que el boli no le ha permitido escribir, como en el juego del ahorcado. Se entretiene pensando en por qué un ahorcado; por qué no un crucificado o un electrocutado o, simplemente, un marcador con diez oportunidades para acertar la palabra correspondiente; desde cuándo la muerte es tan divertida; por qué aprendió en el colegio a jugar enseguida con ejecuciones propias y ajenas. No encuentra solaz en la muerte, como no soporta ver dos segundos de esas películas en las que un tipo rebana los cuellos del resto de protagonistas, pero tiene grabada a fuego en su cabeza la de Laura Palmer floreciendo en una bolsa de plástico. No le dejan ver la serie, pero se sabe el tráiler de memoria. Nunca había visto nada tan hermoso en televisión y, aunque a veces piensa en morirse —siempre y cuando sea después de hacer algunas de las cosas que atesora en una lista—, está segura de que el aspecto de su cadáver no quedaría tan bien como el de *Twin Peaks*. La única forma en la que cree que podría matarse sería tirándose por la ventana. Vive en un tercero, si cayera de cara contra el suelo quedaría irreconocible. Tendrían que recomponerle el rostro con maquillaje. Se imagina un funeral al que viene toda su clase y en el que nadie es capaz de distinguirla del resto de chicas muertas que aparecen en el cine de terror que tanto detesta. Si tuviera el valor para saltar por la ventana, dejaría antes una nota de suicidio. En ella no explicaría las razones, solo su último deseo: que no le arreglasen la cara. Así mamá estaría más molesta, ya que es ella la que procura meterle en la mollera la importancia y el deber de ser guapa. Catalina tiene un rostro olvidable, no hay nada que esté mal en él, pero en conjunto sus rasgos no dicen nada, por eso mamá se empeña en que *se mejore* un poco. «Eres alta y tienes suerte de estar delgada —le dice mamá—, si caminaras erguida y te arreglaras un poco, podrías llegar incluso a ser modelo, deberías aprender a andar con tacones y dejarte el pelo largo.»

El pelo es fundamental para mamá, tanto, que el invierno pasado le compró a Catalina una plancha con unas placas que lo ondulan o lo ponen liso. Hace un par de años que su cabello comenzó a cambiar, ya no era fácil de peinar y solo podía desenredarlo con un peine bajo la escasa presión del agua de la ducha. Mamá, que tenía un pelo parecido, había enseñado a Catalina a enrollarse una toalla en la cabeza hacia un lado, al cabo de un rato enrollársela hacia el otro y repetir esta tarea hasta que terminara de secarse. Después de dos horas, nunca estaba seco del todo y mucho menos liso, así que se hacía una coleta baja y, si iba a quedarse en casa, algo muy probable, se ponía un gorro de lana para que los pelos más rebeldes quedaran aplastados. La plancha apenas la ha usado porque le quema el pelo. Cada día lo tiene más encrespado e indomable, pero, desde luego, no le gustaría morir con el cabello tan corto como lo tiene ahora, por si regresa del más allá, porque un fantasma o un zombi dan mucho más miedo con una melena larga y enmarañada. Supone que por eso no fantasea tanto con su funeral últimamente, con el pelo así daría más pena que terror. Sí que sigue pensando a menudo en la muerte y en buscar la belleza en lo sórdido. Es justo por esto que ha visto alejarse el último autobús que podría haberla llevado a la ciudad.

De camino a la parada se ha encontrado con un perro. Estaba echado de medio lado, con los ojos cerrados y la boca abierta. No se movía. No le ha dado miedo ni asco pero tampoco se ha acercado demasiado. Ha encontrado una rama corta con la que poder tocarlo y cerciorarse de que no había nada que hacer por él. Se ha acuclillado junto al animal y, al girarlo un poco, ha visto que una parte de su abdomen se desinflaba, como si se deshiciera. Se ha acordado de las tres niñas que no habían dejado de salir por televisión en los últimos meses. Con ellas había terminado de aprender que la muerte era el fin tremebundo de todas las cosas, desaparecer, dejar de funcionar, dejar de ser. Sin embargo, tras encontrarse con el perro y con las docenas de moscas saliendo de su hocico, ha llegado a otra conclusión: que se deja de ser, de acuerdo, pero no de estar —qué privilegio le han dado estos dos verbos a su idioma—, que el perro *está* muerto y desaparecerá cuando se descomponga. Aunque eso solo es una forma de hablar, porque descomponerse no es desaparecer: descomponer es separar. El cuerpo del perro sigue funcionando incluso después de muerto como hogar y alimento de otros *seres*, mejor dicho, de otros *estares* —puede que estos dos verbos al final sean una desventaja.

Nada más ver al perro, Catalina ha mirado a su alrededor buscando sus huellas, porque un rastro también es una parte del cuerpo, algo que se ha separado de él, que también cambia y se descompone. Ese perro muerto que ha visto en el camino no solo permanecerá durante un tiempo en aquella pequeña porción de tierra, sino en todo lo que haya comido, tocado, lamido, olisqueado desde que viniera al mundo. Catalina no lo habría descubierto si el revoloteo de las moscas a su alrededor no hubiera sido tan ruidoso. Ha pensado que así debería sonar siempre la muerte: como un enjambre de seres vivos, como un rasgueo de guitarra con los amplificadores a todo volumen, como cientos de chicos y chicas saltando al ritmo de *Smells Like Teen Spirit* y el mismo perfume a cebollas al que huele el brío adolescente después de una clase de Educación Física. Un hedor radicalmente distinto —vivo— al que tenía delante. Al oler la podredumbre, ella también se ha llevado algo de ese perro consigo en la nariz. Qué fácil resulta morirse así, sabiendo que nadie se va a ningún lado, que los cuerpos solo se esparcen, mutan y se mezclan con otros de forma constante, que la muerte es un proceso más de transformación del cuerpo o la parte más generosa del ciclo de una vida. «Nos estamos muriendo desde el mismo momento en que fuimos concebidos», le ha dicho al perro muerto, pero la lucidez filosófica le ha durado apenas unos segundos. Al volver a pasar la rama por el lomo del animal se ha acordado de las manos de ese hombre rozando sus cortos cabellos; de sus dedos bajando hasta la nuca; de las ganas de dejarse abrazar por el padre de su amiga; de cuando, con una exhalación, Catalina le ha susurrado: «me quedaría para siempre a vivir aquí con vosotros». Al oír «vosotros» el hombre podría haber reparado en que quizá había malinterpretado todas las señales —la forma en que ella lo miraba cuando acababan de plantar unas semillas, o la risa infantil ante sus chistes por malos que fueran, o las visitas constantes a su casa para hacer las tareas del instituto con Silvia—, pero ha decidido seguir adelante, ha acercado su cara a la cara de Catalina, ha puesto sus labios sobre los labios de Catalina, ha cogido con su mano la mano de Catalina... Basta. La primera palabra que ha masticado sin abrir la boca tras la escena ha sido *traicionada*, aunque no sabía por quién. En ese momento habría querido desaparecer, evaporarse, perecer. Hallar al perro muerto ha hecho que pusiera los pies en la tierra, que se sintiera viva de nuevo.

Si pudiera escoger un superpoder, sería el de detener el tiempo, así no llegaría nunca tarde a casa; ella podría moverse y los demás no, aunque entonces su vida se acortaría, pues al parar el reloj, también la hora le llegaría antes que al resto. La muerte no le resulta ajena, ya que papá y mamá se la han estado restregando desde la primera vez que salió del hospital. Además, sabe que, como a toda chica adolescente, la posibilidad de palmarla no le queda tan grande como a un chico. Y, sin embargo, a pesar del empeño de papá y mamá, de la tele, de todo el mundo en que vigile dónde pone un pie, todavía confunde qué o quién podría ponerla en peligro. Actúa por impulso para luego huir de cualquier situación, como ha hecho hace apenas un rato, incapaz de imponerse, de alzar la voz siquiera, de usar el cuerpo como un todo. Solo ha conseguido salir corriendo tras unos minutos de parálisis que ahora recuerda eternos. Por eso de repente se encuentra sola esperando una oportunidad, algo que le salve el culo como tantas otras veces, porque, hasta este momento, la experiencia le ha dicho que no tiene idea de cómo protegerse para no atraer problemas, pero sí que saldrá de ellos como sea. Lo suyo se llama tener suerte, la misma que se desea para hacer autostop, la misma que cuando se coló en una propiedad privada a principios del verano pasado.

Fue nada más comenzar las vacaciones. Iba con cuatro muchachos que había conocido fuera del instituto. Aún no había coincidido en clase con Silvia ni con Guillermo. Para convencerla de que los acompañara, los chicos le dijeron que allí vivía el primo de uno de ellos. Era una casa enorme y blanca en mitad de una finca majestuosa, con piscina. Al tenerla delante, le pareció demasiado bonita como para conocer a alguno de sus habitantes. Merodearon por los alrededores durante unos minutos y solo al verlos trepar tan callados la verja de la parte trasera, Catalina empezó a barruntar que tal vez no existiera ningún primo. Aun así, subió tras ellos. Se tumbaron en el césped a beber lo que llevaban en sus mochilas. Ella le dio un breve sorbo a una litrona, pero nada más, no le gustaba la cerveza y tampoco estaba tan fría como para suavizar su sabor amargo. Al principio se habían susurrado unos a otros la norma de no tocar nada, de no acercarse a la casa para no hacer saltar ninguna alarma, aunque enseguida dos de ellos se quitaron las zapatillas y se sentaron en el borde de la piscina con los pies dentro. Otro chico también se descalzó y se quedó junto a ella. Era el que mejor le caía, casi no hablaban, quizá por eso se sentía a gusto a su lado. Los de los pies en remojo le dijeron algo al chico entre risas, pero Catalina no hizo caso y apartó de su lóbulo frontal de inmediato lo que acababan de captar sus oídos, como si le hubieran hablado en otro idioma. El muchacho la dejó para unirse a los de la piscina sin invitarla a hacer lo mismo. Ella no se atrevió a quitarse las bambas, entonces nuevas, sin ninguna señal de un posible agujero. Por fin se hizo un silencio total, como si los hubiese invadido la tristeza, como si esperasen que les pasara algo más interesante en la vida, como si no fuera esto a lo que habían venido cuando decidieron usurpar una propiedad privada. El único que no se había quitado los zapatos divisó un balón de baloncesto y se acercó a probarlo a un espacio cercano a la casa, donde no había césped. Los demás se quedaron mirando cómo lo botaba varias veces antes de hacer el gesto de tirar a una canasta invisible. Ella, que en ningún momento había preguntado por el supuesto primo ni qué hacían allí, se puso de pie y dijo algo por primera vez desde que habían llegado: «Vámonos». Los tres que tenían los pies en el agua los sacaron y los dejaron secar al aire antes de volver a ponerse las zapatillas. Están tomando en cuenta mis deseos, pensó Catalina sintiéndose importante, hasta que uno de ellos se bajó la bragueta y se dispuso a mear en la piscina. Otro de los muchachos hizo lo mismo. «Vámonos», repitió ella un poco más alto una segunda vez, lo justo para que el chico del balón también pudiera oírla. Este la miró, se preparó para lanzarle el balón y ella puso las manos en posición de recibirlo sin ninguna gana. En el último momento el muchacho se giró y lo envió con todas sus fuerzas contra el ventanal más grande de la casa. El impacto no consiguió romper el vidrio a pesar del estruendo, pero el ruido quedó en nada comparado con el sonido de la alarma. Así se quebró de una vez por todas aquel silencio infame interrumpido sin efecto por las palabras de Catalina. Ahora sí, se encaramaron con mucha más prisa de la que tenían para entrar en la misma verja de tres metros de altura. Al oír los ladridos de varios perros, sospecharon que podía haber gente en las casas colindantes a pesar de las vacaciones. Sus alarmas también se activaron, como si ese ruido fuera un virus contagioso, mezclándose con las amenazas de llamada a la policía que otros propietarios de la urbanización prodigaban a voces. Los tomaron por ladrones. Ladrones adultos. Los cuatro muchachos saltaron sin hacerse un rasguño, como si llevaran toda la vida haciendo eso mismo. En cambio, ella, que casi no sabía correr, que no había trepado una verja de tres metros jamás, que apenas cambiaba de posición a lo largo de un día normal, hizo un esfuerzo sobredimensionado con tal de dejar aquel sitio atrás y a punto estuvo de partirse un tobillo al saltar desde tan alto y de tan mala manera. Ya en el suelo, fuera de la casa, se quedó inmóvil, dolorida, viendo cómo los perdía de vista calle abajo.

Por entonces los consideraba sus amigos y los acompañaba a todas partes como si estuviera en un libro de Enid Blyton, aunque no tenía claro si ella era Jorge o el perro Tim. Los había conocido unos meses antes en una academia de clases de recuperación. Enseguida empezó a juntarse con ellos y a meterse en líos que realmente no le apetecían como, por ejemplo, poner dinero para comprar un mando a distancia universal e ir por los bares cambiando de canal en mitad de un partido de fútbol o hurtar paquetes de patatas de las tiendas de chucherías. Chicos que buscaban problemas absurdos que cada vez iban a más. Catalina participaba siempre en sus aventuras estrafalarias como en un rito de paso, con el afán de poder formar parte de algo, o acabar siendo con ellos una sola materia, un grupo de chavales de otro barrio que meaban en piscinas ajenas y quedaban para ver películas en casa de alguno de ellos cuando no estaban sus padres.

Un día de invierno, al poco de aprenderse sus nombres, la invitaron a ver una película. Ella aceptó encantada pensando que sería una tarde de cine tranquila al calor de un brasero en la que no molestarían a nadie. No era la única chica invitada, también iría la vecina, una muchacha algo mayor que el resto. Sería la primera vez que Catalina entraría en casa de un chico: un hecho histórico; hasta entonces solo había tenido amigas, algo común para chicas que, como ella, habían asistido a un colegio solo para niñas. Uno de esos donde se llevaba uniforme y había que rezar antes de que diera comienzo la clase. No había un solo niño, pero todas competían por hacer de tal y así poder protagonizar las obras de teatro del colegio, hasta que una maestra decidió adaptar los papeles para que fueran todos femeninos. *Pulgarcita*, *La sastrecilla valiente*, *La gata con botas*.

Cuando llegó a casa de aquel chico miró a todos lados con curiosidad, buscando similitudes con su propia casa. Tenía ante sí un salón abigarrado de fotos familiares. Todo, excepto esas fotografías, era de color beis aunque en distintos tonos: las paredes beis claro, los sillones beis oscuro, las sillas del mismo beis que los sillones, las cortinas beis. Dos de los sofás, también beis, formaban una ele enfrentados a un televisor más pequeño que el que tenían en su casa, y entre ambos había una mesa camilla con la falda de terciopelo beis. El sofá más grande estaba pegado a la pared que daba al pasillo de las habitaciones bajo unas fotos descomunales de comunión. No hubo ninguna sorpresa; aquella casa se parecía bastante a lo que ya conocía, la única diferencia era que en la suya las imágenes de comunión de Pablito ocupaban más espacio en la pared que las de Catalina.

La vecina se sentó en un sillón bastante alejada de todos; dos de los chicos se sentaron en un sofá; dos en otro; y Catalina se acomodó en el que quedaba libre, sola. Primero propusieron varios títulos de películas que a ella le sonaron igual que las adaptaciones teatrales femeninas que hacía la maestra de su colegio. Escogieron una entre risas y en cuanto dio comienzo el visionado la vecina expuso sus quejas varias veces arguyendo que aquello que estaban viendo era repugnante.

Catalina no se quejó, pero escurrió con disimulo el bulto —su cuerpo— en el sofá hasta dejar visible solo parte de la cabeza bajo la gruesa falda de la mesa camilla. Nunca había visto algo así y tampoco entendía todo lo que aparecía en primer plano; estaba absorta ante aquella maquinaria que ejecutaba un solo tipo de movimiento. Tenía un ojo en la pantalla y otro en los chicos sentados en el sofá bajo las fotos de comunión. Estos sujetaban un cojín con una mano que hacía las veces de biombo mientras —suponía— se masturbaban con la otra. Catalina se preguntó entonces cómo harían los chicos para predisponerse a la lujuria cada vez que les diera la gana. Ella no tenía esa habilidad, ni siquiera sabía si tenía libido y, de momento, aquella película no conseguía despertársela, pues era como querer excitarse con el movimiento de una máquina de hacer algodón de azúcar. Sin embargo, de esa misma explosión de color rosa se le había puesto a ella la cara.

La vecina, al darse cuenta de lo que hacían los chicos tras el cojín, comenzó a protestar sin éxito para que se detuvieran, hasta que pronunció las palabras clave.

—Parecéis maricones haciéndoos pajas juntitos, en la misma habitación.

Uno de ellos respondió por la hombría del resto alegando que también había chicas en la sala, pero ella le espetó inmediatamente:

—Yo me voy porque me dais asco y vuestra amiga es una marimacho.

Entonces pararon, se subieron las braguetas, apagaron el televisor y redirigieron la conversación a algo que la alejara de poner en entredicho su heterosexualidad. Por ejemplo, el rostro encendido de la chica que se hundía en el sofá. Hubo risas al verla.

—Es por el calor del brasero —se excusó Catalina.

—Pero si está apagado. —Más risas—. ¿Es que no habías visto nunca una porno?

Después de las diatribas contra su candidez, salieron a la calle hablando de cualquier otra cosa, como si ellos no hubieran estado nunca allí y como si Catalina no hubiese escuchado una calificación hacia ella que en aquel momento encontró útil, pues creyó que, como a Jorge en las aventuras de *Los cinco*, la protegería de ser vista como al resto de las chicas o de parecerse en algo a la timorata cortarrollos de la vecina. De todas formas, ella jamás habría podido masturbarse, ni tan siquiera mear cerca de aquellos chicos. Le habría dado vergüenza admitir que tenía un cuerpo distinto. ¿Qué haría cuando llegara el verano y no tuviera más remedio que mostrarse en bañador frente a ellos? No necesitó averiguarlo: meses más tarde, al entrar en aquella propiedad privada con piscina, se fijaron en que su camiseta de tirantes dejaba ver que le habían crecido un poco los senos. Cuando se descalzaron y pusieron cómodos, comentaron entre ellos, como si Catalina no estuviera, lo mucho que le habían botado las tetas al trepar la valla. Uno de esos chicos sentenció que, al final, iba a resultar que la marimacho estaba buena.

Tras caer de la verja, Catalina esperó en el suelo a que alguno volviera a buscarla. Después se obligó a levantarse y a dar unos pasos, pero con el tobillo ya hinchado y cojeando no sabía si podría volver andando o al menos llegar a alguna parada de autobús. La más cercana quedaba a media hora de allí. Por suerte, un matrimonio mayor, propietario de alguna de las casas de la urbanización, la llevó de vuelta a casa. Cuando la vieron sola, caminando torpemente por una zona donde todo el mundo se mueve motorizado, se preocuparon por su estado. Catalina se presentó con un nombre que no era el suyo pero que se parecía al suyo —Cristina—, y les contó que volvía de ver a una amiga enferma en la clínica privada que había más arriba, y que pensaba volver dando un pasco a casa hasta que unos chicos habían pasado corriendo a su lado, apartándola a empujones, haciendo que tropezase y se dañara el tobillo. *Pobrecita.* Sintió que lo que decía era más verdad que lo que realmente había sucedido. *Criatura.* Aquella pareja de abuelos debió de imaginar que esos chicos eran los mismos vándalos que habían entrado en la casa del vecino. *Alma mía.* Se apiadaron inmediatamente de ella como si fuera su nietecita. No se les pasó por la cabeza que una niña de catorce años, la misma o casi la misma edad que aquellos chavales, pudiera haber hecho lo mismo o casi lo mismo que ellos.

Era temprano cuando llegaron al barrio, la mujer se empeñó en acompañarla al portal de su casa. A Catalina le pareció un detalle precioso eso de que cuidara así de ella una total desconocida y se sintió mal por haberles mentido. Entonces la mujer le dijo que tenía intención de hablar con sus padres para poder llevarla al hospital. Moviendo el tobillo como si nada mientras rabiaba de dolor en silencio, Catalina le aseguró que no hacía falta. «Si ya estoy como nueva», le dijo hasta convencerla. De todas formas, por si alguna vecina la veía saliendo del coche con aquella mujer y le iba a mamá con el cuento, durante el trayecto había ido forjando otra historia que contar en casa.

Ya no sabe ni qué hacer con todas las mentiras que alberga para salir impune de situaciones que resultarían absurdas y sin la menor importancia fuera de su familia. Se siente más una invención que un ser de carne y hueso. Cree que debería empezar a apuntar cada cosa que dice, porque no está segura de tener memoria suficiente para recordar toda la bazofia que lleva dentro. A veces se imagina qué puede pasar si mamá le pregunta por algo ocurrido el año anterior. Fantasea con dirigirse mentalmente, como en un viaje astral, a un gran edificio de varias plantas lleno de sifonieres de madera de cedro donde tendría que sortear varias salas enormes hasta llegar a una específica, después caminaría hacia un mueble de estilo rococó y abriría el segundo cajón, sobre el que figuraría un código. Su interior estaría a rebosar de fichas alineadas, como en la biblioteca, con un título, una serie de letras, números y una fecha. Luego abandonaría la sala y entraría en otra mucho más grande repleta de estanterías; utilizando una escalera para llegar a la balda catorce de la estantería sexta empezando por la izquierda, sacaría un papel de gran gramaje enrollado como un pergamino con la etiqueta CIN-Si-3/11. «*Estaba en el cine con Silvia.» Dicho el sábado, 13 de noviembre.*

Lo peor es que ni siquiera recuerda dónde estuvo realmente aquella tarde, tanto se aferraba a sus mentiras. El día en que aquella pareja la llevó al barrio, la inspiración para el relato le vino enseguida.

—Estaba en casa de una compañera de clase y sus padres me han traído en coche hasta la puerta porque me he torcido un tobillo. Su madre quería subir a saludar, pero llevaba prisa.

—Ay, hija, qué torpe eres. Parece que tienes los pies de plastilina. ¿Y quién has dicho que te ha traído?

—Los padres de María José —también es buena inventándose nombres que sabe que mamá será incapaz de recordar, como cuando se presenta con uno que se parece al suyo pero que no es el suyo para poder borrar sus huellas si hace falta—, una compañera de clase.

—Pues menos mal que no ha subido porque está el piso como para que venga alguien.

Dos días después de la aventura volvió a encontrarse con aquellos chavales en las clases de recuperación. No aguardó ni un minuto a que le preguntaran por los últimos días, directamente se lanzó al ruedo dándoselas de valiente, de lista, de autosuficiente, contándoles que había regresado a casa en el coche de unos extraños, aunque omitió toda la parte relacionada con el tobillo, impregnado aún de crema antiinflamatoria, y recubrió con otra pomada, una más sólida hecha de olvido, cómo los demás se habían ido corriendo, dejándola desamparada e ignorada como un juguete roto. Así es cómo hace sitio en la memoria, vaciándola de lo que realmente pasa y rellenándola con lo que pudo pasar. Lo que recibió tras contar esa historia no fue lo que esperaba.

—Claro, cómo no te van a traer en coche con esas tetas.

Desde el momento en que supo que sus tetas botaban, que existían cada día más, se preparaba antes de aparecer frente a ellos en el banco de la plazoleta donde se juntaban, como una soprano que debe entrar en escena después de la obertura. También lo hacía cada vez que tenía que salir a la pizarra en clase o pasar delante de cualquier grupo de chicos adolescentes, pero asimismo de obreros de la construcción, camioneros, en fin, de hombres adultos, porque sabía que lo que vendría a continuación serían comentarios relativos a un cuerpo que la despechaba. Cuando estaba segura de que serían demasiado crueles, se daba media vuelta, rodeaba la calle o cruzaba a la otra acera. Unas veces, los juicios que escuchaba hacían referencia a lo poco que resaltaba el busto en su figura, porque les parecía demasiado pequeño. «¿Eres nadadora? Nada por delante y nada por detrás», le decían a un metro de distancia. Otras, el tema se centraba en su falta de sostén porque, aunque no hubiera mucho que sujetar, según gritaban, sus pezones los ponían cachondos. «Eres fea pero al menos tienes tetas», le dijo uno con uniforme militar. Catalina aprendió a recomponerse, a intentar no darle importancia, a fingir que pasaba por alto sus opiniones, a encogerse dentro de las camisetas cuando aún no había descubierto el grunge y mamá seguía sin admitir que su hija necesitaba un sujetador.

Con los chicos de la plazoleta, además, tuvo que afrontar nuevos retos. Un día se quedó a solas con uno de ellos de forma calculada por los demás. Sentados en el banco de siempre, el muchacho balbuceó algo sobre sus sentimientos hacia Catalina. Al escucharlos a ella le sobrevino una tos seca, lo suficientemente agresiva como para detener el cortejo. Se dobló hacia delante con los brazos rodeándose el estómago y se excusó para marcharse a casa y no tener que hacer ni oír nada más. A partir de entonces se encontraría mal cada vez que estuviera cerca de ese muchacho, intentaría parecerle una chica enferma y aburrida, porque Catalina era capaz de adelantarse no solo a las frases románticas que vendrían a continuación, sino también a la reacción del chico ante una negativa. Era el que mejor le caía, de acuerdo, pero no sentía ningún deseo hacia él. Catalina aún no había besado nunca a nadie y, a diferencia de algunas de las niñas de su antiguo colegio, tampoco le apetecía, ni siquiera sentía curiosidad. Prefería mil veces saltar veinte verjas de tres metros a tenerlo a él o a cualquier otro un centímetro más cerca. Le fastidió que el resto del grupo estuviera compinchado con ese muchacho y ninguno con ella, pero no les reprochó nada, dando por hecho que la preferencia era justificable, pues había llegado la última a la pandilla. Tampoco les dijo una palabra cuando algunos fueron de parte del chico para confirmarle lo que ella había estado esquivando: un zumbido que evocaba una intimidad ajena expandiéndose y estallando en la suya, como la espuma rosa que ocupaba su mente en los momentos de fiebre. «Le gustas a Fulanito», le dijeron, pero Fulanito no se había fijado en cómo ella lo evitaba desde que lo vio venir. Finalmente, el mismo Fulanito, después de mucho tartamudear y sonrojado como un cielo cargado de aluminio, le declaró del todo sus intenciones.

—¿Quieres salir conmigo?

—Pero si ya salgo contigo, ¿de qué estás hablando? —preguntó haciéndose la inocente.

Entonces él continuó con el galanteo: «Tú no eres como las otras chicas —¿cómo son las otras chicas?—; me gustas porque eres como un tío», y si le gusto porque soy como un tío, por lógica, es que a él no le gustan las chicas sino los tíos, ¿no? Agobiada, no vio otro remedio que decirle que, sintiéndolo mucho, con todo el pesar de su corazón, pidiendo que no se enfadara con ella e implorando perdón de antemano sin saber bien el porqué, solo le gustaba como amigo, pero como un gran amigo, el mejor amigo del mundo. «Sigamos siendo amigos, ¿vale?» El chico pareció asombrarse del rechazo, cosa que a ella le sorprendió aún más después de haberle mostrado por todos los medios que la respuesta iba a ser un no. Un silencio vasto como un campo de ortigas arrasó con la ceguera del muchacho.

—¿Estás enfadado conmigo? —rompió ella—, me has prometido que no te ibas a enfadar.

—Yo no te he prometido nada —contestó—, y no, no estoy enfadado. En realidad me da igual, tampoco me gustas tanto.

Catalina no añadió nada antes de ver cómo Fulanito se alejaba de ella y se reunía en el banco de la plazoleta con otro del grupo que le pasó la mano por el hombro. Nadie vino a hablarle. Ya se le pasará, pensó, sintiendo lástima por él, disculpándolo y preguntándose qué habría hecho para gustarle tanto de repente, con sus brazos largos, sus manos grandes, su cuello de jirafa, su pelo encrespado y sus tetas pequeñas.

Unos días más tarde se encontró el banco vacío, y al siguiente solo lo llenaba una enorme pintada. Le habían dejado un mensaje escrito: un nombre que no era exactamente el suyo pero que sabía suyo, el que había usado para presentarse ante ellos unos meses antes en las clases, acompañado de dos palabras. *Cata la chupa.*

Le dolió la frase, el sujeto, el verbo, el predicado. Agradeció un poco el pronombre que hacía de objeto directo y sustituía al mismo. También le escoció que les diera igual no tenerla como amiga y que la castigaran con una autoridad que sigue sin saber quién les otorgó. Le pusieron una etiqueta que la rebajaba a lo que para ellos era un insulto y, para ellas, un insulto y un problema. Aun así, en vez de llorar, de enfadarse, de enfrentarse a esos chicos, se sintió avergonzada de parecerle *eso* a alguien porque lo escrito (aunque fuera en un banco), escrito está.

Catalina se refugió en la compañía de mamá el resto del verano y parte del otoño, solo para estar a su lado, sin contarle una palabra de lo que le había ocurrido. Ella debió de intuir que algo no marchaba bien, pero no supo preguntar o prefirió callar, contenta de volver a tener a su hija cerca, aunque fuera apesadumbrada, decepcionada y muchos otros adjetivos que no habría sabido identificar, lo importante era que había vuelto a mamá y eso dotaba de una razón a su existencia. Algo más importante que estar a dieta.

Uno de los días en que volvían juntas de la compra, se cruzaron con aquellos chicos. Catalina los miró de reojo, sin saludarlos, pensando cómo una pintada había hecho jirones otros tiempos. Al pasar le gritaron «puta» y «calientapollas» y también «marimacho» a cuatro metros de su espalda. Ella no miró con la esperanza de que mamá no sospechara que se referían a su hija. En cambio, tanto mamá como el resto de las mujeres en el trasiego de la calle a esas horas sí que se dieron la vuelta, aunque Catalina no supo si era porque estaban escandalizadas o por identificarse con aquellas palabras. En el fondo le daba igual cómo la llamaran aquellos chicos, solo temía que mamá se enfadara con ella por ser algo que no le gustaría que fuese, independientemente de si ejercía cualquiera de esos roles, del mismo modo que le asusta mucho más llegar tarde a casa que no llegar.

Se había quedado sin amigos de los que aprender a no ser una chica, pero en lugar de encontrar un segundo para entristecerse, llorar o intentar comprender el porqué de lo ocurrido, buscó cómo reponerse con urgencia. Se transformó, de un curso para otro, en una chica estudiosa —menos vaga— para no asistir nunca más a clases de recuperación. De esa manera no tendría que volver a pasar por aquel barrio ni ver una parte de su nombre escrito en aquel banco, ya que no había forma de borrarlo. Tampoco ha podido eliminarlo de su memoria, así que ahora intenta mirar la parte positiva que sacó de todo aquello: sus notas.

Acariciando la gravilla del arcén con la suela del calzado, se pregunta si se puede sacar algo positivo de lo que le ha pasado hoy, aparte de aprender a poner una alarma. La que tenían en la entrada de la parcela se había averiado y el padre de Silvia quería reemplazarla antes de que acabara el verano. Silvia y su madre se habían quedado recogiendo la cocina y después se echarían una siesta. Hacía tiempo que Catalina ya no dormía a esas horas, de modo que se ha ofrecido a ayudar al hombre. Poner este tipo de dispositivos era su trabajo habitual. Él se ha subido a una escalerilla y ella le ha ido pasando las herramientas desde abajo. Al terminar le ha mostrado a Catalina el aparato roto bajo la sombra de una higuera. Se lo ha expuesto abierto, mostrando los cables y explicándole cuál de ellos no funcionaba y, tirándolo al suelo, ha dicho alguna tontería que ha hecho que Catalina se riera. Entonces la ha abordado y ella se ha dejado abrazar. Hasta que el abrazo se ha hecho primero borroso y después sombrío.

Cuando ha conseguido apartarse de él, este se ha disculpado al verle los ojos húmedos. «Perdona...», ha dicho el hombre, pero enseguida ha pronunciado unas palabras que han estropeado todo lo que hasta entonces ella pensaba que era hermoso. «Perdona...», pero Catalina no quiere ni puede perdonar; lo único que desea es olvidar. Olvidar el beso, olvidar sus bromas, olvidar lo que había supuesto afecto hacia ella a cambio de afecto y admiración hacia él. Qué tonta, se dice, solo porque me hablaba como a un ser humano. Al parecer su cariño ha sido interpretado de otro modo. «Perdona... —y después ha añadido—, pero todo esto es culpa tuya.»

En un intervalo de varios minutos solo cuatro coches han pasado a toda velocidad, dos de ellos en sentido contrario. El sol le quema la espalda. «Por lo que más quieras, si te estás asfixiando con la sudadera, quítatela», se dice en voz alta como si cargara con alguien más en su interior. El mundo se cuece a fuego lento, piensa. En el telediario no paran de hablar del agujero de la capa de ozono, pero mamá sigue usando laca para el pelo con ansia a pesar de que sabe lo nocivos que son esos gases. Hasta ha comprado varios botes y los ha dejado apelotonados encima de un armario, porque han dicho en las noticias que a partir de enero no se podrán vender productos de ese tipo. Catalina no se lo reprocha porque está segura de que aún hay solución para ese problema. Cree que la gente joven como ella tiene todo el tiempo del mundo para rectificar aquello en lo que erraron sus padres y hacer mejor las cosas, pero por ahora su única aportación es no tirar chicles al suelo. Hace unos años, antes de entrar en el instituto, también contribuía recogiendo las colillas que la gente adulta, como papá y mamá, dejaban caer sin compostura en las aceras y los parques. Cuando les menciona a ellos algo sobre la ecología o el medioambiente, la expresión de sus caras dice que les importa entre poco y nada el porvenir en ese sentido. Para ellos el futuro no existe tal y como lo concibe Catalina. Son incapaces de despegarse de un pasado con restos de posguerra en el que a ellos se les ha negado hasta la capacidad de sonreír y, del único modo que conocen, continúan perpetuando la especie, confundiendo una seriedad mortecina con una buena educación. La misma seriedad en la que se amparan los necios. En casa se vive de forma austera, sí, pero con ese tipo de rigurosa miseria que hace que el mismo Cola Cao, un pellizco de pan o un simple huevo frito a Catalina le sepan mucho mejor en casa de Silvia o en la de Guillermo que en la suya y que, al final, produce más tinieblas y monstruos que la carencia absoluta. Papá y mamá se dedican a ahorrar y a escatimar en todo —nada de fiestas de cumpleaños ni grandes celebraciones ni álbumes de fotos que capten el *rigor mortis* antes de tiempo— para que el día de mañana, cuando quizá no lo necesiten porque estén todos fiambre, a sus hijos no les falte de nada. Así, Pablito y Catalina podrán pelearse, como buenos hermanos, por la herencia de un piso en propiedad (que realmente detestan). Hasta entonces, mamá seguirá llamando margarina a la mantequilla, aceite de oliva al de orujo y comprará tomates que no sepan a nada. Papá también contribuirá al ahorro animando a todo el mundo en casa a ducharse con agua fría en verano, porque es lo mejor para el sistema inmune (y porque así se tarda más en agotar el gas de la bombona de butano). Él, sin embargo, se duchará con agua caliente sea la estación que sea.

Pero no todo va a ser ahorrar, por supuesto: con sumo esfuerzo para el bolsillo, cada agosto alquilan un apartamento en la costa más cercana, en el lugar exacto en el que veranean los vecinos, donde pasan los quince primeros días del mes viendo las mismas caras, repitiendo sus mismas frases inanes sobre lo fría que está el agua y lo que quema la arena, haciendo lo que hay que hacer, aunque a ninguno de los cuatro miembros que componen esa familia biológica le guste en absoluto la playa. Lo que daría Catalina por estar ahí ahora mismo.

La carretera arde a pesar de que faltan pocas horas para el atardecer. Este no es un lugar transitado, así que acaba relajando la tensión doblando un poco el brazo y estrujando el papel sudado para metérselo en el bolsillo. No hay necesidad de dramatizar, no es más que un trayecto de veinte minutos y tampoco es la primera vez que hace autostop de verdad. Una vez en la ciudad podrá caminar, o coger el autobús de línea para llegar a casa.

Por fin se quita la sudadera, pero no la guarda en la mochila; la agarra fuerte como si fuera un amuleto. Vuelve a levantar un poco el dedo y, al ver su sombra de frente tan alargada en el arcén, piensa, primero, que con el pelo así podría pasar por un muchacho grunge y, después, al ponerse de perfil y ver la línea del tronco interrumpida por la leve curva de su pecho, enseguida la imaginación le trae escenas de terror que nunca le han sucedido de primera mano. No son escenas sacadas de *Twin Peaks* sino del telediario. Sabe perfectamente que la geografía del mundo no es la misma para ella que para Pablito y, sin embargo, cree que lo más grave es llegar tarde a casa. Papá y mamá tampoco han pensado en las consecuencias de haberle inculcado ese miedo a la tardanza, así que tras plantearse qué tipo de riesgos albergan las carreteras y las calles, los páramos desiertos y los portales oscuros a ella estos siempre le han parecido mejor opción. No hay muchas más. Duda que vaya a pasar algún taxi por allí. Además, todavía recuerda la última vez que se subió a uno. Cuando vio que el taxímetro estaba a punto de sobrepasar el poco dinero que llevaba encima se lo comunicó al conductor. Este paró en seco, haciendo chirriar las ruedas, y la hizo bajar allí mismo, sin importarle que fuera junto a un descampado, un solar enorme que la gente usa como desguace a casi un kilómetro de su casa. ¡Peseto de mierda! —quiso gritarle cuando arrancó de nuevo, pero no lo hizo porque no había nadie alrededor que pudiera oírla a esas horas—. Eso sí que era una buena señal. Había aprendido hacía tiempo que la soledad no estaba nada mal cuando era total y elegida. Al menos no se encontraba tan lejos de casa. Si el taxi no la hubiera llevado hasta ahí, habría invertido más tiempo en el trayecto de ida y vuelta andando o en autobús que en divertirse en los pubs a los que había ido con la gente de su clase. Podría haber ido y vuelto en bicicleta, pero mamá encontraba algo turbio, hippie, de chinos, en ese medio de transporte. A Catalina tampoco le importaba demasiado, no conocía a ninguna chica del barrio que se movía en bici. De modo que, a falta de otra cosa, que un taxi la dejara delante del descampado no era el peor de los casos.

Hay algo más que la lleva a querer cruzar ese lugar en plena noche: la sensación triunfal de después, cuando ha conseguido llegar a su destino sin lamentarlo; saber que ha sido capaz de deambular más allá de las fronteras que le han sido dadas. ¿Acaso no podría ser ella una especie de caballera andante? ¿O uno de esos indios cheyenes que acudían a dormir al bosque durante un par de noches y, tras encontrar *su medicina*, regresaban a su poblado con un nombre que resumía su existencia? Un nombre elegido, no uno con una carga emocional al que tuviera que hacer honores. Cruzar el descampado es lo más parecido a lo que viven los personajes de las novelas del oeste y de aventuras que leía hace unos años, solo que John Silver y el pequeño Jim quieren encontrar un tesoro en una isla y Catalina solo quiere llegar a casa a tiempo y sin que la violen.

Una de aquellas veces, a pesar de que era pleno invierno, llegó a su portal tiritando, pero no de frío, sino porque oyó un ruido y creyó que alguien la estaba siguiendo. El suyo, le han dicho, es un miedo ancestral, estadístico, antropológico, epigenético, fundado. Nunca lleva tacones por si tiene que salir corriendo (y porque se siente como una araña con zapatos). Durante el camino se imaginó las diez mil formas de defenderse o dónde le asestaría primero con el destornillador que siempre guarda en la mochila a aquella sombra que la perseguía. Por eso temblaba, porque estaba segura de que no tendría problema en usarlo. La sombra pagaría caro por TODO. El destornillador, además, le parece un arma original que nadie echará de menos en casa, puesto que rara vez se usa para arreglar algo. Si mamá le registrase la mochila y lo encontrara, diría que lo cogió para un proyecto de clase y olvidó devolverlo a su sitio. Lo *normal* es llevar las llaves en la mano, como hace Silvia, que se las pone entre los dedos de manera que dientes y puntas sobresalen como las zarpas de Lobezno en los cómics de Marvel. Pero a Catalina papá y mamá no le dejan las llaves para salir *por ahí*, están seguros de que las perderá. Pablito ya las ha perdido media docena de veces, pero a él, en cambio, mamá siempre se las repone con un juego nuevo. «Qué despistado eres, hijo mío», le dice tan solo. Pablito tiene derecho a estar en Babia si le da la gana. Ella no tiene derecho ni a guardar silencio. Ni siquiera le han dado la oportunidad de perderlas una sola vez. Le hierve la sangre cuando lo piensa: unas semillas más para el rencor que está sembrando en el corazón de su criatura interior. Detrás de las normas de la casa, las restricciones, los toques de queda y las prohibiciones ya sabe que solo hay un empeño de hacerla desistir de ir a cualquier lado. A menos que sea el instituto o cualquier otro lugar en el que haya un control educacional, como si en esos lugares jamás pasara nada. Pero insisten mucho más en que no vaya a ningún sitio desde que encontraron los cuerpos de aquellas tres niñas. No dejan de repetirle que es por su bien, aunque no entran en detalles sobre cómo no dejarla salir le puede hacer bien a nadie. Para papá y mamá, una hija está mejor con su madre. Para papá, exclusivamente, «las niñas no necesitan socializar tanto, porque las mujeres no tienen ni nunca podrán tener *amigos*». Cada vez que Catalina, su hija, escucha esa última frase no la entiende como una norma, sino como un dictamen de permanencia en el lado equivocado —y salvaje— de la vida que, además, la remite a su experiencia con los chicos asaltadores de piscinas. Aun así, está segura de que sus padres se equivocan, ese es uno de los superpoderes que le ha regalado la adolescencia: oponerse a lo que piensen los adultos, no dar su brazo a torcer. Catalina necesita tanto salir de casa que está dispuesta a volver a atravesar aquel descampado las veces que hagan falta, aunque solo sea para creer, durante menos de una hora, que a pesar de que ella vuelva a casa por separado puede ser como los chicos y chicas que ha conocido en el último año: un pequeño grupo de personas que salen juntas. Les caen bien, se divierte con ellos, y algunas veces está plenamente convencida de que la sensación es mutua, de que fuera del hogar gusta más que dentro o gusta lo suficiente; al menos, nota que a veces les parece graciosa. Tiene un sentido del humor macabro y hasta sádico que guarda en celosa intimidad, pero muy de vez en cuando deja caer algo de ese ingenio mofándose de los chicos más guapos de la clase. Hace carcajearse a quienes no notan el fondo oscuro de sus bromas: el resentimiento, la envidia, el desamparo al pensar que seguramente morirá sin saber lo que es tener al alcance tanto como ellos. Qué sabrán esos de lo que es cruzar un descampado en plena noche encerrados en un cuerpo como el mío, se autoindulta a veces. El resto del tiempo lo pasa ocupada observando cómo se comportan los demás en lugar de comprenderse más a sí misma, intentando justificar a quienes le hacen daño, incluso al taxista que la dejó a la intemperie: Pobre hombre, tendrá que ganarse la vida y no puede perder un minuto con una niñata que vuelve sola a casa de los pubs del centro, se dijo mientras arrastraba los pies hasta su calle aquella noche. Desde el día en que se quedó sin dinero para el taxi, ha cruzado el solar unas veinte veces, incluso ebria.

Hace unos meses probó el tequila y el vodka por primera vez. Papá y mamá habían ido a un funeral en otra ciudad y Pablito, el mismo que pierde las llaves, estaba a cargo de la casa. No se vieron el pelo en todo el fin de semana, tan solo el domingo, cuando comieron juntos pizza de microondas, lo único que tuvieron ganas de preparar antes de arroparse bajo una manta, cada uno en un sillón, para ver *El Padrino*. Una película importante. Para mayores. La más violenta que Catalina había visto hasta la fecha. No pudo apartar los ojos de la pantalla, ni siquiera en la escena en la que Sonny muere acribillado, y pensó que tal vez por eso tenía náuseas y le dolía tanto la cabeza. No relacionó el malestar con el alcohol de la noche anterior. Apenas fueron dos chupitos, estuvo más graciosa que nunca, incluso saboreó su primer momento de gloria cuando notó que algunos chicos la encontraban interesante, como atraídos por un brillo recién estrenado que a Catalina le supo a lo que saben las adicciones. Saltó al ritmo de Soundgarden, de los Pixies, de Nirvana, hasta de Guns N' Roses, que no le gustaban demasiado, pero que en esas circunstancias le parecieron geniales. Sonaron un par de bandas que no conocía. Coreó el estribillo pegajoso de un tema de Beck que solo había escuchado dos veces. *Soy un perdedor, I'm A Loser Baby, So Why Don't You Kill Me* y al término Guillermo le gritó al oído que le grabaría una cinta con cosas tan nuevas como esa canción. La música lo significaba todo para ella en ese momento. Creía que era lo único que la conectaba de verdad a otras personas. Quizá debería aprender a tocar un instrumento, pensó por unos instantes. Silvia se perdió un rato para enrollarse con Schuster, un chico de COU, y Catalina conoció a Juan, que sacó una libretita del bolsillo para arrancar una hoja donde le escribió su teléfono; ella prefirió no darle todavía el suyo pero le prometió que lo llamaría. De vuelta

59

a casa junto a Silvia y Guillermo, sus mejores amigos desde casi principios de ese curso, sintió que sus pies iban solos, que no necesitaba ver más de lo que veía: el conjunto de edificios borrosos, anaranjados y negros a la luz de las farolas. Al llegar al barrio, Silvia sacó las llaves como hace siempre y se detuvieron en la esquina de la farmacia antes de separarse, cada cual con dirección a su casa. Sonaron doce besos de despedida. Nunca se había quedado hasta tan tarde, algo extraordinario hizo que se sintiera normal. En cambio, ellos, tan acostumbrados a esos horarios de fin de semana, se veían cansados como si volvieran de un trabajo de oficina. Durante los diez minutos de trayecto hasta casa creyó estar fuera de sí. Eso le gustó, anduvo liviana incluso cuando, de repente, se dio cuenta de que tenía muchas ganas de mear. Estando a mitad de camino caviló la idea de hacérselo encima sin mayor problema porque, de todas formas, no percibía el cuerpo como algo suyo. Por fortuna el portal apareció antes de lo esperado. Subió a casa sin saber cómo, para eso tenía toda esa complexión orgánica, la misma que pretendía ignorar y que guiaba su respiración sin tener siquiera que pensar en ello. Una vez allí usó el baño para aliviar la vejiga, se desvistió y se fue a dormir plenamente feliz y borracha, deseando repetir pronto aquella experiencia.

Acababa de arroparse y cerrar los ojos cuando la cama y el techo comenzaron a dar vueltas; ya no estaba fuera del cuerpo sino girando muy dentro de él. Se asustó, no sabía cómo controlar ese estado y al final apareció la culpa para engullirlo todo. Había fallado a papá y mamá, que en ningún momento le habían dado permiso ni para salir, haciendo una copia de las llaves de Pablito. Además, no había estado seria ni educada como a ellos les gustaba sino todo lo contrario. Quizá se había pasado de lista. ¿Y si sus amigos se habían estado riendo de ella y no se había dado cuenta? Se acordó de los chicos de las clases de recuperación saltando aquel muro, se acordó del banco pintado con un currículum que aún le afligía, se acordó de su amiga Amalia del colegio, con la que evitaba el contacto y casi no había vuelto a hablar desde hacía un año. Para ser exactos, Amalia la había llamado tres veces y ella solo le había devuelto la llamada en las dos primeras ocasiones. Esa noche Catalina lloró por nada y por todo, el mismo TODO con el que podría justificar el uso del destornillador que siempre guarda en la mochila, el mismo TODO al que alguna vez le gustaría poner palabras.

Al final se pasó la mitad de la noche pegada al váter, devolviendo. Desde entonces no ha vuelto a beber alcohol porque todavía tiene el sabor de aquella madrugada en su memoria, no solo del vómito sino de cómo tuvo que limpiar los grumos con los que había salpicado la tapa para que ni mamá ni papá ni Pablito se percataran de nada. Aun así, continúa pensando en ese fin de semana como el mejor de toda su vida: sin padres, saliendo hasta las tantas y viendo películas arrebatadoras en un reproductor de VHS que rara vez podía usar para ver lo que a ella le diera la gana.

Con el dedo pulgar todavía en posición y la sombra de su pecho en la carretera, no sabe cómo dejar de pensar en lo que les ocurrió a esas tres niñas que se dirigían *juntas* a divertirse, igual que Catalina aquella noche. De tanto verlas aparecer en la tele llegó a mezclar algunas ideas de forma irracional, desvelándose en mitad de la madrugada, temblando, sabiendo que se pasaría el día siguiente dando cabezadas en clase. Normal que sacara tan malas notas ese año. En el delirio de estar agotada y aun así no poder pegar ojo llegó a preguntarse si no sería posible que alguna vez hubiera sufrido ella misma ese tipo de torturas, pues sentía aquellas imágenes demasiado reales y dolorosas. Ahora, con el paisaje áspero y vacío ante sí, se da cuenta de que esos no pueden ser de ninguna forma sus propios recuerdos, no solo porque está viva, sino porque no está segura de cómo la memoria podría sobrevivir a algo así. «Vamos a pensar en algo hermoso, rápido», se dice en voz alta. El Quattrocento y *La Anunciación*, de Fra Angelico; el Cinquecento y el *Jardín de las delicias*, de El Bosco; el

Barroco..., no sabe aún si de verdad le gusta el Barroco, pero Rubens le llama la atención con sus pinturas protagonizadas por mujeres con más carne que hueso. El rapto de las hijas de Leucipo, el rapto de Proserpina, el rapto de las Sabinas, el rapto de Europa. El rapto. Se detiene a pensar en esa palabra, un término que solo funciona cuando se usa con niños pequeños (como Ganímedes) o niñas y mujeres de todas las edades, lo cual indica que ya pertenecían a alguien, que eran objetos que romper o allanar. Ninguna niña volverá con una medicina o con un nombre, como los niños cheyenes, sino desmembradas y regurgitadas al telediario de las tres de la tarde sin nada que ver con la planta de Laura Palmer, convertidas en propaganda, en la fuente que promociona el odio a un cuerpo que no sabe a quién pertenece. También le viene a la cabeza la muchacha que se evaporó el año pasado haciendo *footing*, aunque aquella historia le resulta distinta porque ocurrió en una urbanización de familias adineradas y no en la periferia de una ciudad pequeña como la suya y, a pesar de que la muchacha aún no ha sido encontrada, los expertos presienten que aquel suceso acabará pareciéndose a un guion desechado de los hermanos Coen. Así que la historia del arte tampoco le impide acordarse del horror que le produce tener un cuerpo de chica. Catalina se pregunta si en un futuro se harán obras pictóricas con estos nuevos raptos para admiración del público y con qué iconografía representarán, por ejemplo, a la niña que ha sido noticia este verano durante unos días, la que se hallaba muy cerca de donde estaba Catalina con su familia de vacaciones.

La chica que se perdió el fin de semana en Mijas ya ha vuelto a casa con su abuela y su madre. Tenía doce años y se había fugado con su novio de veinticinco, dijeron en el telediario.

La chica.

    De doce años.

        Se había fugado.

            Con su novio de veinticinco.

Hace solo unos meses, cuando sus padres estaban alarmados por el estado en que fueron encontrados los cuerpos de aquellas tres niñas, vio al ministro de turno aparecer en la tele para tranquilizar a España. Explicó que ese año el número de *desapariciones* de chicas —o niñas, según convenga— era el mismo que en etapas anteriores, que no había por qué alarmarse. Que un año antes, por ejemplo, se habían esfumado ciento veintiocho chicas y ochenta y siete chicos, pero que era más preocupante cuando faltaban ellas, porque el seis por ciento no volvía a aparecer o aparecía por partes en un basurero. En general, el porcentaje restante solía regresar a casa porque, al fin y al cabo, tenía doce años y solo se había fugado con su novio de veinticinco.

El mismo ministro no dijo nada sobre por qué podrían huir ciento veintiocho niñas. Porque ya deben de estar al tanto de que hay niñas que huyen. Deben de saber que hay niñas que quieren escapar porque son infelices o porque son abusadas o agredidas por sus vecinos, por sus profesores, por sus tutores y confesores, por sus padres o padrastros, por sus abuelos, por sus tíos, por sus hermanos... Deben de saberlo porque hasta Catalina lo sabe. Sabe incluso que se llega a la manipulación y a hacer creer que una puede tener la culpa de ser malinterpretada y, si esto último no lo sabe, es probable que la próxima vez que piense en el padre de Silvia, al menos, se lo plantee.

En las noticias nunca explicaron si la niña de doce tenía un padre o un abuelo, porque también están al tanto de que es normal que muchos hombres adultos se esfumen de la vida de las mujeres y sus hijos, pero esta vez, sin que nadie calcule los datos ni porcentajes al respecto, sin que nadie se pregunte por su *desaparición*.

En casa le han repetido a Catalina una y otra vez desde que vino al mundo que no hable con extraños y, sobre todo, que no se fíe de los hombres, porque todos tienen una cosa en común: que solo quieren esa cosa. Y, a la vez, le imponen que respete a papá y a Pablito y al novio o al marido que dan por hecho que algún día tendrá. Por eso los odia en conjunto prácticamente todo el tiempo, porque el mensaje es confuso, como cuando, con nueve años, acudió a mamá para contarle que un vecino la estaba molestando y quería llevarla a su casa y mamá no hizo nada excepto felicitarla por no haberse ido con él. Bien hecho. Buena chica. Toma un hueso. Mamá se dio por satisfecha: la niña ya estaba criada. Y ahora Catalina considera que ese es su deber, parapetarse y huir. Sin protestar.

Ya no tiene nueve ni doce años, acaba de cumplir dieciséis, pero quién sabe si papá y mamá creen que su hija es capaz de fugarse con un hombre de veinticinco. O, peor aún, si es posible que ese hombre acabe metiendo en un maletero el cuerpo adolescente de Catalina contra su voluntad (y la de sus padres) haciéndola desaparecer como a un conejo en una chistera. Al imaginarse atada de pies y manos con una bolsa en la cabeza, lo primero que le viene a la mente es la voz de mamá repitiéndole: «Eso te pasa por tonta». Incluso esta historia de terror le parece mejor que figurarse qué pensarían sus padres si se enterasen solamente de la lengua húmeda del padre de su amiga abriéndose paso en su boca. Ojalá fuera un ente intangible, se dice, sin darse cuenta del oxímoron, de que extirparse la carne es renunciar a la existencia, de que si no hay cuerpo no hay nada, de que todo lo que no se pare a sentir, a aceptar y a recordar en su cabeza, saldrá de alguna manera somatizado a través de los poros de su piel. Por un instante, intenta asumir que, en el peor de los casos, ese cuerpo, su cuerpo, acabará en la tierra funcionando como hogar de otros, exactamente igual que el del perro con el que se ha encontrado antes de llegar a la parada. Catalina se ha entretenido demasiado en el camino, como Caperucita, y ahora la culpa le dice que solo por eso se ha de encontrar con un lobo.

Es mejor no ser tan negativa, piensa. Además, la primera y única vez que hizo dedo no le fue tan mal, la recogió un hombre de la edad de papá que regresaba de trabajar en el campo. Tenía las gafas sucias, las uñas negras y manchas de tierra húmeda en la camisa. El coche entero desprendía el mismo olor a sudor, tierra y hortalizas que el del padre de Silvia, en el que tantas veces se había montado. Hasta hace unos días, cuando se estresaba demasiado o le costaba aislarse en su propia casa, intentaba recordar aquel aroma a siembra tan penetrante. Si el desasosiego duraba demasiado, también imaginaba cómo salía de la tierra a toda velocidad un brote de menta o hierbabuena (no era capaz de distinguir esas dos plantas). Esa parte de la ensoñación le proporcionaba una extraña añoranza de futuro: a ella también le gustaría brotar, que le saliera otro cuerpo de su cuerpo. A menudo se pregunta si no será esa la razón por la que la gente tiene hijos, para transportarse de una existencia a otra *ad hoc*, a una distinta a aquella con la que había nacido, o si quizá los tienen para poder rememorar su infancia, comprenderla, averiguar de una vez cómo aprendieron a hablar, a caminar, a entender parte del mundo; con el objeto, en fin, de verse crecer de nuevo con otro cuerpo, uno que creen que les pertenece por haberlo traído a la vida, uno que intentan doblegar hasta donde pueden sin ser conscientes de ello y que, seguramente, acabará cometiendo los mismos errores que causaron su infelicidad y sus ganas de comenzar desde cero en otro cuerpo.

Desde hoy Catalina no volverá a imaginarse brotes de nada, y cada vez que sienta el olor a tierra húmeda en su pituitaria se le encogerá el estómago sin saber muy bien por qué.

El hombre con cara de haber ido al campo que la llevó a la ciudad aquella primera vez le dio conversación y se preocupó por ella. ¿Es que no había oído hablar de las tres niñas que desaparecieron en la carretera?

—Nunca recojo a nadie, pero cuando te he visto he preferido hacerlo yo antes de que lo haga cualquiera. ¿Lo entiendes? ¿Por qué hacías autostop? ¿Adónde vas? ¿Cómo te llamas? ¿Vas al instituto? ¿Es que no tienes miedo?

Catalina le explicó que se había averiado el autobús en el que se dirigía a la ciudad, que venía de pasar el día en una parcela en el campo —como ahora— y que solo iba de vuelta a casa. Le dio un nombre que se parecía al suyo pero que no era el suyo —esta vez, Carolina—, y le dijo cuál era su instituto, el de verdad, porque si había que mentir prefería escoger un embuste parcial, como una forma cordial de proteger a su interlocutor. Detesta tener que engañar fuera de casa. Para ella, no tener que contar mentiras es sinónimo de libertad. Le habría gustado ser como John Wayne y poder decir lo que le diera la gana a cada momento, pero la vida de una chica de dieciséis años no le parece un western sino una tragedia griega, como las que estudia en el instituto. Lo que no hizo aquel día de ningún modo fue especificar en qué curso estaba; sabía que su altura sobrepasaba con creces la media de su edad y que podía parecer mayor, incluso un muchacho si se dejaba el bigote sin teñir con Andina. Tampoco le explicó por qué antepuso pedir ayuda a un extraño a intentar llamar o volver a la casa de campo de Silvia para preguntar a su padre si la podía llevar a casa. Se subió al coche a pesar de que mamá le había dicho mil veces que no se quedara a solas con ningún hombre.

—¿Con ninguno? ¿Ni con papá?

—Bueno, con papá sí.

—¿Y con Pablito?

—Con Pablito también, claro.

—¿Y con un profesor?

—¿Por qué tendrías que quedarte a solas con un profesor?

—Para una tutoría, para preguntarle algo sobre el temario, para que él me preguntara algo sobre mi examen...

Mamá no quería que se quedara a solas con ellos, sobre todo, porque ella misma no sabía distinguir con qué tipo de hombres se podía estar sin ningún peligro, pero Catalina, por su parte, decidió que, si tenía que sentirse incómoda con alguno, prefería siempre que fuera un total desconocido. Tampoco estaba acostumbrada a recibir favores y no habría sabido cómo pedirle al padre de Silvia que la llevara a casa; temía que sucediese algo por lo que no la invitaran nunca más a pasar el día en el campo ni a comer de esos jugosos y prodigiosos nísperos que había dado el árbol frente a su huerto. No quería perder la calma que le proporcionaba entonces aquel lugar, pero, por encima de todas las cosas, no quería hacer nada que pudiera empañar su relación con Silvia. Por inercia, Catalina sabía que el padre de su amiga la habría llevado. Él decía que sí a casi todo lo que su hija le pedía sin dudar, como hacer de adulto responsable para acompañarlas al cine a ver una película indicada para mayores de dieciocho, o llevarlas al parque acuático a primera hora de la mañana y recogerlas a última hora de la tarde. No le importaba hacer de chófer e incluso ponía más interés en la demanda si la amiga de su hija también estaba involucrada. Catalina se daba cuenta, aunque intentaba no pensarlo demasiado porque, de todas formas, Silvia siempre iba de copiloto o se sentaba entre ambos en el cine, con lo cual no había habido ningún roce fuera de lo que ella consideraba normal. Excepto la tarde en que tuvo que hacer autostop por primera vez. Mientras Silvia se zambullía en la piscina, Catalina pidió permiso a la madre de su amiga para usar el teléfono. Necesitaba salir de allí cuanto antes, seguir un instinto de alerta ante un gesto de cariño. Fingió que llamaba a casa, cambió el último número, un dos por un seis y al segundo tono contestó una señora.

—Dígame.

—Hola, papá, soy yo. ¿Te importa venir a recogerme a la parcela de los padres de Silvia?

—Perdone, ¿qué dice?, ¿a quién está llamando?

—Vale, te veo en veinte minutos en la parada de autobús a la entrada del pueblo. Sí, donde para el C16. Hasta ahora.

Hacía dos años que papá ni siquiera tenía coche, pero no se planteó llamarle de verdad ni decirle dónde estaba, porque se ha acostumbrado a que en casa la regañen por cualquier cosa, a que le pongan pegas incluso cuando lo que hace está bien y a recibir siempre un NO por parte de los adultos. Incluyendo a Pablito, que ya es mayor de edad. Cada vez que Catalina le pide algo prestado, Pablito, que se ha criado en el mismo sitio que ella, también le dice que NO, porque NO es la palabra más popular desde que tienen uso de razón. Por eso ella no suele pedirles nada a menos que sea una emergencia, y volver a casa no lo es porque, como dice mamá, si no sale, no tiene que entrar, y si no se va, no tiene que volver.

Los conductores que pasan con sus coches y no paran también son un NO, pero no le importa porque no los conoce de nada, no vive con ellos, no les verá las caras a diario, ni harán que se sienta humillada, como humillado se sentía aquel muchacho de las clases de recuperación al que ella le dijo que NO. De todas formas, está completamente segura de que si los coches no se detienen es porque no se dirigen a la ciudad.

El hombre que la recogió aquella vez no parecía una mala persona, aunque a Catalina se le pusieron los pelos de punta cuando le expuso no solo que tenía una hija de su edad, sino que además iba a su mismo instituto. En una ciudad de trescientos mil habitantes, le pareció insólito que la recogiese en la carretera junto a un pueblo alguien que precisamente se dirigía a su mismo barrio. Le contó que su hija se llamaba Elena, «Elena con H —aclaró—, Helena Sorní», y le preguntó si la conocía. Ella permaneció callada unos segundos, distraída con lo de la H, porque al oído no se distinguía Elena de Helena. La conocía, en efecto, aunque nunca había visto su nombre escrito, así que no sabía que una H lo precedía. Al mirar al hombre se fijó en la familiaridad de sus rasgos. Helena era la mejor amiga de Silvia, vivían en el mismo portal, pero a veces se peleaban y Catalina aprovechaba esas breves temporadas para ponerse en primera línea de su amistad y, aunque no salían apenas juntas, porque ella sale poco, le parecía que Helena solo era la chica con la que competía por tener una amiga íntima. Decidió contestar con otra mentira a medias diciendo que había varias Elenas en el instituto y que no sabía de ninguna con H (hasta ese momento). En una ocasión, había ido al cine con esa chica en el mismo grupo de amigos, pero no se atrevió a mencionarlo por miedo a que pensara que era una mala compañía para su hija porque había hecho autostop o, peor aún, que creyera que Helena también lo hacía. Porque hacer autostop es una falta muy grave para una jovencita, es ponerse en peligro conscientemente, dar carta blanca a violadores y asesinos, poner un filete de ternera en el plato del dóberman para después pedirle que no se lo coma. Al haberle dado el nombre de su instituto ya no podía mentirle con el barrio en el que vivía, de modo que le pidió que la dejara en la biblioteca municipal, un lugar lo bastante alejado de casa y que, a esas horas, aunque fuera un Lunes Santo, quizá estuviera abierto. Antes de bajarse, se le pasó por la cabeza darle el poco dinero que llevaba, como agradecimiento por no haberle puesto la mano encima. Su voz afable le impidió cometer esa desfachatez.

Solo unos meses después se encuentra de nuevo en las mismas: dedo alzado, expuesta en el arcén. Le sigue dando vueltas a la idea del *rapto* y se pregunta si, de entre todas las chicas *desaparecidas* o *raptadas*, incluso las que salían en aquellas representaciones mitológicas pintadas en vasijas de la Antigua Grecia que tanto le gusta estudiar, habría alguna que de verdad se fugase o saliera del reino completamente sola y por su propio pie, sin un novio de veinticinco años ni ningún hombre que le doblara la edad. Piensa en el mito de Perséfone como el peor de los casos, el más desolador, ya que primero fue raptada por el dios de los infiernos y después acabó pasando medio año con su secuestrador y otro medio con su madre. A Catalina se le revela la posibilidad de que, hasta cuando parece una huida en toda regla, como la de Paris y Helena —Helena con H, Helena de Troya—, lo llaman *rapto*. Ponen el cuerpo de una mujer como el detonante de una guerra, el robo de una mercancía, algo que pertenecía a cualquiera excepto a la misma Helena. Según la mitología, Helena ya había sido raptada antes, cuando solo era una niña, por Teseo y su amigo Pirítoo. Por el camino se echaron a suertes quién la violaría primero y ganó Teseo, el mismo personaje al que tantos dibujos, pinturas, esculturas y películas han dedicado también por matar al minotauro y al toro de Creta. De mujeres y toros, de eso está hecho el botín de la cultura clásica, piensa ella. Después Helena fue liberada, mejor dicho, *raptada* de nuevo por sus propios hermanos, pues solo querían casarla de inmediato con Menelao. Más tarde se fugaría con Paris. Pero en los libros siempre se dice que las mujeres eran raptadas o que, si yacían con alguien, su deseo se debía al hechizo de un tercero. Catalina deduce que es cosa de la época, de la literatura antigua, el que a una mujer no se la dotara de sentimientos, a menos que fueran divinidades, porque el resto no parecía tener jamás iniciativas ni anhelos. Tampoco ella tiene deseos sexuales hacia nadie, aunque cree que, como los chicos, debería tenerlos, y se pregunta si de algún modo está castrada o es solo una forma de sobrevivir.

No recuerda que en la tele dijeran la palabra *rapto* cuando ocurrió lo de aquellas tres niñas, aunque es cierto que papá no permitió que en casa se vieran los miles de programas dedicados exclusivamente al caso. Bastó con el telediario, con que fuera la comidilla en el instituto durante meses, con mamá y las vecinas hablando del tema sin descanso para que Catalina se enterara de los más escabrosos detalles. Puede que también haya una guerra constante y sigilosa, un caballo de Troya relleno de información cancerígena solo para un grupo de la población, pues no conoce cuentos clásicos ni historia del arte ni espectáculo público donde no se especifique que ellas, niñas y mujeres, no estaban en casa, sino en un bosque oscuro, o lavándose en un río, o en mitad de una carretera, y que lo peor no habría sucedido de haber evitado esos mismos lugares que los hombres pisan con total tranquilidad. Catalina busca excepciones, pero solo se acuerda de la ninfa Dafne: consiguió zafarse de Apolo, pero para ello tuvo que transformarse en árbol. Puede que cambiar la apariencia del cuerpo, sumando o restando carne, sea la única forma de protegerse en esta vida. Catalina se pregunta si no será eso lo que intenta hacer mamá.

Le gustaría gritarle a todo el mundo que odia haber nacido con este cuerpo al que no se le permite hacer nada. Quizá no lo dice porque teme aburrir, o que no la entiendan, o que no la quieran con toda su extrañeza. Prefiere que la vean como a un bicho malo que como a uno raro. Rara porque no se le han tolerado otros estados de ánimo, deseos ni iniciativas, como a las mujeres mortales que aparecen en la mitología clásica.

El corsé emocional que lleva aprieta tanto como la faja reductora que le ponía mamá cuando empezó a ir al colegio. Dejó de usarla en octavo gracias a su amiga Amalia. Un día Catalina le pidió que hiciera de guardiana tras la puerta rota de un baño porque le daba un pudor tremendo que se abriera y alguien pudiera adivinar cualquier parte de su figura por encima de las rodillas. Amalia le preguntó por qué tardaba tanto en salir y ella, como algo normal, contestó tan solo: la faja. La niña abrió un poco la puerta, extrañada, y encontró a Catalina subiéndose esa prenda tan tortuosa como difícil de poner y quitar.

—¿Por qué llevas faja?

—No sé. ¿Es que tú no llevas?

—No. Eso solo lo usan algunas señoras mayores. Ni mi abuela lleva faja. Es horrorosa y, además, seguro que es incomodísima.

El rubor cubrió la cara de Catalina como si una mentira encubierta contra ella durante años hubiera sido destapada. Dudó un minuto; no supo si terminar de subírsela, como mamá le había enseñado, o quitársela y prenderle fuego (a su madre también). Se obligó a colocársela de nuevo mientras Amalia se reía quitándole importancia y volviendo a sus juegos psicomágicos basados en los números de las matrículas de los coches.

—Te juro que ayer vi una matrícula de cuatro ceros. El cero es comodín, así que se cumplirá lo que he pedido.

Catalina dudó de su palabra, pero estaba contenta porque habían dejado de hablar de la faja y acababan de ver un coche cuya matrícula terminaba en 7070, así que pidió un deseo. El mismo de siempre.

Le gustaba ese juego, aunque le gustaba mucho más el de las dos opciones.

—Si te van a violar —comenzó Amalia—, ¿te haces la muerta o te cagas encima?

—Las dos cosas —respondió Catalina—, porque a veces la gente defeca después de morirse. Mi madre me dijo que le pasó a mi abuelo.

—¿Y si no tienes ganas de hacer caca?

—Pues vomitaría. El caso es dar asco, tía, es lo que dicen que hay que hacer.

—Pero ¿y si no tienes ganas de *gomitar*?

—Pues te las provocas, Amalia. Mi madre lo hace a veces. Se mete los dedos en la garganta y vomita, así de fácil.

—Qué asco. Bueno, te toca.

—Vale. Si tuvieras que elegir, ¿qué tipo de muerta serías?: ¿zombi o fantasma?

—Fantasma; son más bonitos. Blancos y luminosos, y además flotan porque no tienen pies. ¿Y tú?

—También fantasma. Aunque ser zombi tiene sus ventajas porque dan más miedo y asco.

—Pero, Cata, ¿por qué quieres dar asco a todo el mundo? —inquirió Amalia.

—No a todo el mundo; solo a quienes nos molestan.

—Yo solo querría dar asco y miedo a mi padre...

Aquel comentario parecía a punto de abrir una herida profunda. Catalina permaneció callada, por si Amalia continuaba, pero al mirarla de nuevo, cabizbaja, le ofreció otro camino.

—Qué prefieres: ¿fuego o agua?, ¿morir ardiendo o morir ahogada? Yo siempre tengo frío —ella siempre tiene frío—, así que prefiero morir ardiendo.

—Pues yo odio el calor. Prefiero morir ahogada, seguro que es más rápido. Me toca: ¿ciega o sorda?

—Depende —respondió Catalina—. ¿Sería de nacimiento?

—Mmm. Buena pregunta... Digamos que te quedas ciega o sorda ahora, de un día para otro.

—Entonces ciega, seguro, segurísimo.

—¿Y por qué estás tan segura?

—Pues porque tengo una vecina que se está quedando sorda, y grita cuando te habla, y cada vez que le dices algo te pregunta: «¿Qué?». Y tienes que volver a repetírselo para que ella responda: «¿qué?», y al final toda la conversación se basa en un «¿qué?». Y se te quitan las ganas de preguntarle nada ni de hablar con ella. Seguro que ya no le queda nadie que la aguante. En cambio, si te quedas ciega, nunca le vas a pedir a nadie que se ponga más cerca para poder verle mejor, ¿entiendes? Puedes seguir conversando con la gente sin que te odie por hacerle perder el tiempo repitiendo las cosas. Y, además, puedes seguir escuchando música. Imagina que no vuelves a escuchar *Que me parta un rayo*, ¡yo me muero! La gente que te vea con el bastón de ciega te cederá el asiento en el autobús, pero a un sordo nadie le cede nada, porque creen que el cuerpo se cansa mucho más por no tener ojos que por no tener oídos.

—Pero, tía, escogerías fatal el color de tu ropa. Aunque claro, considerando el color carne de la faja que llevas... Ja, ja, ja.

—Idiota... Ja, ja, ja.

Ese color carne se llamaba en realidad amarillo Nápoles rojizo, pensó entonces Catalina mientras se reía de sí misma con la ayuda de su amiga. Todavía tardó casi una semana en prepararse para decirle a mamá que no pensaba volver a ponerse una de esas fajas. Aprovechó una tarde en que las dos estaban doblando la ropa recién cogida del tendedero y entonces se lo dijo: «Mamá, no hace falta que doblemos más mis fajas —las suyas, de mayor tamaño, las tenía en las manos—, no voy a volver a usarlas, ninguna otra niña las lleva, me aprietan y no quiero ponérmelas nunca más». Catalina no se atrevió a preguntarle por qué la usaba ella también. Tuvo miedo de que se enfadara o de que le cruzara la cara, pero no ocurrió nada de eso, solo contestó: «Haz lo que te dé la gana». Su voz tenía un registro nuevo, seco, imposible de interpretar.

—De todas formas —añadió—, guárdalas en el cajón, que ya querrás volver a ponértelas cuando engordes tanto como yo.

Catalina la miró de arriba abajo.

—Mamá, tú no estás gorda —le rebatió.

—Sí lo estoy. ¡Mira!, ¡¡¡mira!!! —le gritó mientras se apretaba con las manos bajo los brazos y los muslos. En ese momento, a Catalina le pareció que la esencia de la vida de mamá era la misma que la de una bayeta estrujándose en el fregadero. ¿Cómo se las iba a arreglar para no parecerse a ella?

A mamá le reconfortaba ir a pesarse a la farmacia de la esquina porque decía que la báscula del baño de casa le ponía kilos de más. A Amalia le reconfortaba jugar a mirar las matrículas de los coches y a las dos opciones. A Silvia y a Guillermo les reconfortaba el verano o sacar un notable. A Catalina le reconfortaban otras cosas, sobre todo soñar, soñar despierta. Cuando tenía seis años se enteró de que un primo segundo suyo se había quedado huérfano y había tenido que irse a vivir con sus abuelos, que, al parecer, lo estaban malcriando. A partir de entonces, antes de quedarse dormida, Catalina fantaseaba con que papá y mamá —y a veces Pablito— también fallecían repentinamente en un accidente de tráfico. A diferencia de aquel primo lejano, ella apenas sabía nada de sus abuelos, pero por si acaso, poco a poco fue llenando de familiares el coche, con el fin de no tener que irse a vivir con ninguno de ellos. El vehículo acabó siendo un bus en el que cabían todos.

A los once años, Catalina pasó de soñar con una orfandad absoluta a imaginar algo más acorde con las películas y los libros que le gustaban entonces, como que hallaba a un ser de otro planeta, afable y sin apariencia física concreta, quizá con poderes de otro mundo, algo así como E.T. —tampoco le interesaba ponerse muy creativa en ese aspecto— pero más estilizado, menos torpe y con poderes mágicos con quien se fugaría para vivir en plena naturaleza, en una casa parecida a las que se veían en las películas americanas. Todavía se acuerda de ese lugar con árboles, lago, cascada y alguna montaña a lo lejos. En él se hallaba rodeada de animalitos, conejos, tejones, zorros, ardillas y diferentes especies de aves. No había humanos: ni adultos ni tampoco niños o niñas de su edad y, llegados al punto álgido de su fantasía, ya ni siquiera estaba el ser sobrenatural con el que se había fugado. No lo necesitaba. Se deshizo de él como de la ropa, porque en aquel lugar se encontraba completamente desnuda o tenía otro tipo de atuendos a su gusto. Por ejemplo, unas bragas que no se le metían por el culo, unos pantalones que no le molestaban —como los vaqueros apretados a la altura de las caderas con los que últimamente iba a clase—, y tampoco existían esos pantis que se pone los viernes y que le cortan la circulación en la cintura. Los calcetines allí no tenían goma con la que morderle la pantorrilla y los zapatos, por dios, los zapatos... En dieciséis años en este mundo Catalina no recuerda haber tenido unos zapatos cómodos de verdad, solo las zapatillas de deporte le resultan soportables, pero las que le compra mamá no son de marca como las de Silvia, le parecen feas y huelen tan mal a plástico quemado que únicamente se las pone durante la hora que dura la clase de Gimnasia. En fin, que en aquel génesis de su fantasía no existían las fajas de ninguna forma ni color ni nada parecido a la ropa que usa en invierno. El verano es otra cosa, porque ha conseguido que las bermudas y las camisetas anchas le den un descanso. Resulta espantoso pensar que, a pesar de todas las molestias, a Catalina le encantaría ser capaz de ponerse a diario medias, faldas y tacones, camisas estrechas y vestidos entallados tal y como lo hacen otras chicas, pero alguna vez ha salido así a la calle y ha vuelto tan temprano a casa que hasta mamá le ha preguntado si le pasaba algo. Se encuentra tan incómoda embutida en esa ropa que estar en el mundo así, aunque sea con sus amigos, le parece un martirio. Y es que vestida de esa forma no consigue espacio suficiente para pensar en algo más que no sea su aspecto. ¿No estaría provocando? ¿Pensarían que parecía una puta? ¿Tendría ya una carrera en la media? ¿Se le marcarían mucho las bragas? ¿Se estaría dando cuenta alguien más de que va disfrazada de algo que no es? Pero ¿qué es Catalina?

Ella no entiende por qué sus compañeras están cómodas con esos atuendos y ella no. O tal vez tampoco lo están pero no se atreven a reconocerlo. Está convencida de que los demás cuerpos, flacos o gordos, altos o bajos, son mejores que el suyo o, al menos, de que funcionan como deberían: que los pies de esas chicas no duelen en unos zapatos como los que ella usa, que sus pantalones no aprietan, que sus bragas no se meten por el culo. Catalina no soporta más de un par de horas un sujetador, ni aguanta la ropa ajustada y, cuando se pone una camisa, la suda al instante haciendo que se forme un rodal a la altura de las axilas. Una mancha que delata que está viva. No quiere ni pensar en el olor que emana de entre sus piernas, un perfume del que le gustaría apostatar con todas sus fuerzas. Además, siente que su físico se transforma constantemente, que cada vez que está segura de que se conoce, de que empieza a saber quién es, este hace que se convierta de nuevo en una extraña. No admite que no es su cuerpo quien la atormenta a ella aguándole la fiesta por no poder usar unos zapatos de tacón hasta deformarle el pie, sino que es ella quien lo tortura cuando, a pesar del dolor, lo intenta. Se avergüenza hasta de las partes que en secreto encuentra más hermosas de su ser, como si la belleza no tuviera importancia o no hubiera fulgor en ella solo porque la naturaleza la conceda de forma gratuita. De cara al mundo, parece mejor admirar una beldad producida con litros de maquillaje, Wonderbra, horas de aeróbic y ayuno. Le gustaría que hubiera más categorías sensoriales ante las que poder maravillarse. Descarta que ella pueda tener un olor especial porque, incluso después de lavarse en profundidad, cree que su entrepierna huele como un animal de rancho. Pero quizá al tacto tenga una piel bonita, o el sonido de su voz resulte agradable o, sin saberlo, tenga la virtud escondida de ver u oír algo antes incluso de que exista, pues de otro modo no se puede crear de la nada una escultura ni componer música ni escribir una historia. Su error reside en querer apartar lo fisiológico y corporal de lo intelectual y espiritual, la sensación de la emoción, fingiendo que experimenta algo más que frío, cansancio, hambre, placer o cualquier otra cosa que tenga que ver con esas curvas tan cambiantes que constituyen su presencia. Sin embargo, nada es más verdad que lo que ahí sucede, aunque el antropocentrismo filosófico que enseñan en las escuelas se empeñe en resaltar lo contrario. Se pregunta si no será que sentir placer o simplemente sentir es una riqueza interior que el hombre no soporta distribuir, ni siquiera entre algunos miembros de su misma especie. Por eso, cuando ella se conmueve porque ha acariciado a un pájaro, o ha visto una cigüeña volando bajo hacia su nido o una mariposa revolotear a su alrededor, mantiene la esperanza de aceptarse, como lo hacen esas especies, sin problema; al menos, aceptar que su cadera no tiene por qué usar una faja. Aún recuerda esa escena. Mamá, otro cuerpo desligado de sí mismo, escuchó al de su hija decirle que no volvería a ponerse jamás algo que apretara tanto. Quizá le llevó más tiempo entenderlo, pero el caso es que —ahora se da cuenta Catalina— hace meses que no ve fajas de ningún tipo en el tendedero. Cuerpo 1 – Mamá 0.

Por fin ve un coche a lo lejos. Catalina se aparta un poco del arcén estirando bien el brazo. Levanta bien el dedo para que la vean. El vehículo reduce un poco la velocidad cuando pasa frente a ella pero solo para que unos chicos se asomen a la ventanilla y le griten. ¡PUTA! La miran riendo y aceleran de nuevo hasta volverse un punto enano en la carretera. Catalina baja el brazo convirtiéndose en estatua. ¿Acaso han podido presenciar lo ocurrido hace un rato con el padre de Silvia? Está paranoica, ni que fuera la primera vez que un grupo de muchachos la llama así sin venir a cuento. Es lo normal cuando van en manada por la calle y ella va sola o sola con Silvia, ya sea un viernes por la noche o un lunes por la mañana. Nunca se ha parado a averiguar qué pasa si una chica les contesta. Es mejor no saberlo; si hacen eso estando ella fuera del coche, ¿qué le harían si se encontrara dentro? De nuevo se acuerda de aquellas tres niñas que hacían autostop.

Durante varios días, nada más enterarse de que habían desaparecido, Catalina confió en que se hubieran fugado. Esta posibilidad despertó su admiración hacia ellas hasta que supo cómo las encontraron envueltas en una moqueta. Habían tenido mala suerte, pensó, y que eso no le podría pasar a una chica tan lista, tan observadora y tan pendiente de todo como ella. Pero después, cuando comenzaron a dar en televisión los detalles de su sufrimiento antes de perder la vida, se sintió tan abrumada como si asediaran su propia piel. Por un tiempo y para detener las pesadillas cada noche, dejó de mirarse en el espejo desnuda. Sus pezones desaparecían en la ducha, los cubría de espuma para no verlos y daba rodeos con la esponja para no tener que sentir aquellos lugares donde otros habían consumado su odio. A partir de ese momento, los cambios que experimentaba su cuerpo adolescente ya no le proporcionaban curiosidad, sino verdadero pánico. Y, aunque papá prohibió que se hablara en casa de aquellas niñas, Amalia la ponía al corriente de todo lo que se decía en las noticias, incluyendo rumores (como que las habían convertido en esclavas sexuales en Marruecos), e incorporando frases sobre el hogar que parecían sacadas de *El mago de Oz*, aludiendo a lo peligroso que era salir de casa o del amparo de los padres. Sonaba apocalíptico, sobre todo, intuyendo cómo se llevaba Amalia con el suyo. Por aquellos días su amiga ya había empezado a faltar al instituto, de modo que solo se veían cuando Catalina se pasaba por su casa cada tarde a dejarle los apuntes. Le hacía compañía mientras la observaba tender la ropa, ponerle la merienda a su hermanita, que entonces era casi un bebé, planchar y, en fin, hacer las mismas cosas que hacía mamá. Le pareció incluso que hablaba igual que ella. De repente, Amalia era una mujer mayor consumida por el miedo al mismo miedo. Cuando le dijo que no volvería al instituto, las visitas se espaciaron a una vez por semana, una vez cada dos, una cada tres, hasta convertirse en aire.

Catalina se despidió del viaje de fin de curso para el que había estado ahorrando tanto tiempo, así como de cualquier otra excursión. Mamá no decía nada pero ponía la decisión en manos de papá. Papá no dio como pretexto el miedo a que su hija desapareciera sino el temor de que volviera «preñada», lo cual devastó su relación con él. Ella tampoco lloró demasiado por no poder ir a ningún sitio; en el fondo también estaba asustada. A partir de ese momento creyó que la única manera de poder marcharse algún día de casa sería del brazo de un hombre que la protegiera. Pasar de un padre a un novio, de acuerdo, pero tendría que ser un novio mejor que el que se echó mamá, alguien que no la tratara como a una niña pequeña que no sabe lo que quiere y a la que hay que explicárselo. Porque mamá es un ovillo de lana que se va empequeñeciendo a medida que suelta hebra.

Había algo en la idea de echarse un novio, casarse y largarse cuanto antes de allí que le resultaba contradictorio, incluso agobiante, y hacía que en muchas ocasiones tuviera que cortar de inmediato ese relato mental. ¿Y si no conseguía uno mejor que el de mamá? Ante la indecisión, preferiría pergeñar una fuga en soledad, porque marcharse con un muchacho, además, implicaba consentir que ese muchacho la tocase. A pesar de su adolescencia, en ningún momento se le había pasado por la cabeza que quizá ella también pudiera anhelar tocarlo a él. Consentir, en esos días, le parecía lo mismo que desear. Asumía que le esperaba una vida sexual tan triste como la de mamá, a la que jamás había visto besar a papá. Tampoco había visto a papá ser cariñoso con ella, aunque mamá repetía que eso había cambiado nada más casarse. A la vista de Catalina, le parecía que mamá podía haber aspirado a algo mejor.

Cuántas veces había oído a algunas chicas del instituto decir que se sentían más a gusto enrollándose con chicos que no fueran demasiado atractivos o al menos no más atractivos que ellas. Pero ninguna explicaba cómo se decidía lo que era atractivo y lo que no. Y si miraba a su alrededor era habitual ver a chicas jóvenes, de las que ella habría dicho despampanantes, con tipos mayores a los que habría llamado adefesios. Papá roncaba y le llevaba diez años a mamá, sin ir más lejos. Sus compañeras solo defendían su elección argumentando la madurez, a saber en qué consistía eso, o la belleza interior de esos muchachos poco agraciados, y a Catalina le parecía algo bonito y de cuento de hadas. Bella y Bestia son. Pero entonces se cuestionaba por qué no ocurría a la inversa. ¿Será que las chicas no poseían belleza interior? ¿En qué consistiría ese tipo de belleza? Estaba segura de que ella también la tenía, pero en lugar de pensar que la belleza interior no era exclusiva del sexo masculino, creía que, como dijo aquel chico cuando le declaró que le gustaba, ella no era como las otras chicas. Le resultaba más fácil pensar que no era una verdadera chica que darse cuenta de que los hombres no estaban dispuestos a compartir ni su alma con los animales ni esa belleza interior con las mujeres. Mientras deliberaba si era tan especial como ellos, también concluyó que se decidiría, como muchas otras chicas, por alguien cuyo aspecto no la atrajese demasiado o le diese tanto asco como se diese ella a sí misma. Le parecía lo más sencillo por dos razones: la primera, por si la abandonaba, así no habría mucho que extrañar. La segunda, porque a esas alturas despreciaba tanto su cuerpo, sus formas, su olor, su tacto, que creía que todo el mundo lo aborrecería enseguida y que, tal vez, el hombre con el que llegase a estar algún día no tendría más remedio que conformarse con lo que tenía delante. Igual que ella.

Ese plan de echarse novio le parecía un poco más factible que encontrar a un extraterrestre volador, o incluso que quedarse huérfana, ya que su familia no dispone desde hace más de un año de ningún coche con el que estrellarse en carretera. El auto estaba muy viejo pero papá dijo que lo arreglaría pronto. Lo dejó aparcado durante meses junto a la acera mientras se pudría. Los vecinos comenzaron a quejarse por el espacio que ocupaba y la pinta que le daba al barrio, que ya tenía mal aspecto de por sí, aquella máquina mugrienta. Entonces dijo que en realidad no lo usaba lo suficiente y acabó llevándolo al descampado, ese que ella ha cruzado algunas noches y que hace las veces de aparcamiento junto al centro comercial que hay cerca de casa. Antes de abandonarlo, papá se apresuró a quitarle la matrícula; cualquier cosa con tal de ahorrarse la grúa y una multa. Cada vez que Catalina pasaba por allí, veía como le iban faltando piezas. El espejo retrovisor, la luna delantera, la trasera, las manivelas para subir y bajar las ventanillas.

Durante el día, algunos niños lo usaban de tobogán por su parte frontal y, poco después de que encontraran a aquellas tres niñas que hicieron autostop, se percató de otras tres, esta vez de entre seis y ocho años, jugando a hacerse las muertas en el maletero. A su paso, las oyó discutir sobre quién sería la del nombre más bonito, quién la del flequillo y quién la que sostenía un gato en la foto que pasaban incesantemente por televisión. Quién sabe si jugaban a cambiar la historia.

La imagen de las niñas en el maletero divirtiéndose así le habría parecido aterradora si no fuera porque ella también jugaba a morirse cuando era muy pequeña. Se aburría tanto en el hospital que a veces no contestaba cuando la enfermera se acercaba a la habitación para darle el desayuno. Se encontraba a Catalina incorporada en la cama, con la cabeza ladeada cayéndole en un hombro y la boca abierta con un hilo de baba pegado a la barbilla. Semanas más tarde, ya en casa, se tumbaba a menudo en el suelo, con los ojos abiertos, sin moverse ni parpadear siquiera, esperando a que mamá, papá o Pablito pasaran por allí, pero o no pasaban, o no le hacían caso. Los notaba tan cansados de creer durante tanto tiempo que se moriría, que pensó en morirse de verdad para poder cumplir con las expectativas.

Ahora que está en la carretera, esperando a que alguien la recoja y después de lo que unos chicos le acaban de gritar, se sigue planteando una muerte temprana. Aborda si no será ese el destino *normal* de una chica que hace autostop. Si es lo que papá y mamá esperan que suceda, ¿por qué no morir así?, se pregunta. Le cuesta menos imaginar ese hado que a sus padres permitiendo que se independice sin compañía masculina con total naturalidad, porque sabe que tienen instalado el miedo y que no hay intención alguna de apagarlo, como un frigorífico antiguo sin regulador de temperatura que acaba helando todo lo que toca y, aunque estropea la mayoría de los alimentos, ellos creen que sigue cumpliendo su función.

Durante un tiempo pensó que se marcharía con Amalia. A su amiga del colegio tampoco le gustaba su casa, a veces decía que la odiaba, aunque allí no hubiera nadie durante el día aparte de ella y su hermana pequeña, de la que no tenía más remedio que hacerse cargo. La madre casi siempre estaba trabajando y el padre casi siempre estaba en un bar.

Amalia había sido su primera amiga, pero casi no se han vuelto a ver desde hace más de un año.

Después de la llamada sin respuesta, apenas queda entre ellas el saludo de medio minuto en la calle. «¿Qué tal, Amalia?» «Bueno, ya sabes, como siempre.» Pero solo sabe que ya no va al instituto donde antes se veían a diario y ninguna de las dos sale los fines de semana: Catalina, porque tiene una madre aterrada desde que raptaron, torturaron, violaron y mataron a aquellas tres niñas; Amalia, por eso y porque debe hacerse cargo de su hermana, que ya debe tener casi cinco años y, según algunos rumores, de lo que viene en camino. Pablito se cruzó con ella hacía poco y dijo en casa que los chismes del barrio eran ciertos, que estaba seguro de que la había visto con una barriga. Mamá, que siempre había tenido celos de esa amistad, señaló al escuchar a Pablito que se alegraba de que su hija ya no se juntara con *esa*.

Catalina aún no puede creérselo. ¿Cómo es posible el embarazo de Amalia si su padre apenas la deja salir de su casa? ¿Cuándo ha ocurrido? Quizá por eso Catalina no le devuelve su última llamada, porque no se atreve a preguntarle nada. Peor aún, teme que sin preguntar Amalia se lo cuente, que la historia sea tan terrible que le haga tener miedo a estar hasta en su propia habitación e incluso que se le contagie su embarazo. Prefiere el riesgo que exige el toque de queda, volver sola a casa, exponerse a ser una estadística más en los números anuales de chicas muertas por extraños y, más que nada, dejar solo al horror de su imagi-

93

nación los motivos por los que su amiga podría haberse quedado encinta.

¿Qué has hecho, Amalia? —se dice bajando el brazo para tocar su propio vientre—, ¿lo has hecho para poder irte de casa? ¿Quién es el padre? ¿Estás enamorada de él? ¿Vais a casaros? ¿Tendré que casarme yo algún día?

Una vez escuchó en la peluquería a las mujeres del barrio hablar de cómo fueron sus bodas. Algunas dijeron que habían llorado al abandonar el hogar de sus padres, donde decían sentirse protegidas —¿de qué?—, para entrar en la casa del esposo, donde no sabían lo que les esperaba —tal vez aquello de lo que querían protegerse—. Varias de esas mujeres eran las madres de sus compañeras de clase. Una de ellas contó que tras la boda se fueron a vivir con su suegra, que era viuda, y esto, en lugar de ser una ventaja o una ayuda, devino en un suplicio, pues cada vez que discutía con su marido, la señora la reprendía a escondidas y le decía que su deber era contentar a su hijo por encima de todo. El piso era de la familia de su marido y parecía imposible querer cambiar nada de las normas de ese hogar, ni tan siquiera el colchón de la cama, que era el mismo donde habían dormido sus suegros hasta poco antes de la boda. Sin trabajo y sin saber un oficio, la mujer seguía a la espera de que su suegra se muriese para sentir que aquella casa le pertenecía tanto como a los hijos que ella había parido, porque después de tantos años aún no había conseguido acostumbrarse a vivir con ella y, por más que parecía enferma y ajada, daba la impresión de que la vieja los enterraría a todos. Las otras contaban más o menos lo mismo, sobre todo las que no tenían un trabajo y se sentían como internas a las que les daban techo y comida —¿a cambio de qué?—, pero al menos en la mayoría de los casos no había nadie más que ellas mismas para recordarles cuál era el cometido de una buena esposa. Al cabo llegaron los embarazos y, con los hijos, según decían, el matrimonio cobraba más sentido. Alguna, la más joven, relató que su caso no había sido así en absoluto, que desde niña estaba deseando casarse, aunque no especificó si con su marido, y que recuerda el día de su enlace como el más feliz de toda su vida. Agregó como hermoso detalle que, en la noche de bodas, su marido la había cogido en volandas para entrar en casa, como hacían en las películas.

Catalina, tan interesada en la mitología clásica, se acordó al oír eso último de que la tradición de cruzar el umbral en brazos del novio no procedía de la gran pantalla sino del rapto —siempre un rapto— de mujeres en la antigua Grecia. Le habría gustado mencionarlo, aportar algo a la conversación entre champús y permanentes, pero sabía que mamá la regañaría después en casa con el eslogan de *ver, oír y callar*. Para mamá, una niña no debe dar su opinión. Odia cuando se lo dice y cómo lo dice, por eso en aquella ocasión prefirió seguir las instrucciones de uso y observar desde su sitio a las dos clientas más silenciosas de todo el local. Una de ellas, de unos cincuenta años, se había unido a la conversación en un principio y hasta había mencionado su boda y a sus suegros, que ahora también vivían en la misma casa, pero al no haber tenido hijos, a pesar de haberlo intentado con unas técnicas modernas de reproducción asistida, se alejó de la cháchara abriendo una revista, aunque en ningún momento pasó de página. *Ver, oír y callar*. La otra, la más silenciosa de todas, era lo que las demás llamaban a sus espaldas una solterona. Vivía en su mismo portal y era casi diez años mayor que mamá, aunque no aparentaba su edad. Ajena a la conversación y con la mirada fija en su propio rostro frente a un espejo, de vez en cuando arqueaba una ceja, como si acabara de escuchar una estupidez. Era la menor de tres hermanos y una hermana; todos casados y con hijos excepto ella, que durante una década estuvo fuera de la casa de sus padres, pero sobre quien finalmente había recaído la responsabilidad del cuidado de estos. De modo que la vida con o sin hombres pasaba por cuidar de alguien, siempre y cuando ese alguien no fuera una misma, pensó Catalina. A ella, en todo caso, le parecería más natural cuidar de los hijos, puesto que a sus padres no los había elegido y no podría educarlos ni hacer que se comportaran como ella quisiera, ni mandarles *ver, oír y callar*, ni prohibirles salir ni nada. Por eso se prometió que si alguna vez tenía hijos haría lo posible por caerles bien, les dejaría hacer muchas cosas e incluso las haría con ellos en vez de decir siempre que NO o *Cuando seas madre lo entenderás*. De ese modo nunca querrían huir de su lado.

Catalina no hace autostop para escapar de casa sino para volver a ella, o eso cree. La vez anterior, por ejemplo, cuando mamá se enteró, pensó que lo había hecho para regresar de una fiesta, aunque solo venía de la parcela de los padres de Silvia. Le gustaba estar con ella y su familia e incluso trabajar su huerto. Ese tipo de esfuerzo físico le sentaba bien, la ayudaba a estar en calma y, sobre todo, a evitar pensamientos que a veces llegaban a ser obsesivos como, por ejemplo, que sería capaz de herir a alguien con el destornillador que portaba en la mochila. El no saber si lo usaría la aterrorizaba tanto como el acto de usarlo en sí, incluso más que las consecuencias de utilizarlo para defenderse. Si le agradaba tanto ir al campo era porque allí conseguía cansar el cuerpo sin cansarse de estar viva.

Aquel Lunes Santo habían sembrado tomates y enterrado semillas de perejil anticipándose un par de semanas a la época común para plantar, pues hacía más calor que otros años. Después acompañaron al padre de Silvia a coger espárragos al monte. A la vuelta, la madre, que se había quedado con los hermanos pequeños de su amiga, preparó las viandas en una sartén con la base ondulada. En casa también había una de esas colgada de un gancho en la pared de la cocina, pero nunca se había usado para nada. Ese día en la parcela, los espárragos le parecieron algo exquisito a pesar del color verde que tanto odiaba ver en la comida que hacía mamá. A los padres de Silvia les extrañaron sus alabanzas hacia un plato tan simple como trigueros a la plancha, incluso exageradas, hasta que ella les aclaró que no los había probado nunca antes. No le avergonzó decirlo, pues pensó que era un manjar difícil de encontrar. Por las caras que pusieron, eso debió de sorprenderles aún más, pero tanto ellos como Silvia decidieron no mencionar lo fácil que era encontrarlos en temporada en cualquier supermercado. Si Catalina no había probado espárragos verdes hasta entonces era porque a papá y mamá no les gustaban. En casa solo se come lo que ellos quieran, especialmente lo que quiera papá. En ocasiones mamá hace dos platos, incluso tres, porque papá es melindroso con la comida. Un filete de ternera con patatas fritas para él, ensalada de pepino para mamá, espaguetis con carne de cerdo picada para Pablito y Catalina. Cuando el filete llega a la mesa solo quedan cuatro tristes patatas para acompañarlo, porque Pablito ha cogido una cada vez que mamá estaba distraída y Catalina también lo ha hecho cuando mamá le ha ordenado llevar el plato a la mesa. Incluso mamá se ha comido alguna, nada más sacarlas de la sartén.

Después de comer, la madre de Silvia fue a poner a los niños a dormir la siesta. Eran gemelos, tenían cuatro años y un juguete idéntico para cada uno. A veces Silvia se quedaba de niñera mientras sus padres salían un rato o iban al cine y Catalina aparecía por su casa para hacerle compañía, como cuando iba a casa de Amalia, solo que en el caso de Silvia su madre dejaba la cena preparada o dinero para que pidieran una pizza. Los gemelos se entretenían el uno al otro pasándose sus coches iguales y comunicándose de una manera que solo ellos podían entender, así que rara vez demandaban la atención de su hermana. A Catalina el conjunto de Silvia y los gemelos le parecía perfecto, disfrutaba observándolos y se imaginaba qué diferente habría sido su vida si hubiera tenido una hermana gemela, o simplemente una hermana. O incluso un perro. En casa nunca habían tenido, a mamá le dan miedo los animales, pero a Catalina le habría encantado tener un perro, quizá para sentirse dueña de un animal domesticado, otro cuerpo al que poner límites y dejar avanzar solo hasta donde alcance la correa.

Los padres de Silvia solían volver antes de medianoche, pero para entonces ella ya se había tenido que ir porque papá y mamá no la dejaban nunca quedarse a dormir fuera. Catalina supone que porque tampoco querían que nadie durmiera en casa. Los padres de Silvia eran de la edad de mamá, pero parecían más jóvenes, al menos hacían cosas de jóvenes, como salir de vez en cuando. Catalina no recuerda ninguna ocasión en la que Pablito se hubiera quedado con ella en casa cuando era más pequeña para que mamá y papá pudieran ir a dar una vuelta o al cine o a tomar algo. Si le preguntara por qué Pablito no la había cuidado nunca, mamá le contestaría que los chicos no cuidaban de nadie. O peor, le echaría en cara que si no habían salido nunca era porque Catalina de chiquita estuvo muy enferma. Solo se acuerda de una ocasión, no hacía mucho, en la que papá y mamá salieron al bar de enfrente, supone que para reconciliarse tras varios días de silencio ininterrumpido en casa. A los padres de Silvia no se los puede imaginar enojados por nada, como a los gemelos, a los que vio quedarse fritos tras aquella comida.

Silvia y ella salieron a tomar el sol y ponerse morenas. En un rato les apetecería meterse en la piscina, antes de que diera la sombra y encontraran el agua congelada. Por fin sintió que tenía suficiente calor para probar el agua, pero nada más levantarse le entraron ganas de hacer pis. Entró de nuevo en la casa, descalza y en bañador. Se sentó en el váter apartándose la parte de la braga hacia un lado para aligerar las cosas, puesto que el baño no tenía pestillo y no quería que nadie la sorprendiera con el pecho al descubierto. Se limpió con rapidez usando gran cantidad de papel higiénico, mirándolo una y otra vez antes de dejarlo caer para tirar de la cadena, y se quedó unos segundos más allí dentro, como si hubiera perdido algo y necesitara encontrarlo enseguida. Cuando por fin salió, se tropezó con el padre de Silvia en la puerta, a punto de entrar. Él la notó angustiada.

—¿Estás bien?

—Por favor, no entre al baño todavía —le rogó Catalina con sus larguísimos brazos y piernas formando una equis en el marco, haciendo de barrera—. Creo que tengo una infección de orina, porque he hecho pis y huele muy raro.

El hombre se quedó callado unos segundos, digiriendo lo que Catalina había dicho, y, como si acabara de pillar un chiste oído hacía varios días, soltó una carcajada. Ella bajó los brazos, sintiéndose ridícula y confusa por unos instantes hasta que él la tranquilizó explicándole que aquel olor se debía a los espárragos, que no tenía nada de malo, que no se preocupase, y sonrió al ver cómo ella resoplaba de alivio y le devolvía el rostro coloreado y los ojos alegres, calmados tras una tormenta de menos de tres minutos. Ella dirigía la vista al suelo riendo casi sin hacer ruido cuando notó algo en el cabello, todavía muy largo. Una mano tapándole la oreja. Una caricia. Era casi tan alta como él, pero se sintió pequeña ante aquel gesto afectivo tan anómalo en su propia casa como los espárragos verdes. Continuó con la mano ahí pegada, cóncava, como si le diera a escuchar el ruido de una caracola. Alzó la vista solo para comprobar que él no apartaría la mirada y que ella no sabría qué decir o hacer. Se vio a través de sus ojos y solo encontró a una chica en bañador. Al darse cuenta, se cubrió los hombros con las manos y masculló algo sobre el frío, porque ella siempre tiene frío, para poder salir al sol cuanto antes. Se tumbó de nuevo sobre la toalla. Silvia la miró por encima de las gafas de sol.

—¿Dónde estabas? —preguntó un momento antes de lanzarse al agua.

Catalina no contestó porque estaba pendiente de su padre, que no paraba de entrar y salir de la casa. Tampoco dejaba de mirarla, incluso desde la ventana. Fue entonces cuando dijo que se había acordado de que tenía cosas que hacer y fingió llamar por teléfono a papá para que fuera a recogerla cuanto antes a la salida del pueblo (montado en unicornio). Se largó de allí porque sintió que algo no marchaba bien, como si le saltara una alarma, la misma que le ha fallado hoy cuando aprendía a colocar uno de aquellos aparatos junto a ese hombre. Se retiró al primer aviso, y solo en el camino consiguió recuperar el calor que tenía antes de ir al baño entreteniéndose con cada bicho minúsculo que encontró a su paso, como si aún tuviera doce años y no le apeteciera fugarse con ningún novio de veinticinco. Se quedó quieta frente a dos mariposas blancas, del mismo tipo que las que se pueden ver en cualquier jardín de la ciudad, solo que estas revoloteaban a su alrededor sin asustarse por su presencia. Catalina se sintió agradecida, afortunada, como parte de la armonía ligera y efímera de estos artrópodos. ¿Cuánto dura una mariposa?, se preguntó. Si no se encontraba con alguien como su yo de ocho años, lo suficiente como para aprovechar la vida al máximo, pues por entonces les arrancaba las alas cada vez que conseguía atraparlas; primero las dejaba posarse a libar en alguna flor y luego les cortaba el paso cuando intentaban alzar de nuevo el vuelo. Ella, al igual que otros niños y niñas de su edad, llevó al colegio una caja de zapatos para recibir algunas hojas de morera y tres o cuatro gusanos de seda. Así es como debían aprender, a través de unos capullos con forma de Cheetos, que un ser vivo nace y que, con suerte, crece, se reproduce y muere. Pero Catalina no debió de estar atenta a eso sino a cómo mamá se los tiraba a la basura antes de completar el ciclo porque, según ella, apestaban. De modo que lo que aprendió fue a no darles importancia, y solo dejó de hacer daño a las mariposas años más tarde, cuando las estudió en las clases de Ciencias Naturales. Al parecer, ese tipo de insecto sufre profundas transformaciones antes de llegar a ser mariposa, además de muchos peligros, como encontrarse con una niña como ella, que las cazaba porque creía que esa suerte de grasa que se le pegaba en los dedos al tocarlas era polvo de hadas, el mismo que usaba Peter Pan para sostenerse en el aire. Solo ocho años y ya quería salir volando de casa. Por eso, al ver aquellas dos mariposas blancas tan cerca de ella, se vio al fin perdonada por las aberraciones cometidas contra su especie. Razonar, cambiar de opinión, dejar de hacer lo que se hacía antes, esta debería ser la clave de la felicidad para todo el mundo, pues en eso había consistido también su propia metamorfosis. La prueba estaba en haber prescindido de las fajas y en respetar a las mariposas. Había leído que las hembras se apareaban una sola vez en toda su existencia. Pensó que tal vez esa fuera su última semana en la Tierra tras una corta vida de avatares. Por comparación, encontró curioso que los seres humanos estuvieran obsesionados con la longevidad, la reproducción asistida, la edad reproductiva, la eterna juventud y, a la vez, se hicieran daño fumando, bebiendo, comiendo demasiado o no comiendo nada, mordiéndose los dedos o arrancándose los pelos de las cejas. La humana es la única especie que se preocupa de la muerte, de no morir, de controlar la vida, en lugar de ocuparse, como el resto, de saber vivirla. La mariposa hembra solo copulará una vez en toda su existencia, pero debe de ser algo espectacular, pensó. Tal vez de pequeña robaba polvo de mariposa no solo con la intención de volar, sino también con un fin libidinoso, o quizá ambas cosas fueran más o menos la misma porque en sus sueños siempre volaba o daba saltos gigantes de un edificio a otro, como una mariposa que va de flor en flor, y cuando una vez se lo contó a Silvia, se sorprendió cuando esta le dijo que había leído en un libro que volar, en el mundo onírico, significaba lo mismo que tener *impulsos sexuales*. Catalina se preguntó al oír eso por qué no tenía ella esos anhelos cuando estaba despierta y si los tendría algún día.

Iba sumergida en estos pensamientos cuando llegó a la parada. En horario de invierno, el autobús solo pasaba una vez cada hora, así que se dispuso paciente a esperar al siguiente, cautivada con la lentitud con la que se movía en el asfalto la sombra que dibujaba el palo con el número de línea. Cuarenta y cinco minutos después había cuatro personas más junto a la marquesina. El autobús llegó veinte minutos tarde y en él no había más de tres personas; no le extrañó nada que pasaran de hora en hora, pero sí que el vehículo fuera tan despacio. En la siguiente parada, aún lejos de la ciudad, solo se bajó una persona y el vehículo se quedó parado con la puerta abierta, como si el conductor no se decidiera a arrancar. Finalmente, apagó el motor y pidió a los ocupantes que bajaran. Dijo no encontrarse bien. Un hombre se molestó y le preguntó cómo se le ocurría ir a trabajar así. El conductor no tenía fuerzas para discutir, tan solo dijo que un par de kilómetros más adelante había un poste para llamar a la grúa, que hicieran el favor de ir a pedir ayuda o, por el contrario, se sentaran a esperar un buen rato al próximo autobús. Una mujer que se había subido en la misma parada que Catalina preguntó qué distancia había para ir andando a la ciudad. El conductor, pálido como un macarrón cocido, le contestó que sobre una hora y media a paso ligero. La mujer iba cargada con unas bolsas y la idea no la sedujo. En cambio, Catalina, que ya había esperado bastante a que apareciera un autobús con el conductor averiado, aprovechó que todo el mundo andaba pendiente del enfermo para comenzar a correr en dirección a la ciudad. De otro modo no llegaría a tiempo. La mochila pesaba lo suyo y pronto sustituyó la carrera por la velocidad de paseo. De vez en cuando miraba hacia atrás por si ocurría un milagro y aparecía otro autobús, pero lo que vio fue el sol enrojeciendo el cielo a sus espaldas; faltaba muy poco para el atardecer. Calculó que quizá había caminado tres kilómetros cuando le entró el pánico a que le cogiera la noche por esos campos pelados de hierba. Se acercó al arcén y levantó el dedo diciéndose que solo sería un trayecto de diez minutos. Haría autostop para volver a casa a la hora establecida tan marcialmente por papá y mamá, con el mismo apuro con el que un soldado teme no llegar antes del toque de retreta o, peor aún, que le den por desertor.

No cumplir las normas del hogar es lo mismo que traicionar a su propia estirpe. Esos son los principios básicos por los que se rige una familia como la suya: la culpa y el chantaje. Aunque tampoco sabe cuál de esas dos cosas tiene que percibir con precisión ante cualquier catástrofe. Desde fuera da la impresión de que le afligen menos las desgracias ajenas o personales que las demostraciones públicas de *humanidad*, como cuando se entera por las noticias de que un policía o un guardia civil ha socorrido a un niño, o ha sacado a un perro o a un gato de una casa en llamas. Eso, que parece que debería ser representativo de su labor, le produce un nudo en la garganta. Normalmente, este tipo de servidores del Estado —como cualquier hombre con cierto poder—, le provocan odio o temor; aún no sabe diferenciar bien entre esas dos cosas, y no es la única, sabe que a ciertas personas les pasa lo mismo con los colores, por ejemplo, cuando creen que reflejados en la piel valen unos más que otros. Las mismas ganas de llorar aparecen al ver a un tipo duro como papá —como ella—, enternecerse ante una escena de película infantil. Le afecta cuando el villano de turno deja asomar un poco de compasión. Por eso prefiere el anime japonés a las películas de Disney, porque en las últimas el malo es siempre malísimo y muere de la peor forma, mientras que en las primeras el villano no es malo todo el tiempo y, además, tiene sentido del humor. Le encantaría poder compartir con alguien de su instituto que le siguen encantando *Bola de Dragón*, *Sailor Moon* y *Ranma ½*, pero le avergüenza porque no ha oído a ninguna chica de su edad decir que todavía sigue enganchada a los dibujos animados. Cuando el villano es incapaz de matar al héroe,

Catalina se contiene las lágrimas a punto de asomar inspirando por la nariz y reteniendo el aire unos segundos antes de soltarlo despacio por la boca temblorosa. No llora nunca, así que llorar por eso no le parece bien, sobre todo porque no entiende qué es lo que le provoca el llanto. Quizá ver que alguien malvado pueda llegar a ser bondadoso por unos segundos le inspira algo bello. Le gustaría creer que podrá confiar algún día en alguien con poder —un hombre— y, sobre todo, en ella misma, en no tener que usar nunca el destornillador que guarda en la mochila.

No tendría que usarlo jamás ni hacer autostop si la dejaran dormir en casa de Silvia o de Guillermo, pero mamá siempre se ha opuesto porque, eso de que su hija adolescente duerma en la casa de un amigo, también adolescente, aunque fuera *Guillermo*, cuyo nombre pronuncia con énfasis, haciendo varias veces comillas con los dedos, tampoco le parecía buena idea.

—¿Y dormir en casa de Silvia?

—No me parece bien la hora a la que vuelven a casa ninguna de tus amigas. Sus madres sabrán lo que hacen. Un día se las van a encontrar con un bombo, como a Amalia, o algo peor.

Porque *algo peor* está ahí fuera, como la verdad en *Expediente X*, y todo el mundo le ha dado a entender a Catalina que cuando un lobo anda suelto se encierra bajo llave a las cien ovejas y, si una se escapa, será culpa de la oveja que el lobo la encuentre, porque está en la naturaleza del lobo asustar a la oveja, torturar a la oveja, matar a la oveja, zamparse a la oveja, pero nadie se pregunta si está en la naturaleza de la oveja quedarse encerrada hasta que deje de existir el lobo, ya que no parece que el lobo vaya a dejar de acechar jamás.

Catalina no quiere que la violen, ni que se la coman, ni aparecer por partes en una cuneta, pero tampoco quiere condicionar su vida al lobo cuando intuye que, como dios, puede que esté en todas partes. Tal vez sí que le gustaría desaparecer en un maletero mágico y aparecer en otro lugar, a ser posible, uno lejos de casa. Se ha acostumbrado a ese miedo inculcado, a alimentarlo, a revolcarse en él, incluso a disfrutarlo, a querer sentir cualquier cosa que no sea el otro miedo, ese que la lleva directamente a un pozo con una inscripción en piedra que dice cosas como *Con todo lo que hemos hecho por ti*, *Pensábamos que te había pasado algo*, *¿aún no te das cuenta de lo frágil que eres?*, *podrías enfermar otra vez*, o ese otro miedo, más concreto y tangible, al que se enfrenta cada vez que llega cinco minutos tarde y que tiene como consecuencia no volver a salir del sopor doméstico en una buena temporada.

La asfixia disminuye de forma proporcional a medida que se aleja de casa, y el confín de la apnea se hallaba, hasta hoy, en la parcela de los padres de Silvia. Allí no se sentía tan culpable de estar haciendo algo en contra de lo que quieren papá y mamá, como, por ejemplo, ir a un pub y salir con chicos y, al estar a kilómetros de casa, tenía la liviana sensación de rozar la libertad. Después del día de los espárragos tuvo mucho cuidado de encorsetarse bien, de permitirse pocos movimientos y de medir lo que podía hacer o decir. Sin darse cuenta, estaba haciendo de sí misma un producto indeterminado, sin expresión, como uno de esos detergentes de marca blanca que compra mamá, a fin de no provocar ni seducir al padre de su amiga ni a nadie. Consiguió poner un muro de contención, pero al cabo de un tiempo se relajó. Porque un cuerpo adolescente no puede sobrevivir si está en tensión permanente. ¿No habré exagerado?, se preguntó. Tal vez el padre de Silvia solo le tenía mucho cariño, eso era todo. No seas como mamá, se decía irritada, que no se fía de nadie. Su forma de evadir a ese hombre solo haría que la viesen en su casa como a una maleducada. ¿Qué pensaría Silvia de ella? Le daba pavor imaginar que su amiga se enfadara con ella y estaba dispuesta a tragarse sus sospechas con tal de seguir teniéndola cerca, aunque eso significara no desenterrar sus temores en ningún momento.

Desde hace más de una hora, lo que ya lleva esperando a que pase alguien que la acerque a la ciudad, aquella casa se ha vuelto un punto de no retorno. Una parcela en el campo perteneciente a los padres de Silvia, probablemente gracias a uno de los muchos chanchullos que se cometen en el barrio, pero que le agrada más que el piso donde vive su familia, que además no es de papá y mamá, es del banco, y que tiene una decoración que a Catalina le espanta, con esas fotos enmarcadas de gente muerta a la que apenas ha conocido ni conocerá sobre la mesa del salón. Cada vez que pregunta si puede quitar a los difuntos para poder hacer ahí tranquila los deberes, mamá le responde que use la otra mesa, la de comer, la que ocupa el centro del mismo salón comedor, esa otra mesa demasiado pequeña para cuatro personas pero que resulta tan versátil. En invierno está provista de un brasero que le duerme las piernas y en verano de un mantel con acabado en encaje de bolillos que se las roza haciéndole las mismas cosquillas que las moscas de agosto. Porque la mesa grande, la de ocho comensales, es para cuando vienen las visitas, aunque no recuerda que haya venido nadie desde hace mucho tiempo, puesto que ya están todos ahí, muertos, ocupando la mesa con más vitalidad que una adolescente como ella, que casi no sale, menos aún desde que mamá supo que el padre de Helena Sorní la había recogido haciendo autostop.

Antes de que mamá se enterara, ella nunca había contado a sus amigos nada sobre sus rígidos toques de queda ni por qué no la dejaban dormir en casa ajena ni otras estrafalarias normas de la familia. Las razones, como, por ejemplo, la desconfianza de mamá hacia la gente con la que se junta, le parecían bochornosas. Además, no le apetecía invitar a alguien a un hogar con una mesa llena de cadáveres que siguen ejerciendo más poder que ella ni a conocer a unos padres que, sin saberlo, contribuyen a que su hija pueda aparecer boca abajo a la orilla de un río o en la ladera de un monte. Papá y mamá tiran de una cuerda que hace tiempo que está rota, pues Catalina no solo hace autostop para no llegar tarde a casa sino porque necesita rozar la linde establecida, vivir al límite, prefiere el apocalipsis al líquido amniótico en el que flota cuando está con papá y mamá. Hacer autostop es el deporte de riesgo que ha escogido ella como otras chicas eligen acostarse con desconocidos sin protección o volver solas a casa, un rito iniciático del que ella espera salir con un nombre, uno de verdad, no uno impuesto y saturado de aburrimiento. Aparte, mantiene la esperanza de que la recoja alguien tan amable como la última vez.

Solo una semana después de subirse al coche de ese hombre, Catalina se acercó a charlar con su hija en el recreo y cometió la imprudencia de contárselo. Quizá quería ser tan amiga de ella como de Silvia y llegar a preguntarle algún día si el padre de esta también le acariciaba el cabello. Helena era una de esas chicas a las que no sabía si admiraba o temía, si le gustaría conocerla a fondo o si, simplemente, quería caerle bien por todos los medios para que no acabara haciéndole daño. Catalina aún ignora por qué tuvo la necesidad de mencionarlo siquiera, como si deseara que mamá (o alguien) lo supiese.

—Tu padre me preguntó si te conocía —le explicó Catalina—, pero, tranquila, Helena, le dije que no, no fuera a pensar que tú también hacías autostop y eso pudiera meterte en un lío.

A Helena pareció hacerle gracia la coincidencia, ya que su padre había comentado al llegar a casa aquel Lunes Santo que había recogido a una chica en la carretera, y le contestó que estaba segura de que Enrique, que así es como lo llamaba, no se habría enfadado con ella por tener una amiga que había tenido que hacer autostop. Y tan segura estaba de lo que acababa de decir, que al llegar a casa le contó a su progenitor que la chica a la que había traído en coche hasta la ciudad el lunes pasado era una amiga del instituto.

—Más bien, amiga de Silvia —rectificó Helena al ver la mueca de su padre, o así se imagina Catalina que pudo ocurrir aquella conversación:

El hombre no dice una palabra, tan solo gesticula haciendo que las cejas le sobresalgan un centímetro por encima de las gafas. En cambio, la madre, que ha visto los mismos telediarios que Catalina durante los dos últimos meses, sí que parece inquietarse. Le da la enésima charla a su hija mayor sobre la joven secuestrada haciendo *footing* a la que aún no han encontrado, las tres niñas que se dirigían a una discoteca, las otras dos que subieron a un tren para ir a una fiesta y nunca volvieron, la de su pueblo que desapareció a finales de los setenta sin dejar ni rastro, y al día siguiente, en la peluquería, le comenta a la madre de Silvia que una amiga de las niñas ha hecho autostop. Otra clienta lo oye mientras se santigua y en menos de dos horas y con la descripción de una cría altísima, de casi metro ochenta, sin necesidad de pronunciar el nombre siquiera, dan con la inconsciente que se ha atrevido a hacer autostop *con la que está cayendo*. Mamá vuelve a casa tras ser informada sin muchos detalles por una vecina mientras hacía la compra y espera impaciente a que su hija vuelva del instituto para darle el guantazo del siglo, pero Catalina, no sabe cómo, y esto ya no forma parte de su imaginación, consigue esquivarlo. No le explicó a mamá que volvía de hacer labores en el campo, que esperó el autobús durante una hora, que se tuvo que bajar del mismo porque el conductor se encontraba mal, que caminó durante tres kilómetros, que tuvo miedo de que le oscureciera a la intemperie y que por eso decidió hacer autostop a tan solo diez minutos de la entrada a la ciudad, donde la recogió el padre de Helena —Helena con H—, Helena Sorní, que la dejó junto a la biblioteca, cerrada ese día por ser Lunes Santo, y que, aun así, tuvo tiempo de volver al barrio dando un paseo y llegar una hora antes de la cena.

Si no le confesó que no venía de una fiesta o de una discoteca o de estar con un hombre como mamá repetía, fue porque jamás entendería que su hija recordara aquella tarde como una experiencia diferente, sustancial; que buscarse la vida para volver a casa le resultara gratificante y que, esa misma noche, tras haber conseguido llegar mucho antes de las diez y calmado el estrés que le generaba el toque de queda, durmió a pierna suelta por primera vez en mucho tiempo.

Si se lo hubiera dicho, mamá se habría enfadado aún más y le habría espetado a su hija que estaba mal de la cabeza, y que si quería hacer ejercicio podría ayudar en casa, puesto que nunca colaboraba. No hacía nada desde que se dio cuenta de que Pablito no estiraba ni la colcha de su propia cama cuando, en cambio, ella se levantaba temprano cada sábado para quitarles el polvo a los muertos del salón, tal y como mamá le había ordenado.

—¿Por qué mi hermano no limpia?

—Porque tiene cosas que hacer —le respondió ella.

Pablito se había ido a jugar al fútbol y mamá incluso le frotaba los calzoncillos acartonados antes de echarlos a la lavadora. Catalina nunca la había visto hacer lo mismo con sus bragas ensangrentadas por la regla; a ella ni siquiera le permitían apuntarse a hacer ningún deporte por un tema ridículo e injustificable de hormonas. A principios de curso volvió a cuestionar esa decisión que encontraba tan torpe y mamá le recordó lo enferma que estuvo cuando era muy pequeña. Catalina aún se acordaba del hospital y de toda esa gente manoseándola de arriba abajo, pero no comprendió qué tenía que ver aquello con correr y saltar un poco. Mamá sentenció que el deporte era cosa de hombres y Catalina le gritó furiosa, dejando asomar entonces una ira que, paradójicamente, un poco de ejercicio podría haber apaciguado, y entonces anunció que no estaba dispuesta a hacer nada más, aparte de ir a clase, exactamente igual que Pablito, y aprobar las asignaturas, que ya era bastante más de lo que hacía su hermano, que repetía curso cada dos años. Aun con todo, mamá continúa insistiendo a Catalina cada sábado para que ayude en casa.

—Es por tu bien, para que aprendas.

—¿Es que Pablito no tendría que aprender?

—Ya tendrá Pablito quien le haga estas cosas.

Ayudar en casa, fregar los platos, el suelo, barrer el piso, con el ruido de mamá de fondo diciendo que lo hace todo mal, no le produce el cansancio que necesita; ocuparse de una casa que detesta no la calma; le parece frustrante, un ultraje, un recordatorio de cómo viven con tal de ahorrar lo que no pudieron ahorrar los muertos de la mesa grande del salón. Hacer aquello de lo que se libran papá o Pablito por un privilegio de cuna, como si hubiera una sociedad feudal dentro de la cochambre del mismo hogar, la envuelve en un vórtice de rencor y aborrecimiento infinito hacia la familia en la que ha nacido que solo acababa diluyéndose entre los sueños de huerfanita que alberga todavía en su almohada y, hasta ayer mismo, en la tierra húmeda donde a veces plantaba con sus manos las semillas en el huerto de los padres de su amiga. Pero Catalina prefería que mamá no supiera que su hija trabajaba en el campo, porque *hacer cosas* con otra familia sería visto como una traición a la suya. Después de todo lo que han hecho por ella, cómo se atreve. Por eso, si tiene oportunidad, se castigará metiéndose en callejones oscuros antes de llegar a casa o haciendo autostop, para expiar la culpa que el mismo resentimiento hacia su familia le produce.

Tras el guantazo fallido al enterarse de que Catalina había hecho autostop, mamá no intentó volver a cruzarle la cara porque le bastó con decir, primero, «qué vergüenza me has hecho pasar» y, segundo, «podría haberte ocurrido algo». Le ordenó que, a partir de entonces, llamara por teléfono cuando estuviera a punto de volver sola a casa, algo que sucedería siempre, aunque, de momento, no le iba a hacer falta. Después de la reprimenda, estuvo dos semanas sin querer salir apenas. Le causaba pavor que mamá le contara todo a papá estando ella en la calle y, en los días posteriores, cada vez que volvía del instituto, le entraba ardor de estómago solo de pensar que papá pudiera estar esperándola, como mamá aquel día, tras la puerta.

De modo que se recluyó por un tiempo, sabiendo asimismo que alejarse de la casa de Silvia y de su padre una temporada tampoco le vendría mal.

Por supuesto, no se imaginaba que mamá le ocultaría gustosamente a papá lo ocurrido, porque informarlo habría sido como confesar a su jefe que había estado educando mal a sus hijos, una tarea que recaía enteramente sobre ella. Papá solo interviene en la crianza de vez en cuando con un golpe en la mesa que haga retumbar a los muertos del salón. Solo para constatar su soberanía, porque a él se le debe respeto, como a un policía o a un guardia civil, por el mero hecho de poseer cierto título, aunque no sospecha que lo único que hay detrás de esa veneración es puro miedo, el mismo miedo por el que se teme al villano y al lobo.

Durante esos días de incertidumbre, Catalina decoró su cuarto con dibujos mediocres o cualquier cosa que la ayudase a marcar un territorio en el que confinarse como una beata en la Edad Media. *Leer, escribir y que me dejen en paz*, ese habría sido el lema de su convento. Estaba segura de que esta era la verdadera razón por la que las mujeres se enclaustraban en la Edad Media, porque encerrarse en una celda a leer o hacer magdalenas con otras diez mujeres debía ser lo más parecido a independizarse, a no tener que morir postradas en una cama después de veinte partos antes de cumplir los cuarenta. A papá y mamá tampoco les pareció aceptable que su hija pasase tanto rato en esa habitación, sola por elección propia como las santas que estudiaba en el colegio de monjas, escribiendo a dios o dios sabe qué o, peor aún, masturbándose, algo que en realidad ella no había hecho aún en toda su vida, pues no habría sabido ni por dónde empezar a disfrutar del pecado de la carne. Por eso solo le está permitido cerrar la puerta de su habitación mientras se viste, y eso debería durar menos de un par de minutos, que al parecer es más de lo que se tarda en llegar al orgasmo cuando una chica sabe lo que hace. Catalina se lo oyó decir a una compañera del instituto.

A papá y a mamá les gustaría que su hija saliera a la calle como cuando tenía ocho años: a estar con otras niñas, aunque fuera para jugar a hacerse las muertas en el maletero de un coche abandonado, mientras mamá vigila desde un banco limpio de pintadas obscenas que no le pase nada, que no se manche el vestidito blanco y los leotardos rosas que indican que es una verdadera niña, una verdadera muñeca. Pero ya no tiene ocho años y a veces papá se asoma a su cuarto de adolescente y le pregunta *qué haces ahí*, aunque la cuestión suena como si le inquiriese *por qué existes*. A Catalina le gustaría responder que existe porque papá y mamá fornicaron hace muchos, muchos años, que existe porque cuando era muy pequeña superó una enfermedad de la que aún no le han explicado nada, que existe porque ningún hombre-lobo la ha matado todavía. Pero en lugar de eso levanta el libro que tiene entre manos y contesta que simplemente está leyendo.

—Pues lee en el salón. Aquí estás gastando luz.

—No estoy gastando luz, papá, no tengo ninguna luz encendida.

—Pero te vas a quedar ciega porque está oscureciendo. Vente al salón.

A regañadientes, Catalina va al salón donde papá lee a la luz de una lámpara de pared que solo ilumina una ínfima parte de su sillón orejero. Ella pega una silla todo lo posible a ese rincón luminoso para seguir con su lectura pero, cuando no llevan ni dos minutos en silencio, papá deja el periódico a un lado y enciende la tele.

—Creo que hoy daban toros.

Ella no soporta esta tradición de tortura y matanza pública. Los toreros le recuerdan a Teseo; y el toro, a una mujer. Mientras el torero ataca en el ruedo con lanzas, estoques y con otros hombres a lomos de unos caballos que no desean estar ahí, el toro solo puede defenderse con su propio cuerpo, algo que los otros encuentran como un arma peligrosa. Así que Catalina suelta el libro y se marcha a encerrarse un rato en el cuarto de baño, la única habitación con pestillo que hay en el hogar, un pequeño mecanismo que papá le ha pedido que use desde que sabe que su hija menstrúa. Antes de eso, mamá no le permitía ni cerrar la puerta, pero papá empezó a molestarse cada vez que iba al baño y se encontraba a Catalina con las bragas bajadas haciendo pis. De modo que si quería ducharse o hacer caca, la niña debía avisar y preguntar si alguien —papá— necesitaba entrar antes. A ella no le importa ir al baño después de que papá lo haya usado; cree que esa es una de sus mayores virtudes y que el mundo sería un lugar mejor si nadie sintiera asco de la mierda ajena. En cambio, papá es incapaz de entrar si alguien acaba de vaciar ahí dentro su intestino. Una contrariedad así puede hacer que el hombre se disguste y se pase todo el día malhumorado dando voces. Por eso su mujer y sus hijos han aprendido a aguantarse las ganas hasta que él haya dejado ahí lo suyo primero. En casa hay horarios hasta para cagar.

Desde el baño, Catalina aún oye el pasodoble procedente de la tele, se evade un rato con el dibujo que forma el moho en las paredes, después se lava la cara, se mira al espejo hasta no reconocerse y reconocerse de nuevo, y ensaya lo que quiere decirle a papá para que quite esa monstruosidad de la pantalla. Se dice que utilizará psicología inversa: que no se note que le repugna su barbarie. Cuando tiene una frase preparada decide salir de allí, pero al llegar al salón papá ya ha quitado los toros porque en el fondo a él tampoco le gusta ese *espectáculo*, hay cinco canales más de televisión y le apetece cambiar constantemente hasta que aparezca un verbo con el que nombrar a esta forma tan mema de perder el tiempo, algo que suene como la interjección de espantar a un gato.

Papá no sabe cómo estar a solas con Catalina en una habitación desde que le crecieron las tetas. A veces parece que la temiera. La tele le da al hombre cierta compañía y hace que olvide que hay un cuerpo femenino —un toro— a escasos metros de él. Pero, a pesar de la edad que ya tiene su hija, tampoco le gusta que se quede sola en casa. Otro acto de libertad arrancado a base de obligarla a salir con ellos, aunque, por suerte, esto solo ocurre cuando se van de vacaciones; el resto del año siempre hay alguien en el salón, ahorrando.

Ese verano, durante los quince días de agosto en el apartamento alquilado, le ordenaron bajar a la playa prácticamente cada día excepto uno: cuando le vino la regla. Mamá le había enseñado a no hablar de la menstruación con papá o Pablito o ningún otro hombre, con lo cual, cuando querían saber por qué Catalina no quería salir, ella debía justificarse diciendo que estaba *mala*. El segundo día de periodo, papá se puso pesado preguntándole qué era lo que tanto le dolía. «El agua del mar te sentará muy bien», le aseguró papá. Con mamá delante y en silencio, aceptó para no tener que mencionar lo que más rubor le habían dicho que debía darle; los acompañó, pero se quedó bajo la sombrilla mirando cómo mamá y Pablito se iban al agua nada más llegar. Papá, que no tenía intención de meterse tan pronto, la vio sacando un libro de su eterna mochila.

—¿Es que no te vas a bañar?

Catalina, que estaba un poco harta de esconder la situación, de no tener un segundo de paz, de la obligación de explicar cada milímetro que se mueve en su presencia, respondió por una vez con ese tono de voz asqueado que proporciona la pérdida mensual de endometrio:

—¡Que tengo la regla y mamá no me deja usar tampones!

Papá no respondió, pero se le encendieron las mejillas con la misma intensidad con que la lámpara de casa ilumina una parte de su sillón orejero, y así se quedó un buen rato recapacitando, dándose cuenta, por fin, de que su hija quería meterse un objeto de algodón en la vagina, lo que significaba que la niña ya era fértil: un problema más. Ella aprovechó su desconcierto para volver a meter el libro en la mochila, levantarse y pedirle las llaves con el pretexto de encontrarse muy mal. «No las pierdas», le dijo mohíno. Mamá la miró desde la orilla con el rostro enojado. La había oído. Catalina había roto un pacto de silencio que nadie había hecho ni firmado por el que no se podía mencionar la menstruación a ningún ser del sexo opuesto porque mamá piensa que todos los hombres son como tiburones que acuden a la llamada de la sangre.

—Qué mala suerte, para quince días que vamos a estar aquí te ha tenido que venir la regla. Siempre que vamos a algún sitio te viene la regla. Siempre que necesito que hagas algo te viene la regla. Parece que estás siempre con la regla —esperó a decirle a solas a Catalina, salvando a Pablito de los coágulos menstruales.

A mamá hace meses que no le viene el periodo. Además, tras haber tenido a la parejita y por sugerencia del médico, se hizo una ligadura de trompas de la que se arrepintió enseguida, y aún no se ha permitido llorar por haber cambiado de opinión. Nunca enseñará a su hija a ponerse un tampón ni a aliviar el dolor de barriga con una bolsa de agua caliente; solo le enseñará a fingir que no tiene la regla, a esconder el suplicio en alguna parte de su cerebro y las compresas sucias en el fondo de la basura para que los hombres de la casa no las vean, a restregar con agua oxigenada y jabón las bragas ensangrentadas del primer día antes de meterlas en la lavadora, aunque eso no sirva de mucho. Catalina, por su parte, no sabe nada de su pelvis, pero imagina, gracias a una única clase sobre el ciclo menstrual en su colegio de niñas, que quizá no es normal que la regla le venga cada dos semanas o que no le venga durante dos meses, pero está igualmente harta de que todas sus bragas tengan una mancha oscura, roja y perenne, y otra blanca y pegajosa de un jugo que a primera vista le parece corrosivo.

Un día, poco después de su primera menstruación, mamá entró al baño mientras ella estaba haciendo pis y le preguntó qué era ese papel que tenía en las bragas. Porque mamá siempre está pendiente de la intimidad de su hija, como si quisiera extraer los secretos más íntimos a una maquinaria que no es la suya. Catalina respondió entonces con total sinceridad que tenía un líquido espeso, a veces gelatinoso, que no era la regla pero que también le manchaba las bragas y que el programa de la lavadora y el detergente que mamá compraba nunca lo solucionaban, así que había optado por colocar un poco de papel higiénico ahí para no estropear su escasa ropa interior. Al oír el argumento, mamá se puso violenta y le espetó que, si tenía *eso* —ni siquiera lo llamó flujo y mucho menos vaginal—, se lavase, que era una *guarra*. Era la primera vez en su vida que mamá la llamaba así, pero no sonaba igual que cuando llamaba guarro a Pablito por tirarse un pedo en la mesa o por llevar con la misma camiseta puesta dos semanas. Catalina no entendió qué había hecho mal o cómo podía saber cuándo iba a manchar las bragas; tampoco disponía de tiempo ni de tanta ropa interior para cambiarse cada vez que quisiera, y la humedad en sus bragas no le parecía agradable, pero desde aquel momento confió en que mamá tenía razón, en que ese líquido era algo asqueroso que indicaba que estaba sucia y que era una guarra y supo que jamás sería capaz de comentar que *eso* existía —como que existía su cuerpo— ni a su mejor amiga.

La regla durante las vacaciones le duró cinco días, pero habría querido que le durase quince para poder quedarse sola en el apartamento, que le parecía más bonito, luminoso y acogedor que su casa.

Pasado el periodo, papá y mamá le repitieron día sí y día también que bajara a la playa con ellos, pues no parecía consciente de la suerte que tenía de poder veranear cerca del mar. La acusaron de egoísta por no querer disfrutar de todo eso en familia, del único día de paella con marisco en el chiringuito, del sol, del griterío, del atardecer observando a mamá pelar y comer pipas compulsivamente mientras veían pasar a chicos y chicas de su edad con los que sabía que no serviría de nada cruzar palabra, puesto que por la noche no la dejarían salir a bailar con ellos. En cambio, Pablito desaparecía a cada instante y solo le veían el pelo a la hora de la comida.

Papá y él tienen discusiones cada vez más fuertes por ese motivo. A veces mamá acaba llorando a escondidas y Catalina, que se ha dado cuenta de su sufrimiento, ha llegado a desear la muerte de Pablito, así las dos se ahorrarían las voces a las cuatro de la mañana. «¡Esto no es un hotel!», dice papá cada vez que lo sorprende con las llaves girando en la cerradura. Incluso le ha amenazado con cambiarla para no dejarle entrar. Catalina no entiende por qué Pablito no cumple con su toque de queda, con lo que daría ella por poder llegar a las dos de la madrugada y, además, cuando regresa, no tiene el más mínimo cuidado de no hacer ruido para no despertar a nadie, aunque, de todas formas, papá no se va a dormir hasta que vuelve su hijo, porque parece que su única misión en la vida es estar por encima de alguien, gritar y espabilar a todo el mundo, incluso a Pablito, que a esas horas solo busca la cama.

Catalina acabó bajando los últimos días a la playa obligada para luego quedarse todo el rato junto al palo de la sombrilla, intercambiando la música del walkman por la lectura cada hora que pasaba, con una gorra de propaganda del hipermercado local cubriendo las espinillas de su frente y las rodillas casi siempre encogidas dentro de una de las camisetas que le había cogido prestadas a Pablito, ensanchándola aún más. Ella no había traído ropa alguna excepto la que llevaba puesta para el viaje: otra camiseta y un pantalón corto; arrastró su maleta hasta allí prácticamente llena de cintas de música grabada de la radio, canciones con el último fragmento amputado por los anuncios, y un par de libros de aventuras de la biblioteca. Pensó que *Parque Jurásico* le duraría toda la estancia, pero al acabarlo el primer día supo que se dejaría la asignación semanal en pilas para el walkman o en pedir prestado para otro libro, porque el que había comenzado después tampoco le iba a durar mucho. Mamá no se enfadó demasiado por la falta de ropa, interpretó la maleta vacía como una señal de que ya era hora de comprarle a Catalina algún atuendo según su edad y su tamaño: se había pasado todo el curso robándole los vaqueros a Pablito. La diferencia de talla hacía que su propia hija le pareciese una imbécil, pero era mejor que las camise-

tas a punto de estallar a la altura del pecho que ya
apenas le cubrían el ombligo. La renovación de vestuario quedó reducida a un bañador que mamá
escogió el primer día, cuando vio que tampoco llevaba ninguno en la maleta. Nadie sabe que a ella
le habría dado un escalofrío al ponérselo, acordándose del día de los espárragos en la casa de campo
de Silvia, de su padre mirándola, acariciándole el
cabello. No había vuelto a usarlo desde entonces.
Incluso cuando fue con algunos compañeros de clase a la piscina municipal, antes de irse a la playa, le
pidió uno prestado a Silvia y, con un miedo atroz,
vigiló a cada momento lo que pasaba entre sus piernas para procurar devolvérselo sin rastro alguno
de sustancias líquidas ni pegajosas, nada que pudiera hacer pensar a Silvia que la pidona de su amiga era una *guarra*. Catalina habría preferido que
mamá le comprara un bikini; jamás ha tenido uno,
pero, según su criterio, es mejor el bañador para
cubrir la cicatriz que tiene bajo el ombligo, la que
le quedó después de pasar por el hospital. Estuvieron toda la tarde de tienda en tienda hasta que
encontró un bañador no demasiado caro, no demasiado infantil, no demasiado sexy, pero sí colorido, es decir, el que a mamá le habría gustado
ponerse: fondo azul cobalto y flores anaranjadas,
en lugar de uno oscuro y serio, tan serio como su
marido. Catalina sabía que todos los bañadores
de mamá eran iguales por sus complejos, pues pensaba que el color negro la hacía más delgada, pero,

cada vez que su hija la animaba a probarse algo más alegre, decía que a papá no le gustaría que llevara algo tan llamativo. Encontrar un bañador para papá sí que era una odisea. Según mamá, llevaba veinte años usando el mismo. Presumía de lo que le duraban las cosas. Parece nuevo, repetía, aunque se notaba a la legua que estaba descolorido y, por algunas zonas, casi transparente.

Mamá se enfadó con Catalina porque no llegó a lucir el bañador. Lo llevaba puesto bajo la camiseta y las bermudas, pero no se metió en el agua en todas las vacaciones. Se quedaba bajo la sombrilla, bien tapada, escuchando a papá quejarse de lo putas que eran las chicas jóvenes porque hacían *topless* y cómo les deseaba la muerte con la mirada a quienes jugaban a las palas en la orilla causándole estrés por si le daban en un ojo con la pelotita. Parecía que odiara ver a los demás divertirse o estar felices y siempre llamaba a su propia familia a la calma cada vez que advertía que se reían en voz alta como la gente normal.

Mamá tampoco pudo obligarla a bañarse en el mar. El segundo día de vacaciones le pidió a Catalina que se afeitara los muslos y ella se negó. Objetó que no quería que sus piernas pincharan después o le salieran granos molestos. Hasta entonces solo se depilaba desde los tobillos hasta las rodillas usando la Silk-épil que le habían regalado a Silvia. Iba a su casa a mitad de primavera, se tomaban un Nurofen, esperaban veinte minutos y se quitaban los pelos la una a la otra, Silvia hasta donde comenzaban las ingles; Catalina hasta las rodillas, porque, incluso con el analgésico, más allá le parecía demasiado doloroso, así que se embadurnaba de Andina esa zona, mostrando unas piernas que, a ojos de mamá, parecían cubiertas por un luminoso manto de armiño fácil de ver a un kilómetro de distancia. Aquel día de playa, mamá cogió una Gillette azul como la que usaba Pablito para el bigote y, cuando estuvo segura de que su hija dormía la siesta, se dispuso a rasurarle las piernas con todo el sigilo del que se vio capaz. Tras la primera pasada, atolondrada por el sueño y sin abrir los ojos, la peluda durmiente intentó espantar la hoja como si fuera un mosquito, rozando el filo de la cuchilla, con tan mala suerte que acabó con un pequeño corte superficial en un dedo de la mano derecha. Catalina exageró cuánto le dolía, aprovechó el accidente y puso el disgusto como pretexto para no meterse en el agua, ni tomar el sol, ni hacer nada de lo que mamá habría querido que hiciera en los días que le quedaban de estar allí. No era solo su forma de decir yo también puedo enfadarme con los adultos, sino una excusa para esconder la vergüenza que le causaba estar en bañador delante de su propio padre: las miradas y palabras que papá dirigía a las chicas en *topless*, a chicas con figuras parecidas a la suya, menguaban a Catalina. Mamá no fue capaz de entrever su pudor, en su lugar, creyó que sus actos iban contra ella, de modo que esperó la ocasión para aguarle también la fiesta. Poco antes de volver a casa, el día de su cumpleaños, mamá le tendió el reloj que desde entonces lleva en la muñeca, y Pablito, un paquete abierto, interceptado por la ley materna, que había traído el cartero la mañana anterior a nombre de Catalina. El papel en el que venían envueltos la sudadera blanca y una cartulina A5 de color verde estaba roto. Ella, acostumbrada a que le abrieran las cartas, no se quejó, pero antes de recibir el contenido, mamá impostó la voz haciéndola nasal y cómica para que su hija supiera que había leído lo que decía la tarjeta:

—*Felicidades de parte de Guilleeeeermo y Siiiilvia. Y que cumplas muuuuchos mááááás.*

La furia de Catalina al oírla quedó adormecida por la lástima, pues ni papá ni Pablito le hicieron caso alguno a ese intento de reírse de sus amistades. Fue mamá la que quedó en ridículo. En el remite del paquete solo ponía la dirección de Silvia porque cada uno estaba en un lugar de vacaciones. Ella en el norte, con sus primos, y Guillermo en un campamento cristiano. Los echaba de menos hasta el punto de no saber cómo era el mundo antes de conocerlos. Ellos dos se hicieron amigos a través de ella; nunca se había sentido más útil y a veces pensaba que era lo único por lo que merecía la pena tenerla como amiga. Catalina no ofrecía una amistad del todo profunda, puesto que nunca se atrevía a dar una opinión sin que los otros dieran la suya primero. Si Silvia o Guillermo, o ambos, tenían pareceres que ella no compartía, no decía nada al respecto por miedo a ser excluida, tan solo fingía estar de acuerdo en casi todo, aunque en ocasiones tuvieran desavenencias entre ellos, cosa que era aún peor, porque entonces Catalina tenía que elegir de parte de quién estaba y por unos días surgían riñas que la dejaban con el corazón tan arrugado como los codos de papá.

Se preguntaba si hablarían de ella a sus espaldas, como Catalina hacía de vez en cuando con Guillermo sobre Silvia y con Silvia acerca de Guillermo. Pero a ella se le daba mejor que a sus dos amigos juntos porque lo había aprendido en casa. Despotricar de los demás era para su familia algo natural y carente de importancia. Papá rajaba con mamá de sus tíos, de los que Catalina solo había oído decir que ganaban mucho dinero pero que luego siempre andaban pidiendo a sus abuelos, y mamá lo hacía con cualquiera sobre cualquiera, hasta de Pablito.

También había notado que Silvia y Guillermo hacían cada vez más a menudo planes por su cuenta, de los cuales Catalina se enteraba días más tarde. A ella la atragantaba la pena buscando explicaciones a ese breve abandono. Sus amigos sabían, aunque ella no se lo hubiera dicho, que papá y mamá casi nunca le dejaban hacer nada, así que preferían no mencionar sus ideas para el sábado ni escuchar los pobres pretextos de Catalina para no salir. Una vez por semana le asaltaban las dudas y la desconfianza hacia sus amigos, y que Silvia y Guillermo pasaran cada vez más tiempo sin ella, juntos y a solas, le parecía preocupante. Deseaba que acabasen ya las vacaciones y saber si caerían de nuevo en la misma clase, pero sobre todo rezaba para que no fuera ella la que quedase aparte.

Después de lo de hoy, no sabe cómo va a volver a mirar a Silvia a la cara sin ver la de su padre. No ha pensado aún en cómo la mirará de vuelta su amiga. Catalina piensa si no debería volver a su casa en vista de la hora que es y de que no parece que vaya a pasar ningún coche por ahí a esas horas. Se le está haciendo tarde. ¿Se habrá dado cuenta Silvia de algo? ¿Creerá también que es culpa mía?, se pregunta. No cree que Silvia se pusiera de su lado. Piensa en lo que le gusta y no le gusta de ella, en cómo envidia su seguridad para exponer cualquier cosa, en lo rápido que consigue alisarse el pelo rizado, pero también en sus críticas exacerbadas cuando se enfada con Helena Sorní, cuando hace ese gesto como de planchar los apuntes con las palmas de las manos extendidas mientras la pone a caldo. Catalina se mira las suyas, con los pulgares comidos de rencor, y encuentra la cicatriz que le ha quedado en el dedo tras el accidente con la cuchilla. Se acuerda de las manos de mamá frotando los calzoncillos de Pablito, de sus manos abriendo el paquete que le habían enviado Guillermo y Silvia, de sus manos gesticulando mientras les imitaba burdamente. Ese día mamá le pareció infantil y ridícula, *una niña*, como a papá. Catalina se pregunta si la herida de su dedo también le pudo doler a ella, ya que tanto le costaba aceptar que el cuerpo de su hija no le pertenecía ni podía obligarla a depilarse esas piernas que de repente encontraba tan pilosas. Las mismas que decía no saber de quién había heredado su hija, como si mamá no se hiciera la cera cada quince días porque no soporta verse el vello atravesando su piel. Quizá en el fondo le pareció bien que Catalina no quisiera librarse del vello (igual que cuando dejó de usar aquella faja), pero de ser así, ojalá mamá se lo hubiera reconocido porque, desde entonces, sin que Catalina piense demasiado en ello, las cerdas rebeldes que tanto molestaban a mamá, sumadas a la regla y al flujo que sigue apareciendo en sus bragas sin previo aviso, hacen que deteste un poco más esa cosa con brazos y piernas de casi metro ochenta que cada vez le resulta más difícil de esconder.

En lugar de decir que lo sentía, cuando mamá le hirió el dedo con la cuchilla le espetó «no haberte movido tan rápido» y después, cuando vio salir un poco de sangre y la cara de espanto de su hija, añadió en voz muy baja «ha sido sin querer», que en casa es lo más parecido a una disculpa. «¡Estás loca!», le respondió Catalina gritando tan fuerte que hasta consiguió despertar a papá de su siesta.

—¿Es que no se puede descansar ni en vacaciones? —vociferó él desde la cama—. ¿Qué ha pasado?

—Nada, papá, que estaba soñando otra vez en voz alta —mintió Catalina mirando a mamá.

Después del corte en la mano, mamá estuvo probando diferentes productos para quitar las gotas de sangre que cayeron en el sofá sin suerte alguna. Al acabar la estancia en el apartamento, no hubo más remedio que pagar el desperfecto. Cuando papá preguntó de qué eran esas manchas tan oscuras que habría que sufragar, mamá le culpó a él. Papá se sentaba en ese sofá para comer, así que no dudó de su esposa cuando le contestó que eran de vino. Catalina, que estaba delante, puso los ojos en blanco con desaprobación y, a la vez, pensó en lo ocurrente y rápida que era mamá armando historias, reconociéndose en ella. Se preguntó cuántas mentiras guardaba también en su biblioteca de falsedades.

Mamá no captó ningún vituperio en el rostro de su hija cuando mintió a papá sobre lo del sofá. Hacía tiempo que para esos menesteres la trataba como a una cómplice y aliada. A Catalina le pesaba aquel cargo, pero la acompañaba en todos sus embustes a fin de conseguir algunas cosas a cambio, como que también la encubriera cuando necesitara eludir a papá. Mentirle era algo espontáneo, lo más natural si querían salirse con la suya. Por ejemplo, cada vez que iban a hacer la compra y mamá se agenciaba algo para ella (un vestido, un abrigo, unas cremas antiedad, lo que fuera). Antes de entrar en casa, mamá le explicaba el plan a Catalina: «Cuando papá pregunte cuánto ha costado, di la mitad de lo que ponía en la etiqueta». Si era obviamente caro, Catalina debía mencionar que era un artículo rebajado un sesenta por ciento. «¡Sesenta por ciento, papá!» A cambio, si Catalina quería ir a la piscina municipal o de excursión con su clase, mamá le decía que sí, pero entre las dos le contaban al hombre cualquier otra cosa, como que iría a alguna actividad del instituto, del centro cívico, o algo por el estilo.

Solo una vez, a lo largo del último curso, intentó hacer bien las cosas, sin engaños. Catalina esperó una semana entera antes de pedirle una autorización a papá para ir de excursión con su clase a ver unas ruinas romanas, pero, en el último momento, cuando al fin lo tenía delante y estaba dispuesta a preguntarle, comenzó a hiperventilar y se desmayó. Cuando volvió en sí lo primero que hizo fue preguntar lo que había estado ensayando durante mucho tiempo.

—¿Puedo ir a Mérida con la clase de Latín?

—Pero cómo vas a ir a ningún lado. ¿No ves que estás enferma?

Desde entonces no se ha planteado postular nada más, intentar razonar con él o decirle la verdad como ha conseguido hacer con mamá. Incluso a veces, cuando papá pregunta por qué la niña no sale de su cuarto, mamá contesta que no la moleste, que está estudiando. Como sus notas de este curso, excepto las de Gimnasia, concuerdan con esa versión de estudiante aplicada, él se lo cree. Lo que hace ahí dentro es escribir pero la temática es también un misterio para mamá. Catalina ha descubierto que no tiene mejor forma de estar o no estar en el mundo que escribiendo. Para ella eso equivale a sentir algo, aparte de miedo o culpa; escribir le sirve para transformar sus disforias, sus ganas de matar, sus ansias de no existir o de existir sin un cuerpo; escribir hace que esa aflicción corporal con la que se conoce desde hace tiempo se convierta en un duelo pasajero, algo que exorcizar. A veces suda cuando llena el cuaderno y acaba tan cansada como si hubiera hecho el deporte que tanto le falta. Al escribir, expulsa lo que cree que es, pero no quién es de verdad. Tan íntima se ha vuelto esta práctica en los últimos meses, que giró la mesa de su cuarto cuanto pudo para poder ver si entraba alguien, ya que no le permiten cerrar la puerta del todo, ni siquiera para escuchar música en la minicadena heredada de Pablito, algo que también hace muy a menudo, aunque no lo encuentra tan estimulante como sentarse a escribir. Puede que se deba a que todavía no sabe bien qué tipo de música le gusta realmente y, además, se avergüenza de que le agraden canciones que cree que no deberían gustarle. Porque ella es una chica dura y escucha rock duro y no le parece aceptable emocionarse al oír los tambores de *El rey León* o que se le erice la piel con cosas de viejos, como le ocurre con ciertas melodías clásicas. Tampoco se permite disfrutar de la música en español; la única concesión que se hace a sí misma es que le siga encantando Christina y Los Subterráneos. Además, esa artista no cuenta solo como música española porque un día la oyó por televisión cantando un par de temas en inglés, aunque entonces se enfurruñó porque no venían en el disco. Pablito le aclaró que no eran suyos, que *Sarelay oflof*, como Catalina decía, era de un tal Lou Reed.

—Pues tendría que ser suyo —le dijo a su hermano— porque seguro que Christina lo canta mejor.

Aquel álbum debería haber traído veinte canciones más porque le costó sudor y sobre todo lágrimas hacerse con él. Con la ayuda de Amalia, una tarde a la salida del colegio intentó robar la cinta de casete en un centro comercial cubriéndola con su abrigo colgando del brazo. Las pillaron. Amalia no dijo nada, como si esto le hubiera pasado mil veces y supiera que era mejor escuchar la reprimenda y nada más. En cambio, Catalina comenzó a hipar y a llorar cuando los guardas amenazaron con llamar por teléfono a sus padres. Era la primera vez que había intentado robar algo en toda su vida. Menudo fracaso. Las metieron en una habitación distinta a cada una para interrogarlas. Cuando las dejaron marchar, después de pedir perdón mil veces y dejar por escrito sus teléfonos, Amalia le dijo que había dado un número falso. Catalina la miró con ojos bovinos porque ni se le había ocurrido tal posibilidad y se pasó todo el camino de vuelta lamentando su estúpida obediencia, esperando una buena tunda al llegar a casa. Jamás llamaron a sus padres pero esa semana Catalina cayó enferma, le salió de dentro el miedo en forma de una gripe que la postró en cama varios días. Un mes más tarde, después de ahorrar toda su asignación semanal, seguía teniendo solo la mitad de lo que costaba aquel LP, así que se le ocurrió pedirle el resto a mamá para poder comprarle un regalo de cumpleaños a Pablito. Se quedaría el dinero y ya vería qué podría adquirir con el remanente en un Centro Reto, algo que no oliera a una mezcla de moho, esperanza y depresión todo junto. A mamá le pareció un gesto bonito por parte de Catalina, tanto que decidió que lo mejor era ir con ella a buscar un buen regalo. El plan A quedó chafado, de modo que recurrió al plan B: le pidió que la acompañara al centro, a una tienda de discos. (Le daba vergüenza volver al mismo centro comercial en el que un mes antes la llamaron delincuente.) Fueron el mismo día del aniversario por petición de Catalina, porque no habría soportado tener el disco en casa y no poder escucharlo hasta que Pablito abriera su regalo.

—¿Y esto le va a gustar a tu hermano? —le preguntó mamá sacando el monedero.

—Le va a encantar —contestó ella mirando la belleza de la artista que aparecía en la portada del disco.

Cuando Pablito lo tuvo en sus manos pareció sorprendido también ante su hermosura, pero más aún de que su hermanita pequeña le hiciera un regalo. Cogió el álbum y se fue directo al tocadiscos, que estaba en su cuarto. Ella fue tras él, como un perro babeante, pero Pablito se puso los auriculares mientras la miraba de reojo con una sonrisa casi imperceptible.

—Pabli, déjame escucharlo a mí también.

—Es mío y me apetece escucharlo solo.

Pablito nunca se ponía los auriculares para escuchar nada, de hecho, mantenían peleas antiguas por imponer cada uno su música. Había que reconocer que el plan le había salido fatal a Catalina. Tendría que ser paciente y esperar a que Pablito saliera. Durante los primeros días escondió el álbum para que ella no lo cogiera, pero lo encontró enseguida encima del armario. Mamá se dio cuenta. «Como se entere Pablito, verás», le advirtió, pero con su silencio, lo de encubrir mentiras quedó extendido a todos los hombres de la casa. Podría haber grabado el disco en una cinta para no tener que escucharlo furtivamente, pero, en el fondo, Catalina disfrutaba de ese juego de hacer lo prohibido en ausencia de su hermano. Era lo más apasionante que le podía pasar a una niña de trece años como ella.

Hace tiempo que no lo escucha tan a menudo porque ya tiene dieciséis y cree que hay mil bandas por descubrir. Además, uno de los temas, *Voy en un coche*, la remite a las tres niñas que hicieron autostop, porque también ellas iban en un coche. Aunque esa canción relate la antonimia de aquel horror, no se especificaba adónde se dirigía quien la cantaba, solo que acababa conduciendo bajo la luz de la luna eternamente. Como un fantasma. Desde entonces, si le apetece mucho escuchar ese disco se salta ese tema, dejándose embaucar por el resto. Al menos acepta que una letra en un idioma conocido hace que aumente el efecto de la melodía. Quizá por eso acabó plasmando sus propias palabras en un papel, para reverberar su estado de ánimo. Antes de la primavera no había escrito nunca nada, pero hacía lo más parecido, que era quedarse embobada imaginando historias. Papá odiaba verla en ese estado, tumbada en la cama como un cadáver listo para un funeral, con los ojos abiertos mirando las manchas del techo, y mamá la llamaba perra y vaga sin saber que, en realidad, su hija se estaba montando una superproducción solo de memoria, aunque, de nuevo, Catalina confió en su criterio y pensó que tener imaginación no servía para nada. Aceptó esos nuevos adjetivos adheridos a su persona, como el vello recio de sus muslos o el flujo corrupto entre sus piernas.

El mismo día en que mamá se enteró por una vecina de que su hija había hecho autostop, Catalina cogió un cuaderno aún sin estrenar y se sentó a intentar escribir algo por primera vez. Le temblaba tanto el pulso tras evitar que le cruzaran la cara, que en aquel momento solo consiguió garabatear dos palabras en el borde de la última página. Dos palabras que eran dos nombres. Ninguno era el del padre de Silvia, no sabía ni cómo se llamaba; los hombres mayores no tenían nombre, solo eran los padres de, o el vecino, o el de la frutería o su propio padre. Lo que escribió en aquella página de su cuaderno fue el nombre de un chico del barrio en quien se había fijado, solo porque otras chicas se habían fijado primero en él, y el suyo propio. Estaban escritos sin conjunciones, unidos por un simple círculo. No habría sido capaz de envolverlos en un corazón. Demasiado ñoño. Además, no estaba segura de que fuera ese tipo de atracción. Se conformó con un redondel pequeño, eso le bastaba para ver aquellos dos nombres muy pegados y poder invocarlos. Algo así como cuando en clase le enseñaron que los dibujos de bisontes en las cavernas prehistóricas se hacían con el fin de propiciar la caza. Aquel nombre y el suyo serían una réplica, el vudú de sus cuerpos, el icono de ellos mismos, e imaginaba que ambos, en algún momento, estarían a la misma distancia que las dos palabras de aquel círculo pequeño, solo para tener algo que no tuvieran las chicas de su clase, del mismo modo que Elliott no quiere compartir a su nuevo amigo E.T., ni siquiera con su hermana, porque es lo que les pasa a los niños y niñas que creen que no son nada, que necesitan destacar gracias a otro, especialmente si es el otro que desean los demás. Después, Catalina comenzó a tachar las letras iguales entre sí de uno y otro nombre, buscando la compatibilidad entre dos personas a través de algo tan ajeno como las etiquetas que les colocaron al nacer. Existían pocas letras en común, así que añadió los apellidos para que las posibilidades de estar juntos subieran. Al final fueron diez letras de quince. Nada mal.

Unos meses más tarde, cuando consiguió escribir algo de verdad y vio aquel círculo de nuevo, se sintió idiota por jugar a algo tan tonto. Lo había copiado de las chicas de su clase que a la vez lo habrían copiado de no se sabía dónde. Arrancó la hoja con decisión y la hizo trizas antes de tirarla a la basura. Catalina y el chico del barrio habían llegado a estar bastante juntos y no había sentido nada de lo que esperaba. Sus nombres, como sus signos del zodiaco, no eran señal de nada, ni siquiera sus apellidos; no sabe por qué en las revistas para niñas adolescentes se las enseñaba a entretenerse con eso, o con trucos de maquillaje, o con fotos de chicos famosos y chicas de moda con cinturas de reloj de arena. Habría sido mejor aprender que el cuerpo, uno cualquiera de carne y hueso y vísceras y sangre y bacterias y mierda, era su encarnación más absoluta, y asumir que cada uno era perfecto en su categoría, en la de no competir con nadie, ni siquiera contra sí mismo, puesto que todos los seres vivos se transforman constantemente. Tras aquella página estéril, comenzó a llenar hoja tras hoja con tristeza y odio, como una forma de matar el tiempo o simplemente de matar, sin especificar el qué. Varios párrafos estaban dedicados a cómo imaginaba su propio funeral; otros a papá y mamá, a Pablito, al padre de Silvia y a toda la gente que conocía; en algunas páginas hablaba sobre su cuerpo como si no fuera suyo o como si su cuerpo fuera quien hablara de papá y mamá y de Pablito y de ella como si lo supiera todo y tuviera una opinión propia e independiente de lo que Catalina pensara. Le sentaba bien: escribir formaría parte de su rutina, aunque tendría que luchar contra el miedo a ser descubierta, pues temía que, en su ausencia, mamá abriese sus cuadernos del mismo modo en que le abría las cartas. Tampoco pretendía hacerle daño dejando que leyese todo lo que escribía sobre ella. Siempre que podía, se llevaba consigo la libreta y si no, antes de salir, la escondía como Pablito hacía con sus discos de vinilo. Si se le acumulaban demasiados cuadernos llenos de tinta, cogía el mechero de la cocina y les prendía fuego en el descampado cerca de casa, junto a los restos del antiguo coche familiar. Escribía por el mero placer de escribir, soltar y quemar.

De todas formas, ya tenía cuadernos como tesoros escondidos desde mucho antes de ponerse a escribir; no contenían su letra abigarrada, sino trozos de revistas y periódicos que le gustaba recortar y pegar. Así como los álbumes que otros niños tenían de pequeños sobre películas infantiles, Catalina coleccionaba noticias que le llamaban la atención: el caso de las mil madres suecas que reclamaban a hombres españoles la paternidad y manutención de sus hijos, imágenes de la caída del Muro de Berlín, la primera foto en concierto de Freddie Mercury, o la noticia de una chica desaparecida en una clínica la misma noche en que sus padres la habían ingresado. Esta historia fue la última que compiló. La columna que le dedicaba el periódico explicaba que la muchacha tenía problemas de aceptación frente al espejo y que sus padres, desesperados, la habían llevado allí porque ya no sabían cómo actuar para ejercer control sobre ella. Sobre su cuerpo. En algún sitio aparecían las palabras *anorexia*, *bulimia*, *dismorfofobia*, enfermedades que parecían importadas de una sociedad más moderna, como una nueva marca de tabaco. Tampoco se explicaba a qué se debían o cuál era el diagnóstico, como si el mero hecho de exponerlas fuera a hacerlas contagiosas. Los síntomas recordaban demasiado a los hábitos de mamá. Quizá Catalina guardó los recortes para entenderla a ella como parecía que entendía a la desaparecida, aunque se imaginó que tendría mucho más en común con la muchacha y que, de haberse conocido, habrían sido tan buenas amigas y conectado de forma tan mís-

145

tica que incluso se habrían intercambiado los cuerpos solo para confirmar lo desechables que eran. El periódico mostraba la foto de una chica de diecisiete años que aparecía con los brazos cruzados, seria, desafiante, el pelo oscuro recogido en una coleta baja hecha sin muchas ganas, rodeando el óvalo de su cara lavada y unos ojos que decían «estoy en mi legítimo derecho de encontrarme mal en este mundo». El artículo explicaba que, para quienes la conocían, era muy buena estudiante y tocaba el piano. Así resumían su identidad. Por más que Catalina miraba la foto, no encontraba a una persona preocupada por su aspecto. Tampoco comprendía todavía lo que significaba controlar el cuerpo sin permiso externo a base de no alimentarlo, aunque sabía que había temporadas en las que mamá se encerraba en el baño casi después de cada comida, y hasta ella misma se sigue arrancando las costras de sus heridas. Lo único que oía este invierno en los recreos del instituto era a sus compañeras hablar de no querer engordar demasiado, intuía que no todas tenían la misma obsesión que mamá, que para ellas solo era una manera de situarse en la humanidad mediante una talla media, que nada tenía que ver con cruzar la frontera de lo permitido. Alguien, no sé quién, se decía Catalina, quiere que estemos delgadas, pero sin llegar a dar asco. Algunas de las chicas de su clase tomaban en casa unas tostadas por la mañana y se aguantaban con el agujero en el estómago hasta las tres de la tarde o ni siquiera desayunaban. En la peluquería, escuchaba a las madres de sus compañeras decir que andaban preocupadas por la delgadez de las niñas, pero mamá no se daba nunca por aludida, aunque en su familia la comida fuera un tema importante y rayano en la tortura, empezando por la hora del almuerzo: las cuatro de la tarde. A veces el hambre desata la violencia de Catalina. Mamá siempre la regaña por cómo se enerva cada vez que Pablito le coge una patata frita de su plato. Ella, la que más sabe del hambre en casa, se enfada porque su hija se enfurece por unos tubérculos. Por eso Catalina ha aprendido a comer rápido, con ansia, para que nadie tenga tiempo de robarle lo que se supone que le pertenece, como un chihuahua que debe engullir su hueso antes de que el mastín se aburra de roer el suyo. En cambio, cuando la comida no es de su gusto, mamá juega con la culpa para que ella no deje ni una gota en el plato a rebosar. Los niños de Etiopía que pasan hambre. Catalina se pregunta por qué tiene ella que comer algo que el cuerpo rechaza de forma natural, sin necesidad de meterse los dedos en la garganta, como hace mamá. Observa cómo papá y mamá no se obligan a comer espárragos nunca, ni siquiera para que sus hijos los prueben alguna vez. Tienes que engordar, le dice siempre mamá, pero por la tarde esta acude a comprar remedios que le quiten el hambre a una herboristería. Una que está en otro barrio, para que nadie del suyo la vea, y, cuando en casa prepara una comida con miles de calorías para el resto, frente a mamá solo hay un cuenco con trozos de lechuga flotando en agua con vinagre. A veces da la impresión de que solo quiere que su hija esté gorda para compararse con ella, tener algo que la niña no tiene, del mismo modo que Catalina quería tener al chico que le gustaba a toda su clase o Elliott a la boñiga de E.T.

Catalina nunca ha sentido su cuerpo como gordo ni delgado, sino como si no fuera suyo, como si solo fuera una mascota ajena, lenta, torpe, grandota y triste a la que tiene que alimentar a diario y arrastrar a base de tirones. A la playa, a la ducha, a la cama. En cambio, al escribir aparecen lágrimas, risas, sudores que sí siente como suyos. Cuando escribe parece que no está ahí, aunque sea solo gracias a sus manos, a su cerebro, a la circulación de la sangre que puede poner una palabra detrás de otra. Es carne plasmada en un cuaderno. Escribir es *no estar* en esa casa e incluso construir la suya propia, una fortaleza. Un lugar donde verter todo su rencor, o, al menos, donde dejar constancia del dolor que conoce: el que le producen los demás. Aún se acuerda de cuando un ligero roce en la espalda o la mano de otra niña agarrando la suya le provocaban un terrible rechazo, un suplicio que los demás encontraban exagerado. Conoce a algunas chicas, como Amalia, que comenzaron a experimentar esa misma sensación mucho después, cuando sucedió lo de aquellas tres niñas, pero a Catalina esto le venía de antes. Los primeros días de colegio aparecían en su memoria llenos de frustración. Entonces, los niños pequeños todavía no tenían consciencia alguna del espacio y al pasar a su lado la empujaban sin querer, se chocaban con ella jugando o le acariciaban la cara y el pelo para indagar en la criatura que tenían delante, esperando a que ella hiciera lo mismo. Pero Catalina solo veía invadida su intimidad. No recuerda haber tenido ninguna curiosidad hacia ellos, ni hacia ningún otro cuerpo incluso años más tarde. Tal vez solo se deba a una falta de costumbre por haber estado privada de la presencia de otros niños de su edad durante mucho tiempo. A menudo se pregunta cómo sería ella ahora de haber partido de sus mismas condiciones.

Un coche al fin se para unos metros delante de Catalina. Se deja un padrastro a medio morder, ya le pedirá su criatura rencorosa que vuelva a esa tarea más tarde. El conductor es un hombre. Eso no le sorprende; no hay muchas mujeres que conduzcan por estos lares. Sabe de algunas vecinas que tienen carné, pero nunca las ha visto al volante. El hombre no se parece en nada al padre de Helena Sorní, se dice buscando un patrón entre la gente que recoge a quienes hacen dedo. Igual que existe una palabra para los autostopistas, cree que debería haber otra para los que se ofrecen a llevar a la gente gratis de un sitio a otro. Este es algo más joven y la barriga le asoma a punto de hacerle estallar la camisa. No le inspira confianza, tiene un mal presentimiento, una intuición animal que le dice que este ser humano no será amable con ella y que incluso podría hacerle daño. No hay forma de saber si este disparo neuronal viene de la realidad o de un miedo inoculado en su imaginario. Ante la duda, corre, le anuncia un escalofrío. Sin embargo, el tiempo también corre, tiene prisa por llegar a casa y, además, está adiestrada para ignorar sus instintos y para no herir los sentimientos de ningún hombre. Si acaso, para temerlos, para bajar el volumen de intensidad durante cualquier discusión con ellos, como si fuera un método efectivo de supervivencia. Ha aprendido en los libros que lee, en el vecindario, en casa, a través de mamá, de papá, de la saga de *El Padrino* cuando no están para vigilar lo que ve, de las películas que pasan por televisión sin ser censuradas con la ley marcial de papá, y a través de la vida misma hasta este momento, que lo que ella considere no es tan importante como lo que pueda considerar un hombre, que quitarse un guante poquito a poco mientras agita la melena en público es mucho más grave que abofetear a alguien. En resumen, que todo el mundo ha visto el mismo final de *Gilda*. Un hombre ha hecho el fa-

vor de pararse a recogerla y ahora a ella le da vergüenza decirle que no quiere subirse en su coche
solo porque no le da buena espina. NO es exactamente lo que le dice papá cada vez que le pide que
la deje llegar más tarde, así que a estas horas siente que no tiene derecho a escoger al conductor que
la lleve a la ciudad como no se puede elegir a los
progenitores ni el cuerpo en el que se ha de nacer.
En el mundo en el que vive cree que ambas cosas
deberían ser derechos fundamentales.

—¿Subes o qué? —le pregunta el tipo impaciente.

Se dirige a una de las puertas traseras como medida protectora pero la idea no funciona. Él no es
ningún taxista, le dice mientras se estira para abrir
la puerta del copiloto. Menos mal, piensa ella en-
contrando un resquicio de humor al que agarrarse. Se le seca la boca en cuanto se sienta junto al
desconocido. Lo mira de reojo y aprieta la mochila y la sudadera contra su regazo. Que no se note
que debajo hay algo de carne y hueso. El hombre,
en cambio, ocupa con su presencia todo el espacio. Tiene los ojos azules y la piel como un crus-
táceo después de la cocción, reseca, como a punto
de convertirse en un pellejo mudable. Ojalá fuera una langosta. Catalina intenta deducir su edad,
pero como casi cualquier niño o adolescente, cree
que toda persona mayor de veinticinco años puede tener entre veinte y cincuenta. Se fija en el vello de sus brazos, rizado, rubio y ralo, porque deja

ver cientos de pecas cubriendo de forma aleatoria solo aquellas zonas alcanzadas por el sol. Ella siempre se ha preguntado qué son las pecas, los lunares, las verrugas. Si estos acabados forman parte de un plan divino, como cuando dios hace a unos hombres y a otras mujeres. Tú tendrás manchas. Tú, complejos. Tú, hipocondría. Tú, cáncer.

Vuelve de sus pensamientos para atender a la carretera. No lleva puesto el cinturón porque le da asco tocarlo. Está tan polvoriento como el capó, como la guantera, como la ventanilla, como el asiento en el que tiene las posaderas, pero se lo va a querer poner en unos segundos porque el coche da un giro tan brusco que hace que su cabeza roce por un instante el hombro del conductor. Lo mira con los ojos muy abiertos, esperando una explicación.

—Me estoy quedando sin gasolina; vamos a una gasolinera aquí al lado. Es más barata que la que hay antes de entrar a la ciudad.

Al oír esto Catalina advierte su propio sudor resbalándole en la nuca. No le gusta ni su silencio, porque no es total, sino uno interrumpido por ruidos extraños, como si regurgitara y tragara continuamente el mismo gargajo. Tampoco le agrada cómo la mira, escrutando cuánto vale lo que tiene delante. Se siente tan atrapada en el coche como el esputo en su boca. No sabe si de verdad van a una gasolinera o si al coche realmente le hace falta carburante porque el indicador está tan sucio que desde el asiento del copiloto no se aprecia nada. Quizá no necesita gasolina y el hombre solo juega a ponerla nerviosa. ¿No es eso lo que hacen también muchos de los chicos de su instituto? A principios de curso la molestaban tocándole el culo al pasar o levantándole la falda, pero después fue peor aún: había ocasiones en las que no hacían ninguna de las dos cosas porque ya lo han hecho mil veces; la verdadera diversión para ellos consistía en atormentarla con la incertidumbre de si la tocarían o no la próxima vez que pasara frente a ellos. Todavía hay días en que se entretienen así y cuando los ve reírse ante la inquietud que provocan a las chicas, Catalina se va recargando de ira. Podría clavarles un cuchillo a cada uno o aplastarlos con una frase, pero sin saber por qué se reprime, como un animalillo bien domesticado y, al final, esa rabia acaba transformándose en sangre menstrual y silenciosa derramada en sus bragas antes de tiempo o en historias de horror redactadas en su cuaderno, todas muy parecidas a *Carrie*, pero con menos sufrimiento de la protagonista y más de quienes la rodean. Dentro del coche reconoce ese mismo desasosiego y el poder que unas personas tienen sobre otras; sobre ella, específicamente. Medita si saltar del vehículo en marcha, pero sabe que eso la mataría o la dejaría con tan poca fuerza que no podría salir corriendo. También piensa en el destornillador que guarda en su mochila. Mete con disimulo la mano para alcanzarlo pero no lo encuentra. Cómo es posible, no recuerda haberlo sacado de ahí. Busca bien, se dice, debe de estar al fondo del todo. No cree que vaya a ser capaz de usarlo, pero tocarlo la calmaría un poco. Empieza a desquiciarse de verdad revolviendo con descaro hasta que el hombre abre la boca.

—Tranquila, no te voy a hacer nada —le dice poniéndole una mano en la rodilla.

La rodilla. Su mano en la rodilla. Se asegura a sí misma que solo es la rodilla, una rodilla. Una única rodilla de las dos que tiene. Tranquila, solo es una rodilla. Él es un hombre mayor, y yo, una rodilla. Seguro que no ve nada de malo en tocar la rodilla huesuda de una niña —así cree que la ve o así se ve ella con dieciséis años y casi un metro ochenta de estatura—. Podría ser su hija, se dice, aunque no entiende la necesidad de tocar un cuerpo que no le pertenece tenga la edad que tenga. Le molesta que no se dé cuenta de que ella *existe* en el mundo, de que ese cuerpo es *su* cuerpo y de que no hay razón para tocarlo. Aunque tampoco tiene claro si es del todo *suyo*: casi siempre reacciona sin previo aviso, como una mala amiga que la deja tirada en el peor momento, como ahora mismo, que está a punto de mearse encima y, además, apenas le dejan utilizarlo a sus anchas. ¿De qué me sirve si no puedo ejercer ningún control sobre él?, se pregunta.

La primera vez que fue consciente de que disponía de un cuerpo propio ya contaba unos cuatro años. Hasta entonces suponía que mamá y ella eran una misma persona. Al ser tan pequeñita, la dependencia y el apego la convertían en una prótesis de quita y pon de la que mamá solo se desprendía para dormir y poco más. Ni siquiera para cagar; incluso llegó a pensar que su mierda también era de mamá puesto que era ella quien se la limpiaba. Su memoria actual se mezcla con recuerdos auténticos, como el de despertar y asustarse al no verla a su lado, o los segundos de desazón mientras correteaba por el pasillo hasta encontrarla en la cocina, el hábitat natural del seno materno. Pero no se acuerda de cómo pasó de ser su prótesis a ser su satélite, ni de cómo esos ratos sin ella se hacían un poco más largos cada día debido a sus excursiones por el mundo. Si se dio cuenta de que tenía un cuerpo fue, simplemente, a través de la molestia de que otros lo tocaran. El primer ser ajeno a su casa que lo tocó lo estuvo haciendo durante lo que ahora le parece que pudieron ser mil años, aunque sabe que a esa edad el tiempo es difícil de determinar. Le tocaba siempre *ahí* y Catalina estaba segura de que eso no estaba bien, pero no porque pensara en ello como una falta cometida contra unas reglas éticas, aún lo ignoraba todo sobre pecados mortales y veniales, sino porque sabía que a ella no le gustaba del mismo modo que odiaba la prisa con la que mamá le ponía los calcetines. «Solo es un juego», le decía. Él lo llamaba «jugar a los médicos», y la tocaba, le tocaba su *ahí* una y otra vez, y ahora ella se pregunta de dónde sacaría esas palabras, «jugar a los médicos», o qué clase de médicos tenía ese niño, que, a decir verdad, era de su misma edad. El doctor siempre era él. Se escondían bajo el hueco de la escalera del portal mientras sus mamás se enredaban por unos minutos en cualquier conversación relacionada con la lluvia y la tragedia de no poder tender la ropa en la azotea. (Tender dentro, bajo el brasero, significaba ser conscientes de que la casa y todo lo que había en ella podría salir ardiendo, incluyendo a sus hijos.) Mientras las oía conjurar al cielo y a su dios santo para que les diera tregua con la colada, aquel niño aprovechaba para comenzar su estudio de tocamientos y experimentación sexual avanzada: ambos en cuclillas, él con la mano extendida y los dedos apartando las braguitas blancas de Catalina, y ella con la cara apuntando hacia otro sitio, incapaz de mirarle a los ojos ni de entender qué juego tan desagradable y tortuoso era ese o por qué tenía la impresión de que estaban compitiendo en algo y encima siempre ganaba él.

No solo fue la primera vez que tuvo consciencia de que su cuerpo no era parte del de mamá, sino también de que las expediciones fuera de su campo gravitatorio eran arriesgadas y, además, de que no se le daba bien hacer amigos, puesto que en ningún momento encontró diversión en aquel juego ni una forma agradable de decirle que lo dejara. Un día, hastiada de sentir sus dedos pellizcando su *ahí*, consiguió apartarlo de un empujón tan violento que lo tiró al suelo. El niño, a punto de ponerse a llorar por el desplante, le preguntó si estaba enfadada porque acaso quería hacerlo ella. «Te dejo por esta vez. ¿Quieres tocarme *el pito*?», preguntó, pero a ella no le apeteció, pues por inocencia e ignorancia pensó que se encontraría lo mismo que había entre sus piernas. De hecho, dedujo que su *ahí*, algo que no había tenido nombre hasta la fecha, también se llamaba «pito». No sabía nada de biología ni de diferencias sexuales porque en casa se omitía cualquier tema relacionado con el mundo de la genitalidad, la sexualidad e incluso la escatología. El sudor y la caca solo se mencionaban en casos muy extremos. Ella ya no sabe si es un recuerdo o un sueño la escena en la que mamá la descubrió en el baño de la vecina meando de pie junto a aquel niño que la miraba desde un rincón desconcertado. Mamá le preguntó horrorizada qué hacía y Catalina contestó riendo que estaba haciendo pis con el *pito* mientras la orina le resbalaba por las piernas mojándole los leotardos, bajados hasta los tobillos. A veces se encuentra a ese niño, ahora adolescente, en la calle o en el portal y no puede evitar sonrojarse mirando hacia el suelo, preguntándose si él también se acordará de todo eso.

Poco después de aquellos juegos la percepción de su cuerpo se desvió de forma acelerada hacia un lugar mucho más siniestro por la aparición de lo que papá y mamá aún llaman «la enfermedad», un asunto tabú en casa, una dolencia sin nombre, y a la vez un tema siempre vigente, tanto como las revisiones, cada vez más espaciadas, a la búsqueda de algún indicio que pueda hacerla reaparecer. Papá y mamá decidieron posponer dos años su entrada al colegio, como los padres de algunos bebés deciden junto al médico y un bisturí lo que sus retoños serán cuando sean mayores. Procrear es también tomar decisiones por otras personas, no siempre las adecuadas. Ella no está segura de querer reproducirse porque considera que solo se debe intentar copiar lo que esté bien hecho.

Durante dos años la mantuvieron alejada de otros niños para impedir que se contagiara de enfermedades de las que de todas formas la habían vacunado. «Por prevenir —decía mamá—, si total, papá dice que las niñas no necesitan socializar tanto.» Las semanas de hospital la libraron de jugar a los médicos con aquel niño del vecindario —bien—, pero no de los médicos de verdad que manoseaban su tripa y su *ahí* constantemente. Su cuerpo primero: un laboratorio de experimentos; su cuerpo después: un campo de minas. La convalecencia fue larga; algunas semanas en el hospital y el resto en casa con algunas visitas al centro médico. De aquellos días recuerda el llanto de otros niños, los pijamas de rayas y los camisones de franela, el olor a yodo, la sopa jardinera, el color negro de los hilos que cosían su herida, aprender la palabra *cuña* y el pánico que le daba mear en una de ellas, porque siempre se derramaba todo y acababa empapada en su propia orina. Había olvidado que apenas dos años antes todavía usaba pañales. Por eso, por las noches, cuando no había nadie para vigilarla en el silencio mecánico de la habitación de hospital, se levantaba con sumo esfuerzo solita hasta el baño, porque una cosa era mear, pero hacer caca le habría resultado imposible. Detestaba cuando mamá venía por la mañana y le decía que apretara la barriga delante de las enfermeras, o de los médicos de turno, o de las personas que venían a ver a la niña moribunda con la que compartía estancia, porque todos pensaban que llevaba estreñida desde que le habían quitado la sonda. Tan solo unos meses antes la reprendía si no pedía ayuda para ir al baño o si mencionaba cualquier palabra relacionada con lo que salía de sus tripas. Ese nuevo afán por hacer que se cagara encima, o de mencionar si había hecho caca o no en presencia de completos extraños, le resultaba confuso y muy desagradable. Es probable que de ahí procedan su pudor y sus enormes ganas de privacidad tan bien arraigadas. Los puntos de sutura, en cambio, se soltaron varias veces reabriéndole la herida por su falta de reposo durante la noche. Tardó demasiado en cerrarse, dando lugar a una necesidad de recuperación prolongada. La prórroga en casa y la carencia de interacción con otros niños de su edad a su debido tiempo la convirtieron entonces en una criatura emocionalmente incompetente, socialmente torpe y muy desconfiada.

Una niña que se escondía para que no la tocaran cada vez que alguien venía a casa, porque no quería oír a mamá hablar de ningún tumor ni enfermedad que siempre acababa con la misma frase: «Catalina, enséñale tu cicatriz a Fulanita».

La cicatriz era un ciempiés sinuoso que le atravesaba la barriga casi entera, desde debajo del ombligo hasta su *ahí*. Cuando superó las ganas de rascarla y se hubo curado por completo quedó muy suave al tacto. Le parecía placentero poner los deditos sobre ella, aunque el tejido dañado, desconectado del nervio, le causara la extraña sensación de estar tocando a otra persona y, sin embargo, era lo más representativo de sí misma que había tenido nunca. Su cicatriz: un pedazo de piel dormida que a menudo despertaba marcando los puntos a uno y otro lado. Así aprendió a contar. Se agazapaba en el hueco que dejaba la puerta del dormitorio de papá y mamá, que jamás se acercaba a la pared porque topaba con un armario, y con el dedo índice acariciaba despacio las patitas del ciempiés (así lo había llamado primero mamá), una parte del cuerpo recién adquirida, sin saber nunca nada de la que le habían extirpado, y allí permanecía esperando a que la visita se marchara. Uno-dos-tres-cuatro-cinco-seis. Papá no le había enseñado más números. Pasaba tanto tiempo sola tras esa puerta, que hasta llegó a tener un amigo invisible, alguien que cabía de sobra en aquel espacio vacío y que podría haberlo llenado por un tiempo con su compañía, si no fuera por la torpeza y falta de comunicación de Catalina en esos momentos, pues ni a ese ser inventado consiguió confiarle sus secretos. Le duró dos días. Un amigo incorpóreo al que bautizó con su mismo nombre, aunque solo llegó a pronunciarlo para contarle a todo el mundo que la había abandonado, dejándola sola.

En aquellos días, la enorme mesa del salón de ocho comensales tenía retratos de gente viva que aparecía de visita una vez al año. Sin embargo, la persona que más le agradaba del mundo, un mundo muy reducido, era la profesora particular que venía cuatro días a la semana. A diferencia de mamá, tenía el pelo muy largo, una forma de hablar pausada y, además, desde la primera clase, trajo a casa lápices de unos colores que Catalina jamás había visto hasta el momento, como ese al que Pablito le decía color carne —el de la faja que pronto le colocaría mamá— y la profesora llamaba amarillo Nápoles rojizo, del cual aseguraba que, usado para un retrato, era como ponerle Avecrem al guiso en la olla. Catalina no entendía esa comparación, pero el bloc de papel grueso completamente en blanco le abrió las ganas de aprender. Comenzaron por dibujar las vocales y animales y otras cosas cuyos nombres empezaran por cada una de ellas: Con la A: Alambre, Árbol, Abeja, Aplastar. Con la E solo le salía *Erida*, porque aún no sabía nada de la H, la misma que hoy precede a Helena de Troya y a Helena Sorní. Más tarde aprendió palabras y frases sencillas que la profesora procuró enseñarle. Le dejaba dibujar todo lo que quisiera. Un pájaro, un perro, un león, un humanoide…, personajes con una sola cosa en común: todos aparecían sin más compañía que la de ellos mismos fuera de una casa que era demasiado enana para que ninguno cupiera. La profesora particular no dudó en señalar ese detalle a mamá con preocupación. Mamá no conserva ninguno de esos dibujos, pero si algún día hubiera que constatar las dotes de Catalina para la pintura, quedarían aquellos garabatos que hacía en los libros de cuentos que le regalaron al salir del hospital, cuando aún no sabía leer. Es desde siempre una experta en el arte de rellenar vacíos: el hueco tras la puerta del dormitorio, los márgenes en blanco de aquellos libros o cualquier superficie limpia en realidad, como la cara de la única muñeca bebé que tuvo de pequeña. No le gustaba jugar con ella, pero sí la suavidad del plástico blando al contacto con el bolígrafo azul. Le cubrió de tinta hasta el blanco de los ojos. Una vez tatuada, la llevaba orgullosa a todas partes, sin su vestidito rosa, para que todo el mundo viera la cicatriz que le había dibujado en la barriguita, pero mamá, que la encontraba aberrante, *la hizo desaparecer* misteriosamente una tarde mientras Catalina dormía, remplazando la muñeca por un peluche sobre el que no se podía pintarrajear nada. Durante un tiempo pensó que era un peluche mágico, pues cuando lo perdía de vista reaparecía sentado en el centro de su cama, delante de la almohada. Aunque no era tan versátil, acabó gustándole mucho más que la muñeca.

Durante todo aquel tiempo de reposo su vida había consistido en estar en casa, libre de las enfermedades que otros niños le pudieran contagiar, o en ir al hospital y ver durante unas décimas de segundo —lo que tardaba mamá en poner la mano para cubrirle los ojos hasta hacer un fundido a negro— a otros niños y niñas cuyas vidas estaban, quizá, a punto de fundirse a negro definitivamente. El mundo estribaba sin censuras solo hasta donde alcanzara su vista desde la ventana del salón, es decir, solo hasta donde Pablito y sus amigos jugaban con un balón en el parque de albero detrás de casa. Meses más tarde, cuando empezó a estar mejor y después de mucho llorar y suplicar, mamá consiguió relajar un poco sus esfínteres y permitir a Catalina salir un rato con su hermano. Él se la llevaba rezongando y ella se quedaba en un banco del parque mirando el mismo juego que veía desde la ventana. Otra perspectiva.

Un día del último verano sin colegio, cuando los médicos la dieron por un ser de casi siete años saludable, y a *la enfermedad*, por superada, en lugar de quedarse mirando cómo los niños se pasaban el balón, se atrevió a preguntar si podía jugar en alguno de los dos equipos. Pablito, haciendo de portavoz oficial, le explicó que él y sus amigos eran más grandes y que ella no podía jugar con ellos porque podrían hacerle daño, dada su corta estatura. «Apártate o vete a casa.» Pero Catalina no estaba dispuesta a hacer ninguna de las dos cosas y decidió quedarse en mitad del campo de juego hasta que la dejaran participar. No llevaba ni un minuto manifestándose cuando recibió un balonazo proveniente del pie de su propio hermano, derecho a la barriga, al centro de su cicatriz. Un impacto, picante primero y doloroso después, que la hizo estallar en lágrimas. Incluso temió tener que volver al hospital después de casi tres meses desde la última revisión. Nunca le ha preguntado a Pablito por qué lo hizo, ni se ha preocupado de saber cuál era su historia, tal vez la de un primogénito en alerta permanente por la misteriosa enfermedad de la hermanita pequeña. Pero esta memoria no es la suya como este cuerpo tampoco lo es. De modo que en ese momento Catalina lo odió con todas sus fuerzas y decidió que le guardaría rencor hasta que le pidiera disculpas, es decir, para siempre, porque en casa no se pide perdón, si acaso se dan pretextos *a posteriori*, después de causar el daño. Además, ella cree que su hermano habría lanzado el balón con más ganas todavía si eso hubiera podido mandarla directa a su habitación. Nada más llegar a las faldas de mamá quejándose de que Pablito no quería que jugara con él y sus amigos a la pelota, no encontró ningún consuelo. Mamá excusó por completo las formas con las que su hermano la había hecho volver a casa.

—Tienes que entender a Pablito. Él es un niño y tú... una niña.

Una niña, dos palabras que se quedaron en un letargo sin más, pues ella entendió que *niña* significaba «ser pequeña» y *niño* significaba «ser grande», del mismo modo que creía que su *ahí* seguía llamándose «pito». En ese momento se resignó con lo que le había tocado y comió más brócoli, carne roja y guisantes que nunca —quizá por eso ahora mide casi uno ochenta—, pensando que cuando creciese ya no tendría que ser *una niña* nunca más. Cada vez que le preguntaban qué quería ser de mayor, Catalina no decía médico ni enfermera; decía «quiero ser un niño».

Se fue desprendiendo de aquella idea disparatada con lo que le enseñaban en el colegio para niñas en el que la matricularon, con los vestiditos abultados que mamá le colocaba cada sábado para salir a la calle y el larguísimo cabello que le cepillaba a todas horas. A medida que Catalina crecía a lo alto, también aumentaba su envidia hacia Pablito, pero se le prohibió llorar por algo tan retorcido y absurdo como no ser un niño; no poder hacer lo que hace un niño; no poder hablar como habla un niño; sentarse siquiera como se sienta un niño; no disponer, en fin, de lo mismo que un niño, aunque en ningún momento esos celos se dirigían a lo que había en su entrepierna, puesto que Catalina seguía ignorando qué aspecto tenía un *pito*. Ni siquiera sabía con exactitud qué era lo que envidiaba de forma tan angustiosa. Poco después vinieron las clases de Anatomía, el griterío de las niñas de su clase, las páginas con los dibujos del pene y la vagina, los testículos, las glándulas mamarias. A diferencia de una mayoría, ella asistió a todo aquello como a una película de terror, abstrayéndose de las explicaciones para no vomitar en clase, removida por los recuerdos difusos de las auscultaciones en el hospital. Por esa falta de atención estuvo pensando durante demasiado tiempo que para procrear había que insertar el pene en un ombligo y que, por arte de magia, este se abriría cuando tuviera que abrirse. Sin embargo, a pesar de que papá y Pablito contaban con ombligo, entendió enseguida que los hombres no tenían bebés, ya que jamás había visto en todo el vecindario a ningún señor sostener en brazos a sus hijos recién nacidos. También le quedó la duda de para qué les servían a ellos los pezones, pues no parecían en disposición de querer amamantar a nadie. Por esas cuestiones hacía al resto de las niñas de su clase estallar en risas, incluso a la maestra. Todas pensaban que siempre estaba bromeando, que solo pretendía llamar la atención, entretener y divertir a todo el mundo. Ella, avergonzada, fingía que así era. Al menos de ese modo dejaría de darles pena a sus compañeras por ser la única en llevar un parte firmado por papá para eximirla de la clase de Gimnasia. A las preguntas de Catalina las profesoras nunca contestaron nada relacionado con la similitud de todos los cuerpos en las primeras etapas de gestación, mucho menos algo que contemplara la posibilidad de pensar que nadie es 100 % hombre ni nadie es 100 % mujer, así que la niña continuó su vida con mucho recelo. Para ella solo quedó clara una cosa: que la naturaleza era cruel y estaba llena de errores; y que, si había un dios creador, como le aseveraron en ese mismo colegio, no era más que un ser abominable, oscuro y morboso que disfrutaba del sufrimiento ajeno y, por supuesto, era chico, no chica. A la sazón aprendió —o le enseñaron— que el cuerpo humano era de una sola manera o, a lo sumo, de dos maneras y se comportaban siempre del mismo modo; todo lo demás era una monstruosidad.

Cada dos sábados acompañaba a mamá a la peluquería, la misma a la que todavía van, donde las horas muertas pasaban a la velocidad de un domingo de agosto sin piscina. Allí cogía las mismas revistas de cotilleos que había para entretener a las clientas. Mamá la regañaba por ello, aunque con muy poca convicción. A falta de Gimnasia, aquellas fueron sus primeras clases de Educación Física, viendo cuerpos de mujeres impresos en unas páginas que inmediatamente se asentaron en su retina. En realidad, no necesitaba abrir ninguna de aquellas revistas para aprender cómo debía ser un cuerpo, solo pararse frente al quiosco de prensa más cercano y mirar de izquierda a derecha, de arriba abajo. También había revistas sobre política, sociedad y motor, cuyas portadas cubrían retratos masculinos, y también otro tipo de prensa que encontraba repugnante, llamada de caza mayor, donde se hablaba de animales despojados de consideración antes de quitarles la vida, solo para presumir de su tamaño, del tamaño de lo que sea, delante de los amigos. El resto de la prensa a color siempre llenaba sus portadas con un mismo sexo protagonista: mujeres con más o menos ropa.

En casa comprobó, además, que su *ahí* —aclarado el error de que pudiera ser un pito— seguía sin tener nombre. De repente se había vuelto invisible, igual que aquel amigo que le duró dos días. Mamá no mencionaba aquella parte del cuerpo de ninguna manera, solo la hacía desaparecer del lenguaje como a una niña en el maletero de un coche o a un conejito en una chistera. Un día Catalina lo llamó justamente así, «conejito», para pedirle a mamá que fuera más suave, pues le estaba lavando esa zona con demasiado ímpetu para dejarla impoluta o quizá para ver si de ese modo conseguía borrarla de una vez. El conejito. Se lo había oído decir a una niña en el colegio. Entonces tenía siete años y nada más pronunciarlo, Catalina recibió un manotazo en la boca de la que acababa de salir lo que a mamá le pareció un horror. El golpe quedó anotado como recuerdo de infancia: directo y seco, y si quisiera, casi podría notar su sabor hoy en la misma encía. Un golpe idéntico a esos con los que alguna gente adiestra a los cachorros de perro para que no muerdan. Lo suficientemente blando para no partirle el labio; lo bastante fuerte para que no volviera a nombrar lo innombrable de ninguna manera. No lloró, aunque se le saltaron las lágrimas. Aguantó estoica apretando la boca, aturdida, paralizada, desnudita y enjabonada frente a mamá hasta que esta salió del baño.

Enseguida aprendió a lavarse y a aclararse el pelo sin su ayuda, a sentir la quietud del aseo, a apreciar el sonido del agua, a hacer pompas de jabón con las dos manos y a darse cuenta de que la soledad era una amante tan apetecible como secarse con una toalla lavada con mil tapones de suavizante. Un placer convenientemente interrumpido por la presencia de mamá. Por la soledad de mamá. Porque mamá también estaba y está sola, pero su soledad no es tan suculenta como la de Catalina sino una yunta al cuello de un cuerpo que no sabe *ser* ni *estar* si no es a través de la existencia que otros le confieren. Mamá aparecía sin hacer ruido para recoger su ropa sucia. Después le preguntaba: «¿Te has lavado los sobacos?, ¿las orejas?, ¿los tobillos?». Catalina esperaba paciente a que mencionara su *ahí*, más que nada para dejar de llamarlo mentalmente «conejito». Pero mamá se saltaba esa parte. «Lávate el culo», le ordenaba, evitando la palabra *vulva* como quien sortea un obstáculo a vida o muerte. En realidad, Catalina tampoco aprendió esa palabra en el colegio. Se la oyó decir a Helena Sorní en el instituto poco antes de acabar el curso

169

y hasta necesitó de un diccionario más tarde para entender que no era un sinónimo de *vagina*. Todavía no ha aprendido a lavársela sin causarse daño porque está convencida, como mamá, de que ese flujo que a veces nota en las bragas desaparecería si usara más jabón.

La única parte de su cuerpo que mamá toleraba e incluso admiraba era materia muerta: sus cabellos. Mamá no quería de ninguna manera que se cortara el pelo. Cuando aún le llegaba por la cintura, leyó un cuento sobre una niña que lo tenía muy largo y a la que le dieron ganas de librarse de él. Venía en un libro que Guillermo había sacado de la biblioteca para su hermana pequeña. La historia recordaba a los clásicos cuentos de hadas, de esos que comienzan diciendo: «*Érase una vez un reino...*».

...en el que vivía un matrimonio de comerciantes dedicados al cultivo de la seda. Tenían decenas de árboles de morera y miles de gusanos a los que alimentaban durante un tiempo para luego verlos refugiarse en sus cápsulas. Llegado el momento, dejaban unos pocos capullos a salvo y sumergían los restantes en agua hirviendo antes de que estuvieran listos para salir de su crisálida. Así se había hecho toda la vida desde los tiempos de la emperatriz Xi Lingshi y así querían seguir haciéndolo. No les iba mal en sus negocios, incluso habían llegado a vestir a una gran duquesa, pero no tenían mucha paciencia y, a veces, sobrealimentaban a sus gusanos para que engordaran antes o no hervían los capullos lo suficiente, lo cual hacía que su seda acabara no siendo de tan buena calidad como la de sus vecinos, que habían llegado a vestir a la mismísima reina. Además, llevaban años intentando tener hijos para poder agilizar el negocio, pero la prole no llegaba, ni siquiera un solo vástago.

Un día, sin que el marido lo supiera, la mujer visitó a una bruja para comprarle algún remedio que la ayudara a tener hijos, al menos uno, mejor una niña, pues la seda era cosa de mujeres. Como no tenía dinero, le pagó con algunas de sus telas de mejor calidad. La bruja le dio instrucciones: «Mañana habrá luna llena, prepara una infusión con las hierbas que yo te daré y añádele hojas de morera. Bébela entonces y acuéstate después con tu marido. Engendrarás a una niña cuyos cabellos serán tan finos y hermosos como la seda».

Y así fue que a los nueve meses dio a luz a una hija a la que comenzó a crecerle un cabello rubio plateado, tan fino, fuerte, brillante y suave como la mejor de todas las sedas. Algún día podré usarlo para hacer un vestido, se dijo la mujer. El único inconveniente es que tendría que esperar mucho tiempo para poder cortarlo, pues crecía con la lentitud del de cualquiera. Por ello, continuaron con la sericultura, con sus gusanos, con las cocciones, iniciando a la niña desde muy pequeñita en el negocio familiar.

Cuando la hija cumplió catorce años, su pelo centelleaba como en la noche las luciérnagas, pero todavía no medía ni dos metros y medio de largo. Paciencia, se decía la madre, que seguía ayudando a la niña a lavarlo, cepillarlo y recogerlo para que no arrastrara. El padre detestaba verlas así, perdiendo tanto tiempo en acicalamientos en lugar de hacer algo más provechoso para la casa. Así que se preparó para cortárselo. Cuando ya tenía las tijeras en la mano, la mujer lo detuvo confesándole que, gracias al encantamiento de una bruja, el cabello de su hija era seda pura. El hombre pareció enfadado al principio porque su esposa le había ocultado este magnífico secreto, pero enseguida se contentó, pensando en cómo rentabilizar aquella virtud. Calculó que tendrían que esperar unos años más para producir cualquier vestido, a menos que fuera uno muy pequeño.

Ocurrió entonces que llegaron noticias del palacio: la reina había dado a luz un bebé, el primogénito y heredero de la corona. El matrimonio lo interpretó como un designio divino y decidieron cortar el pelo a la niña, cuya cabeza dejaron completamente rasurada. Con la seda extraída de sus cabellos sería suficiente: harían un regalo formidable a los reyes para el pequeño príncipe.

El hombre se presentó en palacio con un lujoso atuendo para el bebé. Era blanco con un brillo anaranjado muy claro, elaborado con los cabellos de seda de su hija, que habían adquirido ese mismo color, por lo que decidieron no teñir la tela. La reina quedó tan impresionada por la calidad del traje que le encargó hacer un vestido del mismo tono para ella de aquella misma seda. Debería tenerlo listo para la presentación de su hijo en la corte, que tendría lugar en un par de semanas. Cuando el hombre estaba a punto de decir que no sería posible al recordar cuánto había tardado en crecerle el pelo a la niña, el rey le ofreció tal suma de dinero como adelanto que se quedó sin palabras. Tan solo bajó la cabeza y salió de allí aceptando la orden; ya se le ocurriría algo. Llegó a casa con el morral lleno de monedas de oro y le contó lo sucedido a la esposa. Esta dispuso que lo más razonable era gastar todo ese dinero comprando seda de buena calidad a sus vecinos; no sacarían ningún beneficio, pero al menos salvarían su honor y hasta su cabeza, pues era sabido cómo se castigaban la mentira y la desobediencia al monarca. El hombre asintió, aceptando aparentemente su destino, pero esa misma noche, sin que la mujer lo supiera, se dirigió a ver a la bruja que había dotado a su hija de cabellos de seda. Una vez frente a la hechicera le preguntó si no tendría algún ungüento que hiciera crecer el pelo rápidamente. «¿Para quién lo necesitas?», preguntó ella. «Para mi hija, la niña de los cabellos de seda», respondió el hombre. La bruja le dijo que había llegado a sus oídos que el rey le había dado una gran suma de oro para que le hiciera un vestido a la reina y que podría hacer algo, pero solo a cambio de todo ese oro. El hombre aceptó, intentando mirar aquello como una buena inversión. La bruja le dio un botecito de cristal con una pócima espesa, de un color oscuro y sin ningún brillo. A continuación le dijo qué hacer con ella: «Pon una sola gota en un vaso de agua, eso bastará para causar un gran efecto».

A la mañana siguiente, cuando su hija se despertó, en lugar de seguir las instrucciones de la bruja, el hombre le dio a beber a su hija un cuenco entero de aquel mejunje como desayuno, pues tenía pensado hacerle a la reina un vestido con una cauda tan larga que tuvieran que portarla entre varios lacayos, de esa forma se hablaría de aquel traje durante años y se correría pronto la voz de quiénes poseían la mejor seda del mundo entero.

Dicho y hecho, los cabellos de la muchacha comenzaron a proliferar llenando la habitación a la velocidad con la que una gran ola se adueña de la arena. Pero, para sorpresa de su padre, esta vez crecieron negros, tan negros como la noche, tan negros como el brebaje del desayuno. El hombre se llevó las manos a la cabeza con estupor pues sabía que aquella seda no se podría teñir de ninguna manera. ¿Qué había hecho? Lo había echado todo a perder, pensó. Sin dinero y con una seda inútil. En ese momento la esposa entró en la casa, y quedó sorprendida y horrorizada ante los metros y metros de hilos de seda negra que tenía a la vista hasta que su marido salió de entre ellos y le explicó lo sucedido. «¿Qué reina querría un vestido tan negro?», le lloraba a su mujer. Pero esta enseguida le dio consuelo pues traía noticias del mercado que, si bien no eran buenas, al menos tranquilizarían a su marido: «El bebé de la reina ha muerto y pronto se celebrará el funeral. No estará de ánimo para celebraciones, por lo que no creo que haya prisa alguna para confeccionar el vestido». El hombre, en cambio, pareció asimilar la información de otra manera y hasta se le encendió una sonrisa antes de contarle a su esposa una nueva idea.

No pudiendo creerse su suerte, padre y madre cortaron el pelo a su hija una y otra vez, viendo cómo este volvía a crecer con la misma velocidad y negrura, y no solo terminaron el vestido de la reina, sino que se presentaron en palacio con trajes del luto más fulgurante también para el rey, los principales súbditos de la corte y hasta para ellos mismos. Sin embargo, cuando estuvieron frente a los monarcas no obtuvieron la admiración que esperaban. La reina, hallándose en un momento de gran dolor, de búsqueda de culpables por el fallecimiento de su único hijo, acusó a los comerciantes de haber deseado la muerte del bebé y, además, de querer enriquecerse vistiendo de negro el duelo de los demás. Por ello fueron apresados, juzgados y finalmente expulsados del reino, condenados a vagar como cucarachas negras y brillantes en mitad de un desierto.

Pasada una semana, la niña continuaba arrastrando su cabello por la casa, recogiéndoselo como podía, haciendo las labores del hogar y entrando al cobertizo donde tenía los gusanos para darles de comer, preguntándose por qué sus padres no habían regresado todavía. ¿Se habrían quedado a vivir en la corte y se habían olvidado de ella? Pronto se agotaron los víveres de los que disponía y lo único que le quedó para comer fueron las mismas hojas de morera con las que alimentaba a los gusanos. Andaba subida en uno de esos árboles, llenándose el estómago, cuando vio acercarse a la bruja, que supo de quién se trataba nada más ver el cabello que llegaba hasta el suelo. La hechicera le dijo que le daría un ungüento mágico que le devolvería el color del pelo que tenía antes. A cambio, tendría que tomar algunas gotas de la pócima negra y cortarse el cabello cuando ella mandara, pues sabía que podría venderlo a los vecinos a muy buen precio. Pero la muchacha, harta de que todo el mundo mercadeara con su cabeza, rechazó la oferta. Cuando la bruja se marchó, se bajó del árbol y entró al cobertizo de madera cargada con un buen puñado de hojas. Los gusanos ya estaban a punto de hacer sus capullos. Esta vez, en lugar de prepararlo todo para hervirlos como en tantas otras ocasiones, los dejaría reposar hasta que fuera tiempo de que se abrieran y surgieran de sus crisálidas. Una vez convertidas en polillas, abriría puertas y ventanas del cobertizo para que pudieran salir de allí. Tan triste estaba por la vida que les había dado hasta aquel día, la misma que ella había tenido, que pensó que no merecía mejor suerte que esos gusanos. De modo que tomó sus cabellos y comenzó a tejer con ellos sin descanso hasta tener un manto con el que poder cubrirse por completo y desaparecer. Se durmió rendida y no se movió durante todo el invierno. Pero un día, en la víspera de su decimoquinto cumpleaños, por fin despertó. Abrió los ojos y se desperezó con tantas ganas que rompió la capa polvorienta que la cubría. Su pelo se había vuelto blanco y frágil. Se puso en pie sin esfuerzo, ligera, como si acabara de dar un paseo. Liberada de todo aquel cabello que antes le caía por la espalda, tuvo espacio para expandir sus alas y salir volando. Y viruento, viruento, a esta niña polilla se la llevó el viento.

A las dos semanas de que Catalina fuera a cortarse el pelo, comenzó a verse horrible y fea. Cuando se detenía frente al espejo le entraban ganas de llorar, arrepentida, pensando en cuánto tardaría en crecerle la melena. Cada vez que mamá se percataba de sus lamentos y le repetía «te lo advertí», Catalina se acordaba del cuento de la niña polilla y aguantaba mejor la espera. En este preciso instante, en cambio, le gustaría tener la cabeza rapada al cero y saberse horrible y fea de nuevo, aunque no tuviera alas con las que salir volando por la ventanilla.

De todas las partes que componen una pierna, la rodilla debería ser, le parece a ella, la más púdica. Piensa en la cantidad de ocasiones en que la ha llevado desnuda, no solo de ropa, sino totalmente pelada o encostrada por caídas tontas cuando era más pequeña. Estuvo tanto tiempo sin correr, sin salir apenas, que en cuanto daba dos carreras acababa en el suelo. ¿Qué es una rodilla sino una articulación? Ahora le parece algo más que eso únicamente porque el conductor apenas le quita la mano de encima, como si de vez en cuando confundiera la palanca de cambios con su rótula. No ha sido consciente de tener una rodilla hasta que otro le ha dado un uso bajo su mano. Su mando.

El hombre vuelve a mirarla de arriba abajo deteniéndose en lo que tiene abrazado contra su pecho. Aparta la mano de su rodilla y le arrebata la mochila y la sudadera lanzándolas al asiento de atrás.

—Tampoco te voy a robar —dice riéndose a carcajadas al ver cómo ella se sobresalta.

El hombre dirige sus ojos a la carretera unos segundos negando con la cabeza a una pregunta que nadie le ha hecho y la mira otros pocos con su media sonrisa. La inspecciona de nuevo atendiendo a los detalles, tal vez intentando adivinar su edad o cómo ha sido capaz una chica tan joven de hacer autostop, *con la que está cayendo*. Catalina intenta verse a través de sus ojos. Chica alta, cabellos castaños sin un matiz determinado y más encrespados que de costumbre, puede que por el polvo del camino. Bajo unas cejas peludas, ojos oscuros y redondos como los de un cachorro abandonado. Nariz grande, vale, pero al menos es recta; habría sido un drama tener pico de loro, otro drama, un drama distinto, un drama con objetivo claro: el de ahorrar para operársela, reducirla, estandarizarla limando un pedazo de hueso para que el mundo deje de azotarla. Labios finos, una de sus partes preferidas porque cree que le dan un aire distinguido. Mentón puntiagudo. El cuello largo, clavículas sobresalientes... La mirada del hombre se detiene a la altura del pecho de Catalina, que se alegra de vestir con camisetas más anchas que las que llevaba hace unos meses, aunque mamá diga que parece un payaso.

Desde el primer año de instituto, el del gran estirón, el de la regla, el de «estás hecha una mujercita», senos y caderas se han ido expandiendo como el universo en el que se encuentra, y en las axilas continúa creciéndole un vello corto, negro, bastante más grueso que el del bigote de Pablito. Es casi de la misma estatura que su hermano a pesar de la diferencia de edad y, además, también ella tiene bigote, pero mamá la ha enseñado a cubrirlo con Andina desde que comenzó a asomar. Sus piernas son tan largas que ya no llega al suelo con las dos manos sin doblar sus púdicas rodillas y los pezones se le han vuelto abotonados y un poco más oscuros, puntualizando una porción de carne demasiado sensible hasta para pasar la esponja en la ducha. No soporta acordarse de que están ahí, de que sus tetas sobresalen en su torso y en ese universo en expansión. A veces le duele al tocarlas y siempre le duele verlas, así que ni las toca, ni las mira, ni se mira. Especialmente desde que había oído a todas horas lo que ocurrió en los senos de aquellas tres niñas que hoy tendrían la edad que ella tiene, con un cuerpo parecido al que ahora tiene Catalina, cuando fueron destruidas primero y mostradas por partes después. Tantas horas de emisión tornaron su hora de dormir en un delirio.

A veces se pregunta si a aquella otra chica, la que desapareció de una clínica en mitad de la noche, también le dolía el pecho al pasarse una esponja; si le daba cierto asco la palabra *pezón* después de oírla mil veces en el chiste del pez pequeño y el pez grande, ese que siempre acababa con un chico de la clase tocándole una teta; si la muchacha había dejado de comer porque quería un cuerpo etéreo, inmaterial, luminoso, un cuerpo por el que sus padres no tuvieran que preocuparse, un cuerpo que no procrease hasta que a ellos les diera la gana, un cuerpo tan bajo en calorías que no hiciera falta ni sedarlo; o si solo pretendía cruzar la frontera. Una vez alcanzada la meta del cuerpo perfecto solo había que traspasar la línea, avanzar un poco más hacia la nada para recuperar de la manera más sórdida lo que una vez fue suyo: torturándolo y matándolo poco a poco. Un suicidio a cámara lenta, en directo y para todo el mundo, con una simple báscula y una sociedad ignorante como cómplice. «Me queríais delgada, pues ahora tendréis mis huesos», cree que gritaría por dentro la muchacha. Mamá nunca ha terminado de cruzar la línea, aunque Catalina teme que cualquier día lo haga. Recuerda a menudo lo que decía el trocito de periódico sobre aquella chica. Los de la clínica mantenían la versión de que se había fugado. Sin sus gafas. Saltando un muro de dos metros. Al acabar el breve párrafo que le habían dedicado —nada de programas de televisión con un cuerpo que mostrar a todas horas ni avances antes del telediario—, se la imaginaba con sus ocho dioptrías, las que describía el informe, tratando de distinguir las luces de los coches o acercándose a alguien para pedir ayuda, eligiendo al azar quién podría brindársela, quién podría protegerla de quienes decían que más la amaban. Entonces, creería ver a una chica dirigiéndose hacia ella a toda velocidad. Pero se desalentaría enseguida, al comprobar que no era más que su propio reflejo en el cristal de una gasolinera. Tras unos minutos de decepción se resignaría y se reconciliaría con ella misma, pues sería la primera vez que aceptaría ser ayudada por su propio cuerpo. Catalina fantaseaba con esa historia porque prefiere pensar que la muchacha realmente huyó saltando un muro de dos metros. En su léxico interno, la llama *la chica polilla*.

Catalina no quiere saltar ningún muro ni ninguna verja nunca más, tampoco quiere que la hieran ni que la seden y, sobre todo, no quiere volver a sentir esa culpa en la boca del estómago, después de todo lo que papá y mamá repiten que han hecho por ella: traerla al mundo, darle de comer, vestirla, atender una enfermedad imprevista, darle unos estudios, pagarle la ropa que ya sabe elegir y ponerse sola, dejar que continúe alimentándose, permitir que siga viviendo en casa. Asume que son sus dueños porque le han dado la vida y por una lógica insana cree que, de igual modo, se la pueden quitar. No les cuenta que por dentro se siente más enferma de lo que jamás ha estado por fuera, porque papá y mamá no entienden nada que no sea material, visible, contable, tangible. Catalina no se atreve a contar su malestar a nadie, ni siquiera a Silvia o a Guillermo, teme que el rumor llegue a mamá como cuando se enteró de que había hecho autostop. Mamá ya tiene bastante con lo que tiene. Catalina la entiende y abraza en silencio su locura: el cuerpo del que ella también reniega. Pero no osaría confiarle nada, menos aún después de saber que también está hecha de mentiras. Madre e hija siguiendo una línea de puntos falsa. Habrá que romper esa cadena, se dice Catalina. Le gusta creer que ningún adolescente se lleva lo bastante bien con sus padres como para hablar de todo con ellos. Al menos intenta no pensar en cómo funcionan otras familias, porque cuando ha tenido delante una donde sus miembros no solo se soportan, sino que además parecía que se amaban, Catalina no ha sido invitada a entrar, al menos no como ella quería. Puede que solo hubiera idealizado a esa familia. ¿Ama el padre de Silvia a su hija? ¿De qué manera la ama? ¿De qué manera la mira, si es que la ha mirado de verdad alguna vez? ¿Por qué no pudo mirarme a mí como a ella? Porque Silvia es su hija, supone, una célula, un cigoto, un feto, un ser de su misma especie creado a medias a partir de su propia materia, y Catalina, en cambio, no es nada. A sus dieciséis años no quiere asumir que ella no es una hija, mejor dicho, una niña, para todos los adultos y prefiere seguir refugiándose en cuentos de hadas con chicas voladoras, en la mitología clásica o en recortes de periódico sobre huidas y desapariciones de otras personas. Como la leyenda que le escuchó a un anciano contar a otro este verano en la playa, que decía que el número de gente que entraba en el metro de París era superior al número de gente que salía. Se preguntó si sería verdad y adónde iría a parar toda esa gente. Puede que estuvieran todos con la chica polilla.

Ahora también intenta evadirse de su situación, de que tiene un cuerpo que mamá quiere tapar, una boca que el padre de Silvia quiere besar, o una rodilla que el conductor quiere tocar. Se imagina a sí misma montada en el tren que la trajo de vuelta de las últimas vacaciones con papá y mamá y Pablito, pero cambiando un poco el final del trayecto y de la historia: cuando está a punto de bajar del vagón traspasa su dimensión y aparece sola en el andén de otra estación, otra ciudad, otro país, donde se habla otro idioma, posiblemente Francia, donde ya no tendría nada que temer de los lobos porque, por la forma tan dulce de hablar, cree sin ningún fundamento que todos los hombres franceses son maricas. Y si volviera a temer a alguno, se metería en el metro de París a la espera de poder desaparecer y reunirse con el resto de las chicas ausentes. Allí nadie la conocería, nadie sabría que alguna noche, volviendo a casa, se ha asustado hasta de su propio reflejo en la marquesina de la parada de autobús. A veces, al salir de la ducha, le pasa lo mismo. Se mira durante tanto tiempo a los ojos que el resto de la cara se deforma hasta que deja de reconocerse. Después rumia si esa cosa, esa carne con pelo, ese rostro distorsionado y monstruoso es ella, la de verdad, y si lo demás es un efecto óptico como el del charco que vio en la carretera. Solo vuelve a distinguir las formas que conoce al limpiar el espejo con sus brazos velludos, tan velludos como sus piernas si no se las afeitara todas las semanas desde el accidente con mamá. Primero sus facciones, después sus extremidades largas, su tronco tímido, sus hombros huesudos y pequeños, sus senos... Alguien debería haberle dicho que lo que se ve en el espejo solo es temporal, que se está transformando, como una polilla blanca que antes de insecto ha sido huevo, luego larva, después pupa y ahora crisálida, y que deberá esperar a que un día la dejen salir de ella.

Subida en el coche con el extraño, tener tetas le parece mucho peor que tener rodillas. Le gustaría cruzarse de brazos para poner un velo entre la mirada del conductor y su pecho pero, aunque está asustada, tampoco quiere ofenderlo. Tal vez no sea ningún violador y, por educación, no debería hacer ningún gesto que pueda herir sus sentimientos (o que le dé ideas). Que no se note que desconfío de él, se dice, tal vez solo quiere ponerme a prueba. Pero ¿a prueba para qué? ¿Para ver si soy una chica fácil? Catalina mira un momento el paisaje que va dejando atrás. Lo que daría por estar en el autobús de vuelta a la ciudad, con la cabeza apoyada en la ventanilla, imaginando que llueve y que protagoniza un videoclip de Chris Isaak, siendo ella Chris Isaak, no la modelo guapísima pero sin sentimientos de la que no se sabe nada.

El hombre se mete la mano en el bolsillo de la camisa y deja asomar un paquete de Fortuna. Sin soltar el volante, hurga con los dedos hasta sacar un cigarro. Ella se fija en cómo se humedece primero los labios para que la boquilla se le adhiera al instante. Papá hace exactamente lo mismo. Resulta que este hombre, como papá, también es un ser humano. Vuelve al mismo bolsillo en busca de lumbre. Se lo enciende al segundo chispazo de mechero y le da una calada profunda, de esas que hacen desaparecer la boca por completo. Lo observa más detenidamente para ver si así consigue saber sus verdaderas intenciones. Al toparse con los ojos de ratón asustado de Catalina, el hombre se ríe por segunda vez enseñándole una dentadura que, aunque completa y perfecta en su forma, distaría mucho de ser blanca si no fuera por el contraste con la encía tan oscura. A ella de cualquier manera le darían asco; preferiría mil veces estar frente a los dientes torcidos de Juan, el chico al que conoció el mejor fin de semana de su vida. En realidad, Juan solo tiene torcidos los incisivos de abajo, además, no sabe por qué se acuerda ahora de los dientes de ese chico ni por qué empezó a salir con él. ¿Fue por la euforia de aquel sábado? ¿Porque le dio su teléfono y se sintió en la obligación de llamarlo? ¿Porque *Juan* y *Catalina* quedaban bonitos rodeados por un círculo el uno junto al otro? ¿Porque traía locas a las chicas de su clase? ¿Para que no la llamaran tortillera? ¿Para que los chicos de su instituto la vieran con él y dejaran de jugar a *tocarle o no tocarle* el culo? ¿O fue porque Silvia se echó novio y ella no quería parecer menos? ¿O para no ir tanto a casa de Silvia? ¿O para presentarse en su casa y que su padre la viera con Juan? Ni siquiera hacía falta que la viera con él, era suficiente con mencionar a Juan unas cuantas veces en presencia del padre de su amiga, como si al invocar el nombre de un espíritu masculino se lograra espantar al resto.

Juan tenía una dentadura defectuosa. Justo en el centro, uno de los incisivos inferiores le quedaba superpuesto, trayendo su mandíbula un poquito hacia adelante y haciendo que al hablar su *ese* sonara rotunda, impostada, como perdigones en un día de caza menor. Puede que no fuera esto por lo que escupía un poco al hablar, pero Catalina pensaba que sí, que era por el diente. Cuando empezaron a verse no podía dejar de mirárselo. Atraída por ese detalle, asqueada y fascinada al mismo tiempo, vigilaba también la costra amarilla que unía de forma perpetua ese incisivo central a los dos laterales. Tenía otro diente más justo detrás, uno extra, casi invisible, y ella lo buscaba cada vez que lo veía abrir la boca. A menudo él la descubría con los ojos persiguiendo sus labios danzantes; entonces, Catalina dirigía la mirada hacia otro lado, a fin de que no le preguntara qué observaba tan obnubilada. Juan le gustaba porque en realidad no le gustaba: era perfecto en su imperfección y así ella se imaginaba libre de tener que parecerlo, como requerían mamá y las revistas que compraban las chicas de su clase. A Juan, en cambio, nadie le había dicho que no era perfecto e incluso daba la impresión de que estaba convencido de que lo era o, al menos, de que era un aspirante de pleno derecho a merecerse todo en esta vida. Quizá por eso, al cabo de casi cuatro meses saliendo juntos, Juan creyó que era el momento idóneo para reclamar algo más que unos besos.

—Ana dice que es mucho mejor a pelo.

—¿El qué?

—Hacerlo.

—¿Hacer el qué? —insistió Catalina haciéndose la tonta.

—Pues eso, que mi amiga Ana ya lo ha hecho con Carlos y dice que la primera vez es mejor hacerlo sin condón.

Catalina arrugó la nariz como quien descubre mierda de perro en las zapatillas al llegar a casa.

—Porque el condón no es natural —continuó Juan— y puede causar..., cómo se dice..., un *shock* profiláctico y resultar chocante o algo así.

Eso podía resultar «chocante», pero meterse dentro una parte del cuerpo de otra persona (que puede que no esté muy limpia) no, por supuesto, pensó ella. Le dejó hablar porque no quería herir sus sentimientos ni que se notase que no tenía ningún interés en el tema de conversación.

Al menos vio venir sus intenciones, pudo prepararse: llenarse de pretextos para no consentir nada; lo que no ha tenido tiempo de hacer con el padre de Silvia. ¿O acaso ha consentido sin darse cuenta? Ella no le ha dicho que no; tampoco que sí. No ha dicho nada, ha tratado de apartar la cara pero quizá podría haberlo intentado con más fuerza. También podría haber gritado, pero ha pensado que si lo hacía se metería en un lío, o pondría en un aprieto a ese hombre, el padre de su amiga, la amiga que siempre la ha tratado bien y que tiene una familia que hasta esta tarde Catalina había considerado mucho mejor que la suya.

Con Juan, en cambio, no tuvo problemas para distinguir lo que no quería en aquel momento. Vale que hubiera probado a caminar con unos zapatos de tacón y se hubiera embutido alguna vez en un vestido de terciopelo con hombreras, pero probar a meter un trozo de carne ajena *ahí* (ya ni siquiera era su *ahí*) tenía otro cariz. Si no quería tener sexo no era solo porque fuera una estrecha o una puritana o una marimacho, como apuntaban algunas chicas en el instituto o aquellos chicos de las clases de recuperación, sino también porque no confiaba en cómo tratarían su cuerpo otras personas. Ni siquiera ella lo atendía con delicadeza y, cada vez que alguien la había tocado antes —el niño que jugaba a los médicos, los mismos médicos que la auscultaban o mamá intentando borrar lo que no tenía nombre—, sentía que no la habían

189

tratado con cariño, sino como un experimento, y estaba segura de que Juan también competía en esa liga, puesto que él tampoco se había acostado nunca con nadie. Catalina cree que no le habría dado tanto miedo verse en las mismas circunstancias con una chica, aunque no cualquier chica, sino una de su misma jerarquía, una que supiera que no le haría daño ni hablaría de sus bragas sucias a sus espaldas, una que, comparada con ella, no se horrorizara cuando quisiera olerla desde muy cerca. Pero hacerlo con un chico parecía más fácil, porque así contaba con el misterio de no poder comparar un cuerpo con el otro. Si hubiese husmeado un poco en su interior, habría descubierto que no sentía deseo alguno por Juan, que en el fondo le daba náuseas pensar en la virginidad y en la no virginidad, en su cuerpo con el cuerpo de alguien, el suyo con el de Juan, puaj. No era eso lo que había imaginado cuando fantaseaba con echarse un novio, ni estaba segura de que mereciera la pena ese mal trago para poder salir de casa algún día. Quizá más adelante pasara por ese aro, pero desde luego no con Juan, aunque dejó que continuara intentando convencerla —presionándola—, con el objeto de poder decir pronto a todo el mundo que ya no era virgen y que además había desvirgado a alguien.

Por esas fechas vinieron al instituto unos expertos a impartir talleres sobre sexualidad. Catalina recuerda que varias chicas y un chico de su clase tuvieron que ausentarse por motivos de fe, como si la religión los eximiera de tener orificios y protuberancias. Ella también habría tenido que salir si no hubiera imitado tan bien la firma de papá. Se suponía que en aquellas clases debían explicarles cómo evitar el VIH y otras enfermedades, pero toda la hora se centró en hablar de cómo prevenir un embarazo, de cómo evitar la necesidad de un aborto. Ella notaba que solo se dirigían a las chicas mientras oía a los chicos reír en voz alta, incluso cuando explicaban cómo colocar un preservativo. Catalina escuchaba la lección de aquellos especialistas como si no fuera con ella, como si no tuviera nada entre las piernas, como si, aunque lo tuviera, fuera estéril, como cuando en el colegio pensaba, junto a algunas de sus compañeras, que una mujer solo se quedaba embarazada si de verdad lo deseaba. No le importaba la Biología en aquellas clases para niñas como tampoco en estas del instituto dirigidas al mismo sesgo. A Catalina le preocupaban otros asuntos de sumo interés para ella (y para Juan). Por ejemplo, qué pasaba si las chicas decían al sexo que sí, o que no, o no decían nada, aunque se hacía cargo de que callar debía de ser como un gran sí a todo. También asumía como algo normal que las demás *consintieran hacerlo* sin preservativo. A petición de sus novios. ¿Les habrían hablado a ellas del *shock* tóxico profiláctico y chocante o algo así? Quizá no ceder a sus deseos significara verse amenazadas por su abandono y desamparadas ante peligros peores, como los lobos. De modo que continúa creyendo que las chicas *lo hacen* por cualquier razón excepto por su propia apetencia. Catalina mira el deseo femenino con el mismo recelo con el que bebe cerveza: el sabor amargo solo es temporal, se dice, una mera cuestión de práctica. De acuerdo, dejemos de ser vírgenes, se imaginaba que diría algún día a alguien que no fuera Juan, entonces bajaría la cabeza y recibiría su esperma, y al principio sería algo así como la cerveza, que aún no había conseguido beber sin agriar el gesto, y después se convertiría en una magnífica lluvia de oro, como la de aquel cuadro modernista en el que Zeus se introduce con esa forma en la vagina de Dánae, una princesa mitológica a la que su padre encerró en una cueva para que no concibiera al que, según el oráculo, sería su futuro asesino.

Cómo le apasiona la mitología clásica. No hay ninguna asignatura al respecto, pero aparece a menudo en otras como Historia del Arte o Filosofía o incluso Latín. Ya conocía algunos mitos a través de películas que había visto en la tele. *Furia de titanes*, *Jasón y los argonautas*, *Ulises*. En clase le dijeron que esos relatos surgieron con el fin de expresar ciertas situaciones que a veces se daban en la vida real, pero para las que el ser humano de aquel tiempo no encontraba una explicación satisfactoria.

¿Cuál sería entonces la historia original de Dánae?, se pregunta para no pensar en la carretera, de todas formas, el hombre no puede hacer mucho con el coche en marcha. Imagina que el relato pudo partir de un hecho real en el que un padre encarcela a su hija. Pero si nadie más puede entrar en esa celda, solo podría estar embarazada de una persona. De repente se le pasa por la cabeza que esa historia se parece a una que acaba de conocer. Piensa en Dánae y en Amalia y se plantea por primera vez la respuesta a su embarazo. De ser así, qué relato mitológico se iban a inventar sus padres para que aquello no saliera de ahí. Seguramente todo su vecindario lo sospechaba —como ella ahora— y no pensaba hacer nada que no fuera mirar hacia otro lado.

El bloque donde vive Catalina es una jungla idéntica. Un lugar en el que las vecinas hablan mal de sus maridos cada vez que no los tienen delante. Si andan cerca, se comunican con ellos como si fueran sus jefes, sus mentores y salvadores. Como si les debieran la vida, y la verdad es que se la deben cada vez que estos deciden no arrebatársela a golpes. Si son de esos, el resto de las mujeres del vecindario se acercan a la maltratada, aunque con cautela, como con miedo a que los hematomas de la cara se contagien, pero con el propósito de actuar: cuidarle al niño mientras ella va al hospital, hacerle la compra para que nadie la vea en ese estado, consolarla diciéndole que ya mejorarán las cosas y, por supuesto, toman nota para tener algo que contar más tarde a las otras vecinas, porque los moratones de la cara de fulanita son la prueba fehaciente de que sus vidas no son tan miserables como en el fondo creen. En cambio, si el esposo no es de esos sino todo lo contrario —un ser amable, detallista, que le pregunta a su mujer cómo le ha ido el día—, la afortunada esposa queda apartada de las conversaciones más íntimas de las demás, envidiosas y avergonzadas al darse cuenta de que un matrimonio mejor es posible, aunque el motivo, según ellas, se deba a la poca virilidad del marido.

«Si no te apetecen sardinas te preparo otra cosa», las ha oído mil veces decir a sus esposos por el patio de luces a las tres de la tarde. Por las noches, desde la ventana de su habitación que da al mismo patio, se oyen los muelles de sus camas después de que las esposas se quejen de puro cansancio o un terrible dolor de cabeza, las mismas señoras que no dejan de criticar a la del ojo morado y de llamar puta a la vecina del segundo, que *lo hace* por dinero. Ella piensa que esas mujeres también deben de recibir algo a cambio, además de esperma, solo que aún no ha conseguido averiguar qué puede ser, ni si realmente vale más que el dinero que se lleva la del segundo. Tal vez *lo hacen* por inercia, como cuando se coge el collar del perro de la percha de la entrada y el perro viene presto a dejar que el dueño se lo ponga para poder salir un rato a la calle, aunque esté lloviendo o no tenga ganas. Está segura de que al perro ese rato en el exterior le recuerda que una vez sus ancestros fueron libres. Quizá a ellas les recuerde que una vez sintieron deseo y se entregan porque les gustaría encontrarlo, como parece que siempre lo encuentran los maridos. A veces, esos roces de medio minuto derivan en embarazos no deseados, haciendo que lleven a cuestas un nuevo gravamen acompañado de las acusaciones del consorte.

—No debiste dejar la píldora.

—El médico me dijo que tenía que parar; llevaba cinco años tomándola sin descanso.

—Pero ¿quién es tu marido?, ¿el médico o yo?

Cómo podría Catalina saber nada del deseo si no sabe ni lo que quiere ni a quién quiere ni quién es ni qué es su cuerpo ni a quién pertenece, cuando las leyes parecen tener en cuenta únicamente una sola forma de vida específica, pero no los millones de organismos que conviven en su estómago. ¿De qué signo del zodiaco son las bacterias de su intestino? ¿A qué viene que unas especies tengan más importancia que otras? ¿De qué sexo es un embarazo de cuatro semanas? Esto último le parece relevante, de otro modo no aparecería en el DNI que tiene Pablito desde hace un par de años. En el ranking de importancia mundial está segura de que la cosa va así: en el número uno, un hombre. En el número dos, una mujer embarazada de un futuro hombre. En tercer lugar: una mujer embarazada de una futura mujer que algún día podrá albergar en su vientre a un futuro hombre. En último lugar: una mujer con una ligadura de trompas. Mamá, cómo se te ocurre, piensa Catalina, y ella misma se imagina a la versión más lúcida e irónica de su madre que le responde: «Verás, a casa no vino nadie a dar talleres sobre educación sexual ni a repartir condones. Además, a papá no se le habría ocurrido ponérselos, y mucho menos hacerse una vasectomía. Se castra siempre a la res, nunca al semental».

Puede que para las vecinas *hacerlo* sin ganas no sea tan importante, que ceder al contacto con otra piel no les suponga tanto esfuerzo como Catalina considera. Quizá tampoco estén seguras de que sus cuerpos sean suyos o de que valgan gran cosa; al menos, deben de darse cuenta de que no se parecen en nada a los de las revistas de cotilleos que leen en la peluquería, de la misma manera que ella piensa que el suyo tampoco se parece mucho y por tanto no debe de importar lo suficiente. Y, sin embargo, le duele cuando alguien lo toca, ya sea el niño vecino con pito, los médicos, mamá, Juan o incluso ella misma, que no sabe ni cómo se masturba una chica ni de dónde salen las ganas para hacerlo. Claro que, cuando ella debió haber empezado a curiosear, su sexo se hallaba forrado con la rigidez de aquella faja de color carne. Además, qué sabrá ella del tacto si en sus primeros días de colegio iba a quejarse a la maestra por cualquier cosa: porque una niña le había tocado un hombro, porque otra le había acariciado el pelo, o porque alguna le había cogido la mano en el momento de hacer la fila. Qué ridícula le resultaba entonces a todo el mundo. Y qué grande les viene a algunos el dolor de los demás, piensa, la desdicha de tener un cuerpo. Para ella, aquellos roces eran una agresión, el recuerdo de la enfermedad, de las manos de los médicos, de mamá estrujándola entre sus brazos y preguntando «doctor, ¿se va a morir mi hija?».

A veces, cuando acababa de entrar al instituto, observaba a las mujeres del vecindario que quedaban con mamá algunas mañanas para tomar un segundo y un tercer café en el bar de la esquina. (Los hombres, a esas horas, andaban en sus trabajos remunerados, con contrato, derecho a baja por enfermedad y a vacaciones.) Las oía reírse junto a mamá, según decían, de cosas de mayores. Catalina ya notaba entonces cómo esas señoras se hacían las duras hablando en clave de sus maridos, aunque hubiera una menor delante. Ella ya tenía una edad y no era tan inocente ni estaba enferma, solo estaba allí porque su clase se encontraba de excursión y mamá y papá no habían querido firmarle el permiso. Así la protegían a ella después de escuchar en televisión que tres niñas habían sido arrancadas de la faz de la Tierra. Entre café y café, Catalina se enteraba de todos los entresijos de los matrimonios del vecindario. Aquellas mujeres llamaban tontos a los hombres en general por hacer lo que fuera a cambio de un abrir y cerrar de piernas. Alguna mencionaba lo que sacaba ella de todo eso: una lavadora nueva, quizá más adelante con secadora. Tipas duras, tan duras como pretendía ser ella desde que descubrió que algunos hombres del bloque se asomaban una y otra vez al patio de luces con la esperanza de poder verla desnuda a través del ventanuco de su cuarto de baño. Hacía tiempo que se quedaba atrancado, cerrando solo hasta la mitad, por eso mamá le había ordenado que se lavase sin encender la luz, a oscuras, para no dejar nada a la imaginación de los maridos de las vecinas de enfrente. Mamá nunca los llama por sus nombres, ni siquiera vecinos; los llama maridos. El marido de Fulanita, el marido de Menganita, el marido de Mari la del tercero B. Ocultarse de ellos era el decreto de mamá ante el que Catalina todavía se debate. Por un lado, podría ducharse en la penumbra y tapar su cuerpo sin problemas, está acostumbrada a no querer saber nada de él. Por otro, podría dejar que los vecinos miraran, no le supondría ningún beneficio, ni dinero ni lavadora ni secadora, pero puede que un día uno de esos hombres se asomase y, en lugar de verla desnuda, sorprendiera a mamá devolviendo. Tal vez alguno supiera lo que hacer al respecto, aunque es probable que les importe tan poco como a papá o a Pablito, que al igual que Catalina lo saben y no hacen ni dicen nada. Alguien tiene que preparar la comida que después vomita y mamá no dispone de ninguna baja por enfermedad. Ni vacaciones.

Ducharse en las tinieblas no arrojará más luz sobre Catalina, en el sentido más literal, ni le dejará saber qué poder tiene su cuerpo. Si sigue escondiéndolo, no lo deja existir; si lo muestra, parece que solo existe a través de los ojos de los hombres. Ya sabe lo que es ocultarse, de modo que podría probar a dejar la ventana abierta del todo, para que los demás miren lo que quieran. Se dice que será un acto de caridad. Tal vez así las mujeres de los vecinos, esas a las que mamá sí llama por sus nombres, no tendrán que mentir con que les duele la cabeza ni abrirse de piernas sin ganas esa misma noche. Pero ¿y si los maridos *lo hacen* después con sus esposas mientras piensan en el cuerpo de Catalina? Repugnante.

Lo más eficaz, más que cambiar la ventana, sería que mamá o papá (o incluso ella misma) los pillara in fraganti en el momento en el que estuvieran asomados mirando y les gritara que se metieran en sus asuntos, que no tenían derecho a hacerla pasar por eso. Soy una persona, no un cuadro de Gustav Klimt. En su imaginación se dice muchas más cosas pero luego es incapaz de abrir la boca para defenderse, ni siquiera se atreve a decirle a papá que algunos vecinos la observan, porque sabe que la culpará a ella. Culpable de usar la luz, o de abrir la ventana, o de tener ese cuerpo.

Esos son los problemas de cualquier chica de su edad, supone. Calcular la amplitud del ventanuco antes de meterse en la ducha; oír a sus compañeras preguntar si salía con alguien, pero *salir salir*, porque enrollarse nada más es de putas; conocer a Juan, el de los dientes, hablar con Juan, quedar con Juan, salir con Juan, besar a Juan, sin ganas, haciéndose a la idea de que, de todos modos, cualquier chaval acabaría siendo su *marido* o el *marido* de sus futuras vecinas y todos acabarán dándole el mismo asco que entiende que sienten las mujeres del vecindario hacia sus cónyuges cuando se abren de piernas por la noche. Hasta hace unas horas veía ese asco como un rito de paso, un mal trago que había de sufrir en esta vida, una cosa más que sumar a las desgracias de haber nacido sin un pito como el niño vecino, tener la regla, vello, el pelo de la cabeza cada vez más crespo o haber sufrido una cirugía que le había dejado un ciempiés en el pubis, otra palabra inexistente en el glosario familiar. Pensaba que, a base de practicar, los chicos dejarían de repugnarla algún día, que esa aversión solo era algo temporal, ya que las chicas que conocía no mostraban esa sensación nauseabunda hacia ellos. O eso le había oído a Isabel, una compañera de clase que parecía que sabía del tema: que al principio los chicos dan asco, luego no y quizá más tarde sí; ya se vería. Tal vez no eran más que mentiras piadosas, como cuando le decían que usar tacones no dolía tanto y hacerse la cera *un poco*. ¿Un poco? Mamá la llevó una vez a que le hicieran la cera en los muslos y Catalina soltó tal alarido que la muchacha de la estética la llamó animal tapándose los oídos. Tanto el grito como su respuesta fueron reconfortantes para ella. Es lo único que tenía claro, que prefería ser un animal, aunque no supiera de qué tenía hambre.

Muchas veces se cuestiona si le dan asco los chicos porque puede qué le gusten las chicas, como si una cosa fuera incompatible con la otra, y si es esa la razón por la que le duele más cuando Silvia no se acuerda de llamarla en toda la semana que cuando se olvida de ella Guillermo. También se pregunta si las chicas mienten diciendo que les gustan los chicos, como cuando ella mentía diciendo que le gustaba mucho Juan, o si se mienten a sí mismas al subirse a unos tacones y al hacerse la cera, algo que ya ha comprobado que duele y mucho, pero atiende a todo lo que ellas tengan que decir sobre los chicos, porque tiene curiosidad por saber si se puede sentir algo diferente a no querer saber nada de ellos.

Excepto de Guillermo. Le agrada estar con Guillermo, el rarito, el que tiene vena, el afeminado, el marica, o el «gay que aún no había salido del armario», como diría Silvia, que tenía un tío por parte de madre que le explicó lo que significaba esa expresión. Hacía tiempo que no le dejaban entrar en casa de los abuelos de Silvia, como si al salir del armario ya no se pudiera entrar en ningún otro sitio. Silvia y su madre le visitaban a escondidas de los abuelos (y de todo el mundo) porque el tío se estaba muriendo solo en su apartamento. Antes de marcharse, le repitió muchas veces a su sobrina que el sida no debería quitarle las ganas a nadie de ser marica. Silvia le confesó todo esto a Catalina. Ella habría querido preguntarle si pensaba que Guillermo también lo era, más que nada, para poder pronunciar al fin unas palabras que, a pesar de lo que dijera su tío recién fallecido o quizá por eso, estaban aún en un limbo.

Guillermo fingía que le gustaban las chicas del mismo modo que Catalina hacía como que podría ser una de ellas. Cada cual que tenga su biblioteca de la farsa y que viva su patraña en paz. Mentir solo es otra forma de contar la verdad y Guillermo y yo acabaremos siendo escritores, se decía, como si engañar fuera un método primitivo de practicar la ficción. Tanto para desarrollar una trola como para un cuento se requieren las mismas herramientas. Son actos relacionados con sobrevivir, aunque, al final, unas historias perviven más que otras, por muy disparatadas que sean, como la tauromaquia desde la Edad de Bronce o las mujeres sin sentimientos desde la cultura clásica.

Un día Catalina y Guillermo fueron sinceros la una con el otro. Si obviaron algunas cosas, al menos no se mintieron. Ella le contó que Juan había empezado con un discurso que todas las chicas de su entorno conocían de sobra: llevaban más de tres meses saliendo y ya sabía lo que significaba eso, y que, encima, el muchacho quería hacerlo sin condón. Guillermo le dijo que no creía que follar fuera para tanto, que él había estado a punto de hacerlo con un rollo que había tenido —sin especificar jamás si el rollo fue un chico o una chica— en las vacaciones de Semana Santa, pero que lo del condón era mejor ni pensárselo para evitar cualquier susto con el sida. A Catalina ni se le había ocurrido pensar en el sida, su único miedo al respecto, aparte del dolor, de la aprensión o del asco que pudiera sentir, era quedarse embarazada. Creía que enfermedades como la del tío de Silvia no tenían nada que ver con ella y que jamás conocería en persona a nadie que las tuviera, aunque la madre de su amiga iba contándole a todo el mundo que su tío había muerto de cáncer, como un montón de hombres solteros que vivían o morían en el barrio.

Estaba segura de que a Guillermo no le atraían las mujeres, aunque disfrutase de su compañía y hubiera tenido durante un par de meses una novia, pero cree que solo quería mostrar pruebas en caso de que le volviesen a llamar maricón en el instituto. Desde luego, no era como los demás chicos de la clase. A él no le iban las rebecas grunge, ni las bermudas, ni las camisetas anchas, ni esconder un tercio de las manos bajo unas mangas demasiado largas, ni el pelo en la cara. Él lo llevaba rapado como el de R.E.M. y se entretenía aconsejando a Silvia cómo vestirse. Con Catalina no le había funcionado pero, de todas maneras, cuando la veía vestida así, como un chico, le decía cariñosamente que no le quedaba mal ese atuendo, que estaba bien con todo. Gracias, le contestaba ella fingiendo azorarse. Es lo que hacen las abuelas, replicaba él. Catalina no recordaba a la suya fuera del marco de las fotos del salón, pero estaba segura de que no habría sido tan amable como Guillermo. Pensaba que, además de que secretamente le gustaran los chicos, su tipo debía ser alguien como Pablito, porque durante el curso se había pasado un par de veces por casa para recoger unos apuntes y se había quedado en el umbral de la puerta embobado mirándolo de una forma que, cuando se marchaba, hasta mamá preguntaba: «Niña, tu amigo es sarasa, ¿no?». Y Catalina la miraba con aversión porque no le gustaba cómo lo decía. No usaba el mismo tono con el que ella imaginaba que Guillermo era marica y, además, le molestaba que mamá todavía no se hubiera dado cuenta de que, de alguna forma, su hija también era sarasa y marica y, encima, virgen.

Aún no se ha atrevido a preguntarle a Guillermo si lo es o no (virgen y marica), porque esas palabras son impronunciables, porque los dos años que les quedan de instituto siguen ahí, sus familias siguen ahí, los campamentos cristianos siguen ahí, la iglesia del barrio sigue ahí y lo que dicen que es pecado, definitivamente, seguirá estando ahí por los siglos de los siglos, al menos, por el lustro que tardarán en ver a un amigo salir del armario, como decía el tío de Silvia. En ningún momento pensó en las amigas.

Todavía no ha encontrado en su instituto a una sola lesbiana, o al menos a alguna chica que lo parezca, aunque no sabe cómo son porque lo más parecido a una marimacho que conoce es ella misma. El apodo de tortillera acabó cuando la vieron con Juan. Debería haber sido una lesbiana que aún no había salido del armario, pero suponía que a las lesbianas les gustaban las chicas, con sus cuerpos de chicas: formas comunes a las suyas. Y cuando alguna vez había conseguido fantasear con que se enrollaba con una, besando su boca, el lóbulo de su oreja, su cuello..., se desesperaba al llegar a los pezones porque no sabía qué hacer con ellos, si rodearlos con la esponja como hace con los suyos, o cerrar los ojos como cuando mamá se los tapaba a ella para que no viera morirse a otros niños en el hospital. Los pezones son la parte más dolorosa del cuerpo desde que sabe que hay hombres que disfrutan amputándoselos a las mujeres. Tampoco estaba segura de qué haría con una muchacha al llegar a su *ahí*, al que no es capaz todavía ni de llamar vulva. Se imaginaba que sería ella el sujeto activo, el que tenía que decidir cómo, cuándo y dónde tocar a la chica, porque el cuerpo contrincante sería el de una auténtica chica, claro, una que no dudase de serlo, pero por ello también pasiva, porque ya se encargaría Catalina de ser la protagonista resuelta y audaz de unas fantasías eróticas sin culminar. También por eso encontraba más fácil el tema con los chicos, porque no sabrían distinguirla de una chica de verdad y porque así no tendría que pensar en cómo ni cuándo ni dónde habría que tocar, ya se encargarían ellos de juzgar qué partes del cuerpo de una muchacha eran más importantes que otras. La sed de Catalina, femenina o no, está aún por explorar, pues no conoce otra que no esté influenciada por lo que les gusta a los chicos, ya sea la *Playboy* o la porno que esconden sus padres en casa. Piensa que en el fondo el deseo de una chica es solo la compasión hacia el deseo de un hombre. Continúa sin saber cómo tocarse a ella misma, por dónde empezar, ni siquiera sabe lavar de forma amable su propia vulva, y cuando cierra los ojos solo ve el horror que le puede pasar a un cuerpo parecido al suyo. Así que al final se queda con la duda, encogida, hecha un capullo, esperando a ver si las demás consiguen salir ilesas de sus crisálidas.

Con Guillermo puede estar tranquila, sabe que no la va a mirar como a un muslo de pollo cuando esté hambriento, ni tendrá que oír todo lo relacionado con las tetas de Susana (la repetidora de la clase), a menos que haya otros chicos cerca y pretenda disimular. Cree que su amistad —secretos aparte— es genuina, que se ayudan con los deberes porque quieren, no como una inversión para conseguir algo a cambio o con algún propósito *siniestro* detrás. A pesar de eso, le duele que Guillermo no se lanzara nunca a defenderla cuando algunas chicas la llamaban gigante o tortillera a principios de curso, como sí hacía ella cuando los matones de turno del instituto se ensañaban a insultos con él cada vez que entraba o salía del baño. Ambos aprendieron entonces que el matón suele ser uno solo y que los demás son como el eco: repiten lo que diga el primero por miedo a parecer maricones ellos también. Por eso Catalina defiende a ultranza a su amigo, porque ella no se ofende si la llaman «maricón» del modo que a Guillermo le agravia cuando ella lo llama «tía». Sin mala intención, sin intención alguna pues no lo hace de manera consciente, utiliza las palabras *nena* o *tía* cuando interpela a su amigo delante de Silvia o de otras chicas o incluso en sus conversaciones privadas. A Guillermo le molesta pero Catalina no sabe cómo corregirse ni cómo dejar de hacerlo. «Nena esto», «tía lo otro». Quizá no lo etiqueta como hombre por una cuestión de lógica. Cree que solo un hombre podría cometer atrocidades con el cuerpo de una mujer y ve a Guillermo demasiado lejos de llegar a ser uno de esos. Pero él siempre se enfada y le contesta: «Cata, no me digas "tía", no me llames "nena"». Se molesta si lo confunden con una chica y así es cómo percibe ella lo terrible que debe ser parecer una muchacha. Se siente como si le hubieran dado el peor papel de una obra de teatro. Una que de todas formas nadie quiere ver. A Catalina le ocurre lo contrario cada vez que la toman por un chico. Por unos segundos deja de envidiar a algunos y de aborrecer a otros.

En su cuaderno ha descrito de mil maneras el rencor y el tipo de muchacho que le revuelve el estómago de celos: el chico que lo tiene todo y está a punto de acabar el instituto. Ese que parece salido de un catálogo de moda y es bueno en algo o, aunque sea mediocre, él cree firmemente que lo que sea se le da bien porque su familia se enorgullece de él a cada instante; tiene todos los dientes en su sitio y la sonrisa nívea como un cuarto de baño; estatura perfecta, ni muy bajo, ni demasiado alto; los hombros anchos; la voz grave y sin gallos hilarantes porque ya ha pasado esa fase; un pelo que promete que nunca se quedará calvo y un pene de la longitud y el grosor tan adecuados como para no tener que hablar del tema, una suerte de pene del que nadie hará una oda, de acuerdo, pero que tampoco le hará sentir jamás menospreciado cuando tenga que presentarlo en sociedad. Uno de esos chavales que van por ahí corroborando que el mundo es suyo y está hecho a medida (como sus genitales); uno de esos que no tienen miedo a caminar solos por la noche, que caen bien a todo el mundo y saben que les espera un futuro prometedor. Saldrán con todas las chicas que puedan antes de decidir si les apetece formar una o dos familias.

Chicos diez que incluso podrían hasta violar a sus anchas porque saben que, aunque veinte mujeres los acusen, nadie las va a creer. De todas maneras, no suelen hacer uso de la violencia; no necesitan recordar a nadie quién tiene el poder. Y las chicas, además, parecen estar locas por ellos.

También envidia un poco a los chicos seis, más bien feos, con la cara cubierta de espinillas, pero que no aparentan tener ningún tipo de inseguridad. Sospecha que están contentos con lo que guardan en sus calzoncillos, lo evidencia su falta de recato a la hora de usar mallas de ciclista, al menos esto es lo que ha deducido tan solo de observarlos y escuchar sus conversaciones en el recreo. Son inofensivos, no suelen molestar a nadie, tampoco a las chicas, a las que ven como de otro planeta. Cuando acaben los estudios se echarán una novia con la que casarse y tener hijos, pero ellos seguirán quedando con sus amigotes para hacer cosas a las que las mujeres no estarán invitadas jamás.

Luego están los chicos subcero. Pueden ser altos y guapos, sin embargo, se muestran prepotentes o condescendientes con la gente de su edad, y eso, está claro, se debe a sus complejos. No es que Catalina haya entrado en los vestuarios a cerciorarse de lo que les preocupa, pero sí ha notado que todos siguen los mismos patrones: jamás son vistos con un pantalón corto de los de atletismo ni con mallas de ciclista, salen los últimos a Gimnasia y se interesan menos por el fútbol. Suplen el deporte con poesía, cine o política. Además, suelen adentrarse en una relación seria enseguida. Antes de cumplir diecinueve, ya llevan un par de años con una chica de catorce o quince a la que han desvirgado oficialmente, y confían en que les dure toda la vida, aterrados ante la sola posibilidad de estar con una muchacha que ya se haya acostado antes con otros chicos con los que poder comparar el tamaño acomplejado de sus genitales. Por estos no siente envidia alguna. Ahora piensa que tal vez Juan fuera uno de esos, pero nunca lo sabrá, la posibilidad de meterle la mano dentro del pantalón ha quedado en el olvido.

Desde luego, a todos les guarda rencor por no haber vivido en sus carnes nada parecido a tener que conformarse con todas las trabas que a ella le han impuesto. Es un odio de clase, pues lo poco que Catalina posee se basa en el trabajo y los sacrificios sufridos por otras mujeres, entre las que no se encuentran ni su madre ni sus abuelas ni bisabuelas ni ninguna de sus *tatarancestras*. Eso sí que le duele, pero no emplea ni un segundo en escribir sobre ello en su cuaderno como sí que pierde el tiempo con sus suposiciones acerca de los complejos masculinos. En el fondo ella pide venganza, lo cual indica que puede ser tan poco piadosa como cualquier hombre. El curso pasado la obligaron a leer *El guardián entre el centeno* y otros veinte libros de muchachos adolescentes, así que al menos se imagina cómo debe ser vivir en el cuerpo de un chico de dieciséis, por eso tampoco le apetece ser un hombre y estar preocupado por cómo evoluciona el tamaño de sus testículos de aquí a cinco años, o cosas peores como, por ejemplo, rellenar los formularios para la prórroga del servicio militar con la excusa de seguir estudiando, algo que ya le ha visto hacer a Pablito en dos ocasiones. Lo que le molesta a Catalina es que siempre haya fórmulas con las que librarse de ser *un hombre* y ninguna prórroga ni vacaciones que le permitan por un tiempo no ser *una mujer*. Le gustaría vivir en un mundo en el que la gente pudiera ser chico o chica cuando le diera la gana, sin que hiciera falta cambiar de apariencia para que los demás mostrasen respeto, independientemente de lo que cada cual dijera ser.

Para consolarse por no poder ser un chico, algunas veces se decía que al menos ella no tenía que preocuparse de hacer *la mili*, porque la sola idea de estar nueve meses en un barracón con olor a pies le resultaba espeluznante.

Ahora mismo pagaría por estar en ese barracón en lugar de ir sentada de copiloto con ese extraño que la mira de arriba abajo. Teme que se le acabe el cigarro y vuelva a ponerle la mano en la rodilla. ¿Qué hará entonces? Mamá siempre le ha dicho que no se sentase junto a ningún hombre en el autobús. «Incluso si ya estás sentada, ¿me oyes? Si llega un hombre y se sienta a tu lado, te levantas y te alejas», le ordenó a Catalina cuando empezó a usar el transporte público.

En una ocasión, estando con mamá en un autobús, presenció una escena que puso imágenes a sus imperativos. En él había tres chicas un par de años mayores que Catalina. No podía dejar de mirarlas con sus cabellos sueltos de distintas medidas, sus chaquetas vaqueras y sus minifaldas. Suponía que algún día sería como ellas o más bien lo deseaba: parecían risueñas y felices porque empezaba el fin de semana. Para ella, en cambio, solo era la hora de volver a casa en un día frío. Algunos viernes mamá iba a recogerla al colegio. Aparecía muy arreglada, paseaban por el centro de la ciudad mirando escaparates y después acababan siempre en la misma cafetería, donde a mamá le ponían un café con leche y a Catalina un chocolate con churros; no le gustaban pero se los pedía porque sabía que, con suerte, mamá se los comería con tal de no tirarlos. «Con lo caro que es todo en el centro», le reprochaba a su hija mientras los mojaba en su café y los engullía como si no hubiera comido nada en dos semanas. De vuelta en el autobús aquel día, las tres chicas encontraron asientos vacíos en la cola del vehículo. Dos de ellas se pusieron juntas cerca de

una ventana y la otra tuvo que sentarse aparte por
que había un hombre, algo más joven que mamá,
interponiéndose en el asiento que daba al pasillo.
Podría haberse desplazado, ya que había algunos
sitios libres, pero no lo hizo; se le ocurrió que era
más divertido estar en medio de las conversaciones
de las chicas, consistentes en decidir a qué lugar ir
primero y en qué parada bajarse. El tipo comenzó
enseguida a decirles lo guapas que iban, repitién-
dolo una y otra vez, halagando su gusto por las minifaldas. Ellas exclamaban tapándose la boca para
no estallar de risa ante sus comentarios, sabiendo
de sobra que ese hombre no era más que un salido.
Catalina también lo sabía: era un arcano que se ma-
nifestaba en la vida de todas las niñas. A algunas
se les aparecía antes y a otras después, pero tarde
o temprano ahí estaba, y su presencia se repetía
en cada barrio, en cada instituto, en cada univer-
sidad, como un dios que está en todas partes. El
hombre continuó un buen rato señalando otras
prendas de las niñas, comprobando si llevaban
medias con un dedo, sonriendo y haciéndose el
tonto ante las risas exaltadas de ellas, que debían
pensar que era un puerco inofensivo. Pero ninguno de estos arcanos lo es. Cuando se acercaban
a su parada, el hombre no se apartó del asiento
central para dejarlas salir con holgura, le pareció
mejor que las tres tuvieran que pasar de manera
aparatosa, posando por unos segundos los tres pares de glúteos sobre sus rodillas. Formaron un bre-

vísimo caos para poder llegar al pasillo y bajarse en una de las paradas del centro. Catalina estaba en la antepenúltima fila con mamá, sentada en sentido opuesto a la marcha del autobús, observándolo todo a través del reflejo de la ventana en la que tenía la cabeza apoyada. No quería que mamá supiera que estaba atenta, tanta vergüenza le daba mirar a aquel hombre de frente. Nada más arrancar de nuevo el autobús, el tipo masculló algo en alto, buscando la aprobación de otros pasajeros: «Si es que van enseñándolo todo. Luego dicen que las violan». Ella no podía creer que se atreviera a decir eso a pesar de cómo había tonteado y molestado a las chicas y cómo se aprovechó para restregar las rodillas contra sus culos al final, haciéndoles más intrincado el paso. Entonces, Catalina miró un segundo a mamá, buscando su complicidad o a una mujer adulta que protestara diciendo algo, porque había tenido que ver lo mismo que ella, pero, atribulada, la vio asentir dándole al hombre la razón.

No mucho tiempo después de eso, en la misma línea de autobús, volvía sentada junto a la ventana una hora antes de la salida oficial del colegio porque le dolía la garganta. A esas horas solo había adultos que iban y volvían de cualquier cosa que hicieran. En esa ocasión estaba tan derrotada que no hizo caso a mamá y no se levantó al ver que un hombre se ponía a su lado, o quizá no lo hizo porque quería desafiar sus órdenes o para cerciorarse de si era verdad lo que contaba mamá sobre todos los hombres en el autobús. Desde luego, aquel no tardó ni dos minutos en ponerle la mano en el muslo, con tanta confianza que parecía que la pierna realmente le perteneciera por estar en ese metro cuadrado. El hombre no hizo ningún otro movimiento. Ella tampoco. Permaneció quieta, dócil, avergonzada sin saber exactamente de qué, puede que de tener un muslo, asustada como un cachorro a punto de recibir una inyección letal en el veterinario, durante todo el trayecto hasta que el autobús se aproximó a su parada. Catalina buscó un hilo suplicante y trémulo de voz en su interior con el que pedir que la dejase salir al pasillo del vehículo. Parecía que preguntaba si al menos tenía derecho a eso, a bajarse en su parada. Entonces se acordó de las chicas con minifalda que iban en el autobús un viernes por la tarde y de cómo aquel otro hombre les impidió salir de allí sin ser tocadas, porque según él, llevaban poca ropa y estaban pidiendo a gritos que las violaran. Catalina vestía el uniforme escolar y una cazadora con el interior de borreguito, pero el hombre sentado junto a ella tampoco se levantó. Con la garganta en ebullición y el único objetivo de regresar a casa cuanto antes, salió de allí notando unas manos que intentaban sin éxito agarrar sus nalgas embutidas y, por tanto, anestesiadas gracias a la faja que mamá había enseñado a vestir a su hija. La primera vez que se la puso, Catalina le preguntó para qué servía esa prenda tan incómoda y mamá le contestó que para que estuviera *recogida*. Tal vez lo que quiso decir fue *blindada*, aunque al blindar a Catalina contra el mundo también lo estaba haciendo contra su propia curiosidad, sus propios dedos en su propio cuerpo.

En el coche del desconocido vuelve a experimentar una sensación similar a la de aquel día en el autobús al notar la mano del hombre tan cerca de su pierna, alternando la palanca de cambios, con el cigarro y con su rodilla, solo que esta vez no tiene una faja difícil de bajar o arrancar y tampoco sabe si habrá realmente alguna parada para poder llegar a casa. No puede distinguir si tiene miedo de él o de ella misma, porque no deja de imaginarse que podría matarlo a mordiscos y prenderle fuego, haciéndole pagar por TODO, tomándolo como icono, como el ninot de los asesinos de chicas que hacen autostop. Está cada vez más segura de que puede ser peligroso. Ni siquiera le ha preguntado si no tiene miedo de andar sola por esos parajes, como hizo el padre de Helena Sorní. Este hombre no siente ninguna responsabilidad de cuidar de ella, aunque sea una menor, aunque tampoco la ha sentido el padre de su amiga Silvia hace unas horas.

Esta fobia, sin embargo, difiere del resto. Es nueva, excitante, recubierta de adrenalina. No se parece a nada que haya vivido antes, mucho menos al pánico que tenía cuando supo que mamá se había enterado de que había hecho autostop. Ese había sido el peor de sus temores hasta hoy. Un miedo espeso y grumoso como leche caducada que empezó en el ombligo y le subió por el esternón hasta la boca como un mal aliento. Se encontraba en el recreo. Silvia había ido a casa a cambiarse porque le acababa de bajar la regla y la sangre estaba a punto de traspasarle los pantalones. A la vuelta, corrió hacia Catalina y le preguntó alarmada: «¿Tú has hecho autostop?». Al oír esa palabra se le encogió tanto el estómago que tuvo que dejar el batido de chocolate a un lado. Solo se le ocurrió mirar a Helena Sorní, que estaba a dos metros escasos de las dos pellizcando trozos del bocadillo antes de metérselos en la boca. Helena, que había oído la pregunta, le devolvió la mirada de reojo, sin decir nada.

—Hace más de una semana —respondió por fin Catalina—, es que no tenía forma de volver desde tu casa de campo.

—Pero ¿qué dices? Si mi padre podría haberte llevado.

—No quería molestar.

—Pues tu madre te va a matar.

Si hubiera sido otra, Catalina habría dilatado las horas del día lo que hiciera falta para no volver a casa tan pronto. Después de sonar el timbre, se habría quedado dando vueltas entre las mesas de su clase, encajando las sillas para que el espacio entre las baldosas marrones, grises y naranjas fuera idéntico. Habría visitado la cafetería y repasado todos los periódicos atrasados para enterarse de cómo marchaba el conflicto entre hutus y tutsis; más tarde el patio, donde recogería las sudaderas olvidadas durante la hora de Gimnasia para llevarlas a conserjería. Allí habría saludado al conserje para enseguida despedirse de él como si se fuera a una guerra. Al salir del instituto se habría parado en el supermercado a por compresas para su próxima regla, que siempre la pilla desprevenida porque es tan irregular como su estado de ánimo. De camino al portal se habría topado a la vecina sorda y habría conversado con ella hasta estar segura de que se enterase de todo, absolutamente todo lo que quería decirle, palabra por palabra, compasiva de repente ante su problema de audición. Para cuando hubiera cruzado el umbral de su casa, Catalina ya habría tenido canas y papá y mamá habrían estado momificados. Si hubiera sido otra. Pero no es otra, es Catalina y, por extraño que parezca, ella solo quería que acabaran las dos horas que quedaban de clase para volver a casa y enfrentarse al castigo cuanto antes. De ese día no recuerda de qué más se habló en el recreo, ni de lo callada que estuvo durante el par de asignaturas que quedaban antes de dar por acabada la jornada estudiantil, ni de la mochila de siempre preparada para salir pitando nada más oír el timbre, ni de hacer el mismo trayecto diario en la mitad de tiempo gracias a una prisa dispuesta para la ocasión y a las zancadas de sus piernas de insecto palo. Tampoco se acuerda de que al llamar al portero automático la puerta se abrió sin que nadie contestara —como cada día—, ni de que, una vez dentro, no tuvo paciencia para esperar el ascensor. Tal vez el cuerpo le pedía llegar cansada a la reprimenda o, simplemente, empezó por castigarse ella misma con el ejercicio físico que tan poco practicaba. Solo recuerda la última parte de todo el trayecto: subir las escaleras de dos en dos, temblando; la cicatriz de la barriga palpitándole junto al ombligo; el corazón a punto de salírsele por la boca; quedarse quieta unos segundos antes de entrar para coger aire; aguantar las ganas de vomitar en la alfombrilla de la entrada; el rayo de luz tras la puerta entornada; evitar hacer cualquier ruido posible al traspasarla; volverse para cerrarla sigilosamente pensando que tal vez le diera tiempo a llegar al baño, porque todo se lleva mejor con la vejiga vacía; y, por último, sentir el calor del aliento de mamá a un metro escaso de su espalda, a la altura de los omoplatos. Hace tiempo que Catalina le saca una cabeza pero, aun así, le tiene miedo, o tiene miedo a lo que representa, o no le tiene miedo sino que cree que debe protegerla porque mamá ya tiene bastante con lo que tiene y Catalina se siente culpable por ser más alta y más joven y más estudiosa y definitivamente más delgada que ella sin hacer el más mínimo esfuerzo. En el fondo no quiere admitir que sospecha que mamá le guarda envidia como Catalina se la guarda a los chicos diez y a los chicos seis. Le aterra pensar que un día mamá estalle y le diga que la odia, que por fin haga la maleta, como la lleva oyendo decir desde que era pequeña, y la abandone. Piensa que si no lo hizo antes fue porque Catalina estaba enferma, pero ahora que aquello ya pasó, no sabe cuál es la excusa para que mamá no viva su vida. Imaginar lo peor no es lo que siempre ha hecho que esquive el golpe, pero ese día le funcionó y mamá solo abofeteó al aire viciado de su propio hogar.

Ahora no se trata de esquivar un guantazo, sino de pensar con rapidez. Con la mandíbula apretada, se promete que llenará el coche de sangre por las dentelladas que le asestará a ese hombre si intenta algo más que tocarle la rodilla. O la rodilla y el muslo. O la rodilla, el muslo y un pecho. No sabe ni dónde está el límite entre su cuerpo y el mundo, pero ya no importa porque por fin divisa la bendita gasolinera. Aleluya. El coche se detiene en el área de servicio y ella se da la vuelta como un resorte para alcanzar sus cosas del asiento de atrás.

—¿Adónde vas? —le pregunta el hombre.

—Voy al baño, necesito hacer pis desde hace mucho rato.

—Puedes dejarlo todo en el coche, no te voy a robar.

—Estoy con la regla y necesito cambiarme.

De repente, admira su propia capacidad de reacción para mentir a los hombres que ha heredado de mamá. Es la segunda vez en su vida que menciona la menstruación a alguien sin ovarios. Siente un poder inusual al ver la cara de asco del receptor, como si le hubieran cortado las ganas de tocarle la rodilla. Una mujer le habría dicho que cogiera la compresa o un tampón pero, como les ocurre a la mayoría de los hombres, este también desconoce cuál es el secreto del periodo ni qué se necesitaba para que no se haga notar. De modo que, por supuesto, ve normal que coja toda la mochila. No así, la sudadera.

—¿También la necesitas con el calor que hace?

—No, la verdad es que no —dice queriendo abrazar por última vez el regalo de sus amigos.

Cuando Catalina va a salir, el hombre la coge con fuerza de la muñeca.

—¡Eh!, que no voy a hacerte nada.

—Ya lo sé —contesta ella nerviosa, pero la verdad es que no lo sabe. Solo sabe que le ha tocado la rodilla y la ha agarrado de la muñeca.

Se dirige al aseo, que está fuera de la tienda. La puerta es metálica y a pesar de la hora aún está ardiendo por el sol recibido durante todo el día. Tiene que empujarla con el pie para no quemarse. Entra sin apenas rozarla, pero con el mismo pie no deja que vuelva a cerrarse del todo. A pesar de sus ganas de mear decide no usar el aseo, prefiere quedarse vigilando, rezando para que el hombre entre pronto a la tienda para pagar. Cuando llega ese momento, Catalina vuelve a salir y mira a su alrededor. Frente a la estación de servicio, a unos pocos metros, está la nada: la linde de una campiña de color pajizo y negro, cardos y otras plantas que le dan picores en las piernas nada más olerlos, pero también unos arbustos de secano que separan el asfalto de la tierra seca. Con la esperanza de que no la vean, corre hacia esos arbustos atravesando la carretera desértica. Se esconde entre los setos con los ojos puestos en la tienda. A pesar del calor, tiembla. También se sigue meando. ¿No le habría dado tiempo a ir al váter antes de huir? Al cabo de un instante el hombre sale de nuevo portando un cartón de tabaco y una revista y los deja en el asiento de atrás. Lo acompaña un muchacho joven. Este se dispone a ponerle la gasolina. El viento caliente le trae retazos de sus voces mezclados con el canto de las chicharras, que siguen marcando la temperatura de la tarde. El hombre se ha encendido un cigarro y el muchacho le dice que dentro de unos meses estará prohibido fumar en las gasolineras. El hombre se ríe negando con la cabeza, como cuando estaban en el coche, pero no contesta. Sigue fumando mientras dirige su mirada al aseo; a Catalina se le seca aún más la boca. Va hacia allí, lo ve vadear la puerta metálica abriéndola con el pie, tal y como ha hecho ella un momento antes, y regresar al cabo de un minuto. Ahora se acerca al chico de la gasolinera y gesticula. Señala el baño primero y luego indica la altura de algo desde el suelo hasta su brazo extendido. Algo grande, de casi metro ochenta. Está preguntando por ella. El muchacho curva la boca con las comisuras hacia abajo y dice que no con la cabeza mientras se limpia las manos con un trapo que lleva colgando del bolsillo del pantalón. El hombre saca del coche la sudadera blanca y se la enseña. Por un momento, ella piensa que se la va a dar por si aparece su dueña por allí porque él se tiene que marchar, pero en lugar de eso se la lleva a la cara y la huele. Ganas de mear, temblores y arcadas. El muchacho se aparta con rechazo después de verlo hacer ese gesto y se despide con la mano para volverse a la tienda. El hombre se sube al coche con la sudadera, espera un rato con el motor encendido. Cuando al fin se harta, arranca a demasiada velocidad, haciendo ruido al derrapar y levantando polvo. Unos metros más adelante, mientras se aleja, el hombre tira su preciada prenda blanca por la ventana. Por un efecto óptico, parece que la sudadera hubiera huido por sí sola, como una polilla enorme que saliera volando de un armario.

Catalina no se atreve a moverse de entre los matorrales. Prefiere quedarse un rato más escuchando el sonido industrial de las chicharras. Está tiritando y con unas ganas de mear terribles. Al fin se baja los pantalones y orina allí mismo, con tanta fuerza, que se salpica los tobillos y las bambas; una cochinada, pero ahora mismo el decoro le da igual. Cuando termina comienza a pensar cosas raras, a dudar de las decisiones tomadas. Un extraño le ha tocado la rodilla, ha jugado con su pudor, le ha agarrado con fuerza la muñeca, lo ha visto queriendo esnifar su ropa y después, lanzarla por los aires..., pero se siente mal porque el tipo decía la verdad, había cogido un desvío para llegar a esa gasolinera. ¿Y si tocar las rodillas y oler prendas no es para tanto?, se cuestiona. No es la primera vez que se siente como una víbora. Lo mismo le ocurrió en el instituto hace unos meses con el profesor de Educación Física, don Mariano.

«No me digáis don, que me hace sentir viejo», decía todo el rato don Mariano. Un día, la delegada de su clase llevó a Catalina aparte con otras chicas y le dijo que estaban pensando en contarle al director lo de don Mariano. Ella sabía perfectamente a qué se referían cuando decían «lo de don Mariano». De forma ligera se podía resumir en que únicamente ayudaba a hacer el pino puente o la voltereta perfecta a las chicas. Pero, además y según las palabras de la delegada, don Mariano no tenía consideración alguna y metía sus asquerosas manos por donde le daba la gana. La idea era dar parte al director de que no les gustaba el método educativo de este profesor. En la clase había unos veinte chicos, pero don Mariano solo las escogía a ellas para explicar cómo se hacían los ejercicios. La delegada dijo que, si ese hombre hubiera querido enseñarle de verdad a hacer el puente, podría haber pedido a otras dos chicas que la asistieran por cada lado para ayudarla a elevar la espalda, y no ser él quien se pusiera frente a su pubis, tirando hacia sí de ella, asiéndola de las caderas y extendiendo sus dedos al máximo hasta llegar al culo —los glúteos, como a él le gustaba llamarlos—, para darse el capricho de cogérselo delante de toda la clase. A Catalina también le daba asco la situación, pero nunca se había planteado quejarse. Daba por sentado que era mercancía, un tipo de ganado hecho de un cuerpo con el que otros trastean: los niños, los médicos, los profesores... A punto estuvo de volver a usar la faja. Ella venía de un colegio de niñas, su pudor era extremo, tal vez don Mariano lo notaba, debía pensar que era una pacata, pero daba la impresión de que eso, estrenar a Catalina, le atraía aún más. La primera vez que tuvo que salir al centro de la clase para hacer el pino, se le olvidó meterse la camiseta por dentro de los pantalones de felpa y, al ponerse bocabajo, la gravedad dejó ver su primer sujetador al resto de los alumnos a su alrededor. Era blanco, sin relleno y con los tirantes de color rosa claro con topitos fucsia, lo opuesto a la imagen dura y grunge que habría querido dar. Estaba tan avergonzada que se subió —o bajó— la camiseta en el acto. Se cubrió como pudo usando las dos manos, quedándose colgada como un murciélago por los tobillos que don Mariano y otro chico, su ayudante aquel día, continuaban sosteniendo. Unos segundos después la dejaron caer de cabeza en la colchoneta. A pesar de la situación tan cómica, el rostro de Catalina al recuperar una postura bípeda normal no dio pie a la sorna de nadie. Don Mariano le pidió que se preparara de nuevo y ella, como un autómata, se metió la camiseta por dentro del pantalón y volvió a plantar las manos en el suelo. Entonces el profesor explicó a toda la clase cómo la contracción del glúteo ayudaba al equilibrio. Por si alguien no sabía dónde estaba el glúteo, este no dudó en aclararlo poniendo una mano encima, mientras con la otra la ayudaba a mantenerse boca abajo. Con la sangre invadiéndole el cráneo se preguntó qué pensaría el resto de la clase cuando veía esas cosas, qué mensaje estaban lanzando al mundo los cuerpos —el de don Mariano, los de las chicas, el suyo en ese instante— durante la clase de Educación Física. ¿Se darían cuenta los chicos de la misiva? ¿Lo absorberían como parte de la materia? ¿Les parecería normal ver a ese adulto rozando los cincuenta balanceando la polla sin calzoncillos bajo el chándal —imposible no fijarse— mientras ellas hacían malabarismos para mantenerla alejada? ¿Por qué esas chicas no temían que otras las ayudaran a elevar la cadera? ¿Por qué no sentían otras manos de chica como una invasión total de su privacidad? A ella no le gustaba que nadie la tocara, hombre o mujer, pero en todo caso le daba menos pudor si lo hacían cuerpos que temieran las mismas cosas que el suyo.

«Ven con nosotras —le dijo la delegada—, cuantas más seamos, más en serio nos tomará el director.» Ella no quería líos. Le daba mucho más miedo que esto llegara a oídos de su familia; estaba segura de que papá la sacaría del instituto y mamá le pondría una faja de nuevo, pero al final aceptó de mala gana, las acompañó a hablar con el director y, después de aquello y sin que dieran ninguna explicación al resto de la clase, don Mariano estuvo ausente un par de semanas. A su vuelta reunió a la clase y les pidió silencio.

—Los chicos: id saliendo al patio.

Cuando las chicas fueron a hablar con el director, este les aseguró que le transmitiría a don Mariano las quejas por su falta de tacto con las chicas —por el exceso del mismo— a la hora de dar clase y, sobre todo, prometió que las protegería no dándole ningún nombre. Sin embargo, don Mariano no dejó de mirar a las cinco alumnas que habían irrumpido en aquel despacho.

—Si no saco a los chicos a hacer los ejercicios es porque están en una edad difícil y no les gusta ser ayudados por otro hombre. Además, eso los puede confundir, o hacerles creer cosas por mi par-

te que no son. Pero en ningún momento... Bajo
ninguna circunstancia... Cómo pudisteis pensar...
Mi intención jamás fue... Soy un padre de familia...
Casi me arruináis la vida.

Pero don Mariano nunca dijo: «Siento haberos
hecho sentir incómodas o siento haber tocado vues-
tros glúteos en clase repetidas veces sin pensar en
vuestro pudor de chicas adolescentes», o, sencilla-
mente, «Lo siento mucho. Me he equivocado. No
volverá a ocurrir». Quedó claro que el director nunca tomó a las alumnas en serio, que le había dado
a don Mariano, primero, dos semanas de vacaciones y, segundo, toda la autoridad del mundo para
reprocharles su actitud a aquellas chicas que osa-
ron protestar, porque lo de aquel día fue una reprimenda en toda regla, no una disculpa. Todas
permanecieron calladas y Catalina se sintió especialmente culpable porque ¿cómo había podido
desconfiar de las intenciones de la autoridad com-
petente? Había errado, había pensado mal de él, un
padre de familia. ¿Cómo había podido hacerle *eso*?
Catalina se había convertido de repente en una
de las brujas de Salem, había sufrido alucinaciones
viendo al maligno donde no estaba y había llevado a este hombre (con ella) a la horca.

Quizá también había sido una malpensada con
el conductor. Solo debería haberle dicho la verdad:
que necesitaba que la llevase a casa pero que necesitaba mucho más que no le pusiera la mano encima. Por qué no le dije algo así a don Mariano, se

pregunta. ¿Acaso no estaba Catalina en una edad difícil? ¿Acaso sabía don Mariano cómo se sentía ella al ser ayudada por un hombre? ¿Qué había querido decir con eso de que podía confundir a los chicos? ¿Acaso el padre de Silvia no se había confundido por completo sin ella haberlo tocado nunca?

Ha perdido la noción del tiempo que lleva agachada entre los matorrales. Cuando se incorpora, nota un leve mareo y las piernas tan dormidas como las respuestas en su interior. ¿Qué va a hacer ahora? Se está haciendo tarde. Corre unos metros para recoger su regalo de cumpleaños de la carretera, antes de que algún coche le pase por encima, aunque no ha visto ninguno desde que ha llegado. Se pone la sudadera como si fuera un escudo. Se pregunta lo lejos que quedará la ciudad para ir andando o en qué dirección debería caminar. Se dirige hacia la tienda arrastrando la mochila con la intención de preguntarlo. El mismo muchacho de antes está sentado tras un mostrador sobre el que hay un ventilador pequeño apuntándole directamente a la cara. Lleva una camisa de uniforme con el logo de Cepsa en el bolsillo y la está mirando como a una tarántula desde que ha hecho ruido al entrar. Catalina sabe que, por su estatura, aún no se ha dado cuenta de que es una chica. Se detiene delante del cartel de Frigo apoyado sobre el congelador y se le hace la boca agua. No lleva suficiente ni para un helado. Tal vez para un polo. Sus amigos siempre llevan para cualquier cosa. Hasta las niñas del colegio tenían siempre para un Bollicao o cualquier capricho, incluyendo revistas juveniles o algún cómic. Un día pidió en casa que le subieran la paga, llevaba con la misma asignación semanal desde que hizo la comunión, pero mamá se negó añadiendo que así no se gastaría el dinero en chucherías o en comer guarradas por ahí, ya que si no, no tendría hambre a la hora de la cena. De modo que solo tiene algunas monedas de veinticinco que tal vez debería usar para llamar por teléfono.

Abre la mochila y saca una cartera de color naranja chillón heredada de Pablito, o, más bien, que Pablito estuvo a punto de tirar cuando el velcro ya no cumplía su función. Calcula cuánto lleva encima y vuelve a mirar el cartel. Lo más sensato sería tomarse un aburrido Popeye y usar el resto para llamar a casa diciendo que llegará tarde. Pero no se le ocurre ninguna mentira que pueda justificar dónde está ahora mismo y por qué, y, además, puede que este sea su último día en la Tierra, así que decide que quiere algo más intenso.

—¿Me da un Drácula? —le pide al muchacho.

No hay nadie más, pero este chico no le da ningún miedo. Debe ser de la edad de Pablito, a quien aún no considera un adulto, aunque tenga un carné que lo asegure. Además, tiene la misma complexión delgada que ella y cree que podría tumbarlo de un puñetazo ahora que trae adrenalina encima como para terminar las obras del museo Guggenheim. Se fija en sus pantalones grises con manchas oscuras, probablemente de gasolina. A medida que se acerca, nota que el muchacho huele a una mezcla entre desodorante, sudor y mechero. Se aparta un poco del congelador para dejarle coger el polo. Catalina encuentra algo agradable en ese olor desagradable, como un pinchazo que desinfla una ampolla infectada por la rozadura de un zapato.

—Tu padre te estaba buscando —le dice dándole el polo con una mano y cogiéndole el dinero con la otra.

—No era mi padre —responde Catalina desenvolviendo el polo—. No lo conocía de nada. Se había ofrecido a llevarme a la ciudad, pero se estaba alejando demasiado de mi destino.

—Pues no parece que le haya sentado bien que te fueras sin despedirte.

—Estaba en el aseo.

—El tipo me preguntó si te había visto porque en el aseo no había nadie.

—Pues estaba en el aseo —repite con la boca llena.

—Claro.

— ...

— ...

—Lo que pasa es que no me gustaba cómo me miraba y he preferido esperar a que se fuera para salir, ¿vale?

—A quién se le ocurre subirse en un coche con un desconocido, *con la que está cayendo*.

A mí, a mí, ¡a mí!, quiere gritarle. Sí, a mí se me ocurre subirme a un coche con un desconocido porque de todos modos tampoco conozco bien a la gente que tengo a mi alrededor, ni a mis vecinos, ni a mi profesor de Educación Física, ni al padre de Silvia, ni siquiera a la gente con la que vivo en casa.

Los conoce tan poco que no tiene ni idea de qué pasará si llega tarde o si mamá se entera de que ha vuelto a hacer autostop, así que no le ve tanta diferencia a subirse a un coche con un desconocido. No sabe si puede haber un lobo en su propia morada y, sobre todo, no entiende por qué el lobo no recibe ninguna charla sobre las ventajas de no comer ovejas.

—Necesito llegar pronto a casa —verdad—. Mis padres no pueden venir a buscarme —verdad—. El tipo con el que venía ha tomado un desvío y ahora no sé lo lejos que estoy de la ciudad —verdad.

El chico le pregunta dónde vive mientras saca el mapa de carreteras para mostrarle el lugar en el que se encuentran. Ella no lo especifica, solo contesta que en un barrio periférico del este. Entonces le explica mostrándole el mapa que, en coche, una vez en la carretera principal podría estar a tan solo quince minutos de su casa, es decir, a más de hora y media andando muy deprisa. «¿Dónde está la carretera principal?», vuelve a preguntar ella. Él señala un punto a través de la ventana y le contesta que es seguramente por donde iba con aquel hombre antes de que cogiese el desvío. Catalina se echa la mochila a la espalda dispuesta a hacer todo el recorrido en tan solo una hora. Ya son más de las nueve.

—Y, una vez en la carretera principal, hacia dónde tengo que ir, ¿izquierda o derecha?

—¿Estás loca? No puedes caminar por la carretera como si nada. Es jugarse la vida tontamente.

¿Más que jugársela subiendo a un coche con un desconocido?, ¿más que jugársela por el mero hecho de ser una chica?, ¿más que jugármela por llegar tarde?, querría preguntarle a gritos.

—¿Por qué no llamas a alguien para que venga a recogerte?

—Ya he dicho que no puede venir nadie a recogerme. En casa no tenemos coche ahora mismo. Está estropeado.

No le apetece recordar por qué papá no lo ha repuesto ni lo repondrá. Un día, cuando el auto aún estaba aparcado frente a su portal, oyó desde su cuarto a mamá mencionar la idea de sacarse el carné para poder usarlo ella. Papá contestó que las mujeres no sabían conducir y le preguntó si es que además pretendía humillarlo. Unos días después

Catalina se acercó a la cocina, donde sigue reinando mamá, buscando una respuesta a la respuesta de papá. Mamá se encogió de hombros sin cambiar la expresión de su rostro mientras continuaba partiendo cebollas. «A papá le han retirado el permiso», dijo únicamente, dejando a la imaginación de su hija un sinfín de posibilidades, de todas las cuales el alcohol formaba parte. Al fin y al cabo, era la razón por la que se lo quitaron al padre de Amalia. Mamá nunca ha tenido explicaciones suficientes para aplacar la curiosidad de Catalina, mucho menos cuando la interroga acerca de papá. Papá también vive y, sobre todo, caga en casa. Podría haberle interpelado a él, pero, cuando no está ausente —en el sentido metafísico de la palabra—, se dedica a opinar en voz alta y a responder preguntas que nadie hace, como un espectro quejumbroso que quedó olvidado en un castillo.

—Yo podría acercarte en la moto si te esperas media hora —dice el chico mirando el reloj sucio de su muñeca.

—¿De verdad?

—Claro. Puedo cerrar un poco antes; no creo que pase nada porque en esta época del año mucha gente aún no ha vuelto de vacaciones y ya has visto que no ha venido nadie más en todo este tiempo. Voy a empezar a hacer caja; cógete una revista mientras tanto si quieres.

Ella le hace caso, coge una de música, de esas que le gustan tanto a Juan. Se pregunta por qué no lo llama a él para que venga a buscarla. Ya debe tener el carné y su madre podría prestarle el coche. Descarta la idea; la cosa no acabó muy bien con él.

Juan se pasó dos semanas sacando a diario el tema de *hacerlo* hasta el día en que Catalina le soltó un «no estoy preparada», que es lo que había oído decir años antes a las protagonistas de *Sensación de vivir* y esperaba que, a diferencia de esas chicas, a ella sí le funcionase. Estaban tumbados en el césped, besándose con lengua un rato. Besar con lengua es algo que llevaba haciendo desde la cuarta vez que se vieron. Catalina le había pillado el truco a morrearse, totalmente concienciada de la cantidad de humedad que debía haber en la boca para que el beso no fuese ni tan áspero como un lametón de gato, ni tan baboso como el de un perro. Juan le había dicho que besaba muy bien. Sobre el césped reseco él le metió la mano bajo la camiseta y ella se dejó tocar las tetas por primera vez. Decir «se dejó» ya implica que no le apetecía, pero pensó que algo tenía que darle a cambio de estar juntos esos cuatro meses, como un premio por su paciencia, por su dedicación, como la cesta de Navidad que le dan a papá todos los años. Ella intentaba no pensar en que tenía pezones, sino en su lengua acariciando la de otra persona. Entonces, Juan se cansó de las tetas y sacó la mano para bajarle la cremallera del pantalón.

—Para, para, para —le dijo Catalina—. Estamos en un parque a la luz del día, alguien me puede ver; alguien que conozca a mi padre. Mi madre, por ejemplo.

A Juan, ni a ningún chico, le suponía un problema que lo vieran enrollándose con chicas, pero esas mismas chicas debían guardarse de que la cosa se pusiera seria. Ella no sabía lo grave que era aquello pero en general todo lo que estaba ocurriendo le venía grande. Le preguntó a Juan si es que no podían hacer cualquier otra cosa, porque parecía que lo único que quería de ella era *eso*.

—Sí, sí, claro —contestó Juan recomponiéndose.

Hablaron de sus colegas y, casi de inmediato, Juan volvió a sacar el tema de su amiga Ana, la que ya lo había *hecho*. Catalina le insistió de nuevo en hablar de algo que no fuera *hacerlo*; la estaba agobiando.

—Me estás agobiando.

Al soltar fuera de sí aquellas palabras y observar la respuesta tensa del cuerpo de Juan se percató de que ejercía más poder sobre él del que pensaba. Un poder que no tenía en casa. Olió su miedo ante aquellas palabras con sabor a amenaza de abandono. No era el mismo pánico que tiene ella a que la abandone mamá, o a que mamá abandone por completo su propio cuerpo y no pueda verlo nunca más; el miedo de Juan se parecía más al que Catalina podría tener si se le corría la tinta del Rotring en una cartulina, o si se le mojaban los apuntes o si sacase un cinco en el último trimestre en una asignatura en la que llevaba una media de sobresaliente. Juan cambió de manera radical de conversación. Habló de música para contentarla y le pasó los cascos que llevaba en su mochila para que escuchase un tema que estaba seguro de que no conocía de Nine Inch Nails. No es que a Catalina le desagradase, pero, en ese momento, odió el fanatismo con el que Juan hablaba del líder de la banda. Tuvo una especie de celos extraños, de incomprensión hacia quien tenía enfrente, porque ella no adoraba a nadie de esa manera, y le pareció despreciable que hubiera gente como Juan que lo supiera todo de cualquier artista lejano y nada sobre las preocupaciones de su novia. Como aquel chico de tercero A con el que coincidió una vez en una tutoría: Catalina, eximida una semana de la clase de Gimnasia; él, castigado por insubordinación. Hablaron un rato de música y poesía y al día siguiente el muchacho le trajo todos los libros de poemas de Bob Dylan que tenía en casa. Al devolvérselos, él pareció enfadarse con ella por decirle que casi no había entendido nada de lo que decían aquellos versos y que tampoco había sido capaz de leerlos todos. No sabe si le dejó de hablar por lo que dijo o por cómo lo dijo; quizá le pareció que detestaba a Bob Dylan y se sintió herido, tan herido como si alguien le dijera a ella que la música que escuchaba era una mierda. Desde entonces, cree que es mejor no confesar qué es lo que de verdad le gusta o no le gusta. De todos modos, unos días más tarde lo vio prestando los mismos libros a Isabel, la chica de clase experta en el amor de los chicos.

Catalina sabe más cosas del chico de tercero A, de Helena Sorní, o hasta de Isabel, que de Bob Dylan o Trent Reznor. Sabe, por ejemplo, que el muchacho vive más cerca del centro y tiene unos padres con estanterías llenas de libros. Los martes por la tarde va a clases de Inglés. Los sábados, a un taller de teatro. Eso le contó durante la hora de tutoría. ¿Se acordará él de lo que le contó ella? Sospecha que no y que además es un chico subcero. En cuanto a Isabel, es la que se sienta siempre en primera fila. Sus padres no tienen libros en las estanterías, pero a ella le gustaría que fueran de esos que sí los tienen. Isabel siempre se entera de los concursos de redacción que organiza el Departamento de Letras del instituto. En cambio, Catalina nunca se entera de esas cosas o lo hace tarde. Pero sabe otras, como por ejemplo que fue el Garrido quien se cagó en el pasillo de los de tercero B o que los padres de Pilar Mejías, otra de las chicas que fue a quejarse de don Mariano, la habían sacado de ese instituto para llevarla a uno de monjas porque a la chica se le ocurrió contarles lo sucedido en las clases de Educación Física. Lo habían decidido así, porque algunos padres prefieren decidir a hablar y consensuar; perfilan el futuro de sus hijas en su nombre hasta que se fugan, o las secuestran, o dejan de saber de ellas, como papá y mamá, aun con el cuerpo de Catalina presente paseándose por casa, sin preguntarse cómo han llegado a esa situación. Pues de igual forma, ella desconocía la vida del líder de Nine Inch Nails y tampoco le importaba, pero, al menos, no necesitó volver a pronunciar lo de *me estás agobiando*. Aquellas palabras siguieron flotando en el aire un buen rato y las utilizó para abusar de esa nueva autoridad recién adquirida tensando el cable un poco más. Le dijo a Juan que se iba a casa (a pesar de que todavía no había oscurecido). Él le rogó que se dejara acompañar, pero Catalina le replicó que mejor no; no quería que papá o mamá la vieran con él. Es lo que llevaba diciéndole desde hacía cuatro meses y en ese momento le molestó más que nunca que aún no se diese por enterado.

—Tú ya conoces a mi familia, has estado en casa mil veces —le reprochó Juan.

—Es distinto; yo soy una chica —se excusó agarrándose a lo que le convenía en ese instante, algo que, en general, odiaba decir de sí misma.

—No, no lo es —refutó Juan—. Mi hermana trae a su novio siempre que quiere.

—Tu hermana tiene veinte años. Si yo tuviera su edad ya me habría largado de mi casa.

Advirtió su propia irritación hacia él. ¿No estaría exagerando? Al final, por la misma compasión que la empujaba a cuidar de la autoestima de Juan, dejó que la acompañase hasta la mitad, pero sin darse la mano. Cuando se despidieron no le dio ningún beso. «Vale», se conformó Juan.

Catalina cruzó la avenida como siempre, sin usar los semáforos, parándose a cada instante para que se aclarase la carretera y no ser atropellada. Los coches le pitaban con el claxon cuando ya le habían pasado a un metro escaso, sin saber que el ruido la paralizaba, la aturdía y hacía que se desorientase, como a los perros que deambulan sin dueño por el barrio. Se tapó los oídos y terminó de cruzar corriendo. Cuando llegó al portal se encontró con la vecina sorda, que vio la temeridad que acababa de hacer y la reprendió por atravesar así la calle. Quién se creía que era para correr de esa manera, pasando por donde no debía. Tenía prisa, le dijo Catalina, sabiendo que no la oiría, subiendo ya las escaleras de dos en dos para no tener que repetírselo, para dejarla sola en su cháchara aislada, solitaria, con el qué en la boca a la espera del ascensor. Se detuvo en la primera planta y esperó un rato, dando tiempo a que la mujer se esfumara del portal. Le parecía mala idea llegar tan pronto a casa. Si lo hacía, sus padres se iban a acostumbrar.

Catalina intenta siempre llegar no mucho antes del toque de queda. Está convencida de que, si apareciese demasiado temprano, mamá le preguntaría qué le ocurría y papá levantaría la vista del televisor y la vería en el sofá hasta la hora de la cena. A él no le gusta que esté en su habitación, pero la idea de quedarse en el salón con su hija también lo incomoda, le extraña ver una presencia en movimiento a la que no está acostumbrado. ¿Qué le pasa a Catalina?, correría a preguntar a mamá. Porque papá apenas habla directamente a su hija, aunque esté ahí. Si necesita algo de ella, se levanta de su sillón, su posesión, su trono en esa monarquía inmunda, va hasta la cocina y dice: niña —refiriéndose a mamá—, dile a tu hija que, pregunta a tu hija que, ordena a tu hija que. Entonces, mamá se asoma, mira a la otra niña, a Catalina, a la hija que ambos han tenido juntos, y le traduce lo que sea que el hombre que dice ser su padre ha dicho, preguntado u ordenado. A menos que. A menos que la cara de Catalina muestre cualquier síntoma ajeno a lo que él ya conoce, es decir, el rostro esmerilado e insondable de siempre, y le pregunte de una vez por todas a la muchacha que también vive en esa casa qué le ocurre, refiriéndose a si se encuentra mal, a si *la enfermedad* ha vuelto para instalarse de nuevo entre los rincones sanos de su memoria o si es que acaso vuelve a tener el periodo, como este verano, porque, de ser así, preferiría no saberlo.

Ahora, mientras Catalina pasa las hojas de la revista de música en la gasolinera, fantasea con que tal vez un día papá le pregunte *Quién eres tú*. En cuyo caso, ya tiene preparada la respuesta: Soy yo, tu hija, deja de tenerme miedo. Déjame tocarte, no voy a hacerte daño. Puede que no sea a mí a quien temes. Quizá, si me mostraras algo de cariño, no habría buscado los brazos del padre de Silvia y quizá el padre de Silvia... Se detiene aquí un momento porque no está segura de si hay algo que hubiera podido hacer o deshacer, aparte de tener un cuerpo, para que ese hombre no hubiera hecho lo que ha hecho. Solo han pasado unas horas pero le gustaría que hubieran pasado años. Catalina vuelve a pensar en su familia: Ahora soy yo la que tiene miedo, papá. ¿Acaso habrías hecho tú lo mismo que ese hombre si me tiro a tus brazos, si busco tu cariño?

El temor le impide acercarse a papá para ahorrarse la peor decepción de su vida, pero a la vez, por no descubrir si ese miedo es legítimo o imaginario, se ha condenado a sí misma a no recibir un abrazo que habría mejorado mucho su relación con el mundo y su calidad de vida. También la de papá. Por ejemplo, ahora no estaría tan ansiosa; llamaría a casa por teléfono y le diría que en una hora estaría de vuelta, que no se preocupase, que confiara en ella, que se le había hecho tarde para volver en autobús de la parcela del padre de su amiga. Catalina se pregunta cómo sería ella si estuviera acostumbrada al cariño de papá, si habría sabido detectar las intenciones de ese hombre, si habría podido distinguir el abrazo del padre de Silvia del abrazo de un padre.

Lo que más le preocupaba a Catalina cuando salía con Juan era que papá no supiera que tenía un novio. No quería imaginar cómo lo digeriría. Tenía la sensación de que la noticia le caería tan mal como si se enterara de que mamá se estaba viendo con otro hombre. Catalina no era su esposa, pero no podía dejar de creer a menudo que lo era; sin ir más lejos, cuando no le hablaba a ella directamente, sino a través de mamá. La miraba como si solo fuese una extensión de su cuerpo, de la misma forma en que Catalina creía ser su prótesis cuando era muy pequeña. Supone que mamá habría llevado mejor lo de que tenía novio que lo de que había hecho autostop, como algo natural a esas edades. Pero, si hubiera conocido a Juan, habría dicho que no era más alto que ella, que tenía unos dientes feos, o cualquier cosa del estilo, sarasa incluido, porque cada vez que le presentaba a alguien del instituto que venía a pedirle unos apuntes, mamá se mostraba desagradable y, cuando se iba, le advertía, por su bien, que no se juntara tanto con esa gente, que Silvia no le daba buena espina y acabaría decepcionándola, o que Guillermo era rarito, como si estuviera celosa de que por fin tuviera otras personas con la que pasar ese tiempo que, a mamá, hasta hacía poco, la había salvado de una soledad absoluta a la que parecía estar condenada. Pablito hace mucho que no cuenta como compañía para nadie porque nunca está en casa. A mamá no le molestan sus amigos. Pone mala cara cuando sale con una chica, eso sí, como si eso fuera a estropear algo que nunca ha habido entre ellos, pero no le dice lo que piensa. De él no parece molestarle nada, ni su olor a pies. De Catalina, en cambio, le molestan sus gustos, el vello de sus piernas, el de su cara, su vulva húmeda, sus andares cansados, lo encorvada que va, que camine tan en silencio por la casa como un espíritu (varias veces la ha amenazado con ponerle un cascabel) y los garbeos que se daba con su amiga hasta la hora de la cena.

Hacía tiempo que Silvia y ella ya no daban esos paseos como antes. Era lo más parecido a un juego y le gustaba tanto o más que el de las dos opciones, al que ahora Catalina jugaba sola. Habría querido que su infancia durara lo mismo que la de un niño, sin tener que estar pendiente de levantarse cuando se sentara un hombre junto a ella en el autobús o sin compadecerse de sí misma cada vez que no le quedaba más remedio que pasar por delante de algún grupo de muchachos sin nada mejor que hacer que opinar sobre su culo y sus tetas. Aún no estaba preparada para ser adolescente; apenas había comenzado a sentir que era *una niña*. Si le hubieran preguntado qué le apetecía hacer de verdad, habría respondido que jugar a la goma o la tanga, saltar cualquier cosa que no fueran muros ni verjas de dos metros. De modo que los paseos con Silvia, llenos de sincronía, habían sido la mejor alternativa posible. El juego consistía en acompañarse infinitamente a casa. Vivían a doscientos metros la una de la otra y caminaban lo más despacio posible para que el camino se hiciera eterno. A veces estaban tan a gusto que, al llegar al portal de una, la otra decía «ahora te acompaño yo a ti, que no quiero irme todavía». Para Catalina, aquellas palabras en boca de Silvia eran lo más bonito que le habían dicho nunca. Su compañía tenía un significado. Ya casi no recuerda de qué hablaban durante los paseos. Quizá de lo que harían después del instituto, de los últimos capítulos de *Expediente X*, de lo mucho que les encantaba Mulder. Catalina no confesó que también le gustaba Scully, ni que sus primerísimas fantasías eróticas vinieron de la mano de unos personajes que buscaban extraterrestres, ni que algunas veces, antes de dormir, trataba de imaginar que ella era el *alien* que estaban tratando de encontrar, aunque lo que podría haber sido un deseo sexual nunca terminaba de representarse en su cabeza. Desconcertada ante su propia inventiva, intentaba poner más atención en la parte venturosa hasta quedarse dormida, pero a veces se despertaba abrazando la almohada entre las piernas sin acordarse de ninguna historia en concreto. De comentar *Expediente X* pasaron a hablar de quiénes les gustaban en la vida real. Silvia lo tenía claro: Schuster. Llevaba haciéndole ojitos en el recreo desde que empezó el curso. Catalina se inventaba a algún chico jamás conocido en vacaciones para no parecer un bicho raro. Pensó que se reiría de ella, pero no como Amalia de su faja, algo que ella también detestaba, sino de forma hiriente, porque esto era distinto, esto eran sus sentimientos, o peor, una carencia de los mismos. No confiaba en Silvia ni en nadie del mismo modo que en su casa no confían en ella.

La desconfianza es un pasillo largo, húmedo y lleno de escamas pegajosas. Una herencia a la que no es fácil renunciar. Si el tendero le decía a mamá que una chica alta y flacucha como un muchacho le había robado un paquete de Chimos, mamá pensaba inmediatamente que había sido ella; si la maestra decía que dos de los controles de clase eran idénticos, papá deducía que la que copiaba era Catalina. De pequeña llegó a pensar que si no le dejaban salir no era para protegerla a ella de enfermedades contagiosas de otros niños sino para preservar al resto de la población de su peligrosa presencia. A Silvia también pretendía ahorrarle una parte de su ser, una parte que ni siquiera ella se atreve a explorar, quizá el monstruo rencoroso al que ofrece los padrastros de sus dedos o los pelos de sus cejas. Solo quería caerle bien a su amiga, parecerle lo más normal posible, afanándose en suplir el silencio con charlas poco profundas o hablando de gente de su clase que ninguna soportaba porque las trataba mal. Se desahogaban juntas y reían imaginando posibles respuestas, todas sarcásticas y de gran agudeza y nivel intelectual para esos imbéciles que se habían cruzado en su camino. Los mismos que le habían hecho saber a Catalina que parecía un gigante, porque los malvados siempre encuentran un adjetivo físico con el que herir a los mansos. Silvia le juraba que ni la una era tan alta ni la otra tan gorda como esa gente señalaba, pero Catalina sospechaba que no se creía en absoluto sus propias palabras pues su amiga pasaba demasiado tiempo buscando en revistas para chicas trucos para adelgazar en una semana. Cuando consiguió perder los kilos que decía que le sobraban, se armó de valor para lanzarse a por el chico que tanto le gustaba. Desde la noche en que se enrollaron, el muchacho había sustituido a Catalina en los paseos vespertinos.

Guillermo casi nunca se unió a esas caminatas porque a esas horas estaba en el conservatorio o practicando solfeo con su guitarra. Lo veía mucho menos que a Silvia. Sin embargo, los grandes hitos de este año están marcados por su presencia. Como la primera vez que pisó una biblioteca. A principios de curso la profesora de Literatura les dio una lista con lo que iban a leer durante el año y Catalina se inquietó al ver que no eran las mismas novelas por las que años antes había pasado Pablito. Al terminar la clase se acercó a decirle a la mujer que no estaba segura de que sus padres pudieran comprarle esos libros tras el dineral gastado en los de su hermano, de modo que preguntó si sería posible pedírselos prestados a ella. La profesora tardó en contestar, la pregunta la había tomado por sorpresa. «No puedo —le dijo—, necesito los libros para preparar la clase.» Después añadió, como si no viera ningún problema en lo que le acababa de escuchar, que los encontraría seguro en la biblioteca. Catalina asintió sin decir nada más, pero no siguió su recomendación. Entonces ni siquiera sabía que los libros de la biblioteca eran préstamos gratuitos, ni que solo necesitaba hacerse un carné para que le dejaran tener un máximo de dos libros en su casa hasta quince días (o un mes entero durante las vacaciones de verano). Todo eso se lo tuvo que explicar Guillermo, que hasta diciembre se estuvo leyendo los libros que les mandaban a toda velocidad para poder pasárselos a su amiga lo antes posible. Un día tocó leer uno de letra pequeña, castellano antiguo y más de doscientas páginas: *La Celestina*. También Guillermo le aconsejó entonces que lo sacara de la biblioteca, ya que no estaba seguro de que cuando lo acabase, si es que lo acababa, ella también pudiera terminarlo a tiempo para el examen. Él mismo se ofreció a acompañarla y explicarle cómo se pedía un libro de la biblioteca. Fueron un sábado por la mañana, Catalina no olvidará cómo le impresionó al principio aquel lugar. Salas de lectura donde solo se oían susurros y pasar de páginas, pilas de libros por guardar en el mostrador de la bibliotecaria, las recomendaciones a la entrada en una repisa especial, el bullicio silencioso que genera el roce de pantalones y anoraks de los estudiantes universitarios andando por los pasillos, haciendo descansos para fumarse un cigarro antes de sentarse frente a los apuntes y meterse en vereda. Pero lo que más le llamó la atención fueron los cajoncitos con las fichas bibliográficas de cada libro, el olor que desprendían, la sensación al caminar con las yemas de los dedos por aquellas tarjetas, el tacto del papel gastado tan suave como el de la cicatriz bajo su ombligo. Los libros le parecieron eso: cicatrices de la memoria.

Nadie se imagina, ni siquiera Guillermo, lo feliz que se sintió al saber que podía sacar casi cualquier obra de la biblioteca o leerla allí mismo. Ni siquiera le importó que se notara su ignorancia por no haberlo sabido antes. A él le pareció rara, pero adorable. Al llegar a casa, Catalina se lo comunicó entusiasta a Pablito, a quien apenas se dirigía para nada, pero, sorprendentemente, él ya lo sabía, simplemente no necesitaba hacer uso de la biblioteca porque, si él quería un libro, mamá se lo compraba. A ella, mamá le decía léete los de Pablito. Y papá, cuando la veía enredada en una novela, que mejor no leyera tanto, que leer volvía locas a las mujeres (como a don Quijote).

Algunas de las lecturas que les mandaron este año le han gustado o al menos le han resultado interesantes, especialmente *La Celestina*, pero no ha levantado una sola vez la mano en clase para preguntar si aún se la consideraba una comedia didáctica. Prefiere no hablar ni preguntar porque teme que le digan palabras que no entiende. Además, cree que su intelecto es muy limitado y que no puede aspirar a comprender libros más complejos, tal vez debido a las veces que ha oído a papá hablar de la infinidad de cosas que las mujeres son incapaces de hacer, o quizá desde que aquel chico de tercero dejara de hablarle porque no entendía las letras de Bob Dylan. En el recreo, a dos metros de distancia, oía a Isabel hablar todo el rato de Milan Kundera y de un libro que estaba leyendo sobre amor e infidelidades. Ella ya conocía a una mujer infiel y con muchos amantes en la vida real: la vecina del segundo. Su marido aparecía y desaparecía como por arte de magia y, cuando no estaba, ella recibía a hombres en su casa a altas horas de la noche porque, según mamá, se gana más así que fregando escaleras. Mucho tiempo atrás la había oído pedir a esa vecina que por favor pusiera alguna señal en el portero automático para que los hombres no se confundieran, ya que, por error, llamaban al de casa. La mujer así lo hizo. El pegote de pintaúñas junto al segundo D, al cabo de los años, ya casi ha desaparecido, por eso algunos hombres han vuelto a llamar por error al portero automático del tercero D a las tres de la mañana. Catalina les abre, porque de algo tiene que vivir la vecina cuando desaparece su marido. Ella creía que la infidelidad era eso, una necesidad, hasta que oyó a Isabel hablar de aquel libro. Solo quería leerlo para conocer mejor a su lectora o, al menos, para comprender por qué siempre ganaba los concursos de redacción del instituto. *La insoportable levedad del ser*, de Milan Kundera, por favor. Así lo pidió un día en la biblioteca, impostando la voz como quien se sabe a punto de hacer algo importante, quizá leer el libro de su vida. Lo empezó allí mismo pero lo tuvo que devolver unas páginas más tarde, acomplejada, creyendo que no lo entendía solo porque no le estaba gustando. En su lugar se llevó a casa *Entrevista con el vampiro*, que devoró en un solo día. Trataba de humanos que vendían su alma a quienes precisaban terminar con su soledad, a cambio de tener para siempre carne y huesos. Después soñó despierta que uno de esos seres fantásticos se le aparecía para transformarla en uno de ellos, para metamorfosearse en alguien a quien no le importara matar cada noche a costa de seguir vivo y arrastrar el mismo cuerpo —¡el mismo!—, eternamente. Resultaba paradójico que le encantara esa novela a pesar de lo mucho que ella deseaba prescindir del suyo, pero se alegró de haberse dejado llevar por lo que le atraía en lugar de pretender ser lo que no era.

Un día entró en casa con *Lestat, el vampiro* en la mochila. Llevaba tal cara de felicidad, que hasta papá se asomó a la cocina para preguntar a mamá si se podía saber dónde había estado la niña y por qué estaba tan contenta. Catalina respondió como si se hubiera dirigido a ella enseñando el libro: «He ido a la biblioteca». Pero él continuó hablándole a mamá: «Pues que lea lo que hay aquí», dijo señalando una colección antigua y polvorienta de libros, de esos que requerían un atril para poder sostenerlos sin que duelan los brazos y que además estaban forrados de manera que era imposible saber los títulos. Papá siempre dice que hay que tener un propósito en la vida y el suyo es forrar los libros para que la gente no sepa lo que uno está leyendo, para mantener la intimidad de las ideologías políticas. Lo dice cuando recubre todos sus libros con las hojas de un diario atrasado de un tipo de doctrina muy específica.

Desde el día en que Catalina visitó la biblioteca por primera vez, iba todas las semanas. Se sentaba con un libro en alguna mesa, pero a veces no prestaba atención a la lectura. Se quedaba observando al resto de los estudiantes en la sala y se imaginaba a sí misma conociendo a chicas que no hablasen de chicos o a chicos que no olieran a pies con quienes intercambiar novelas compradas que de todas formas no tenía. Chicos y chicas con los que tomar una lata de Fanta y escucharlos hablar en el parque sobre autores y libros y todas las cosas que algún día le interesarían. Soñaba con que alguien se le acercase a preguntar qué estaba leyendo, como hacía el padre de Silvia. Aunque fuera de nuevo aquel chico de tercero con los libros de poemas de Bob Dylan. Quizá ahora que leía más los entendiese. Pero nunca ha sucedido. Catalina siempre estaba sola en la biblioteca. Silvia con su novio. Guillermo en sus clases de solfeo. Uno de esos días caminó despacio de vuelta al barrio, dándose cuenta de que la única persona que realmente la esperaba con ganas era Juan. Al verse se dieron un beso con lengua que duró doce segundos. Cuando llevaban cinco quiso parar, pero le daba pena que Juan supiera que no le gustaba. Continuó besándolo, intentando pen-

sar que cualquier chica de su clase estaría encantada de estar en su lugar, y después pasó a acariciar-
le la barba rala de cuatro días. Él le preguntó dónde
había estado toda la tarde.

—En la biblioteca.

—¿Estudiando?

—No, he ido a sacar un libro.

—¿Cuánto vale sacar un libro de la biblioteca?

—No me puedo creer que no sepas que los libros de la biblioteca son préstamos gratuitos —le
reprochó ella como nunca lo hizo Guillermo.

A Juan no le interesaban los libros ni le importó su tono despectivo, pero Catalina estaba empe-
ñada en que no se morreasen más ese día:

—Las revistas de música también son gratis,
como las cintas y los cedés. Creo que se pueden escuchar allí.

Se compraron unas latas, él de cerveza, ella
un refresco de limón, se sentaron en el banco de un
parque lejos de casa y no hablaron ni de autores ni
de libros ni de cosas que algún día le interesarían,
ni de nada, antes de volver a besarse. Cuando pararon de nuevo, ella le preguntó qué tal todo, porque
estaba inapetente y más callado de lo habitual.

—Nada, que me he encontrado con Sara. Hacía tiempo que no la veía por la calle y me ha dado
mal rollo.

—¿Quién es Sara? —preguntó ella, que pensó
que al menos no era Ana, la que ya lo ha *hecho* a
pelo con su novio.

—Una que estuvo en mi clase, pero que repitió curso. La típica culona y tetona, que le da por calentar a los tíos y luego pasa lo que pasa.

—¿Y qué es lo que pasa? —preguntó ella con el mismo interés que cuando leyó *La Celestina*.

Entonces él le contó *lo de Sara*:

—Esto fue antes de que empezáramos a salir tú y yo, ¿vale? A ver si no qué te vas a pensar.

»Estábamos en las vallas de detrás de mi casa Maikel, Rafita, Pedrito y yo fumando un peta a la hora de la siesta, que es cuando la calle está muerta y nadie nos dice nada, pero Sara nos vio desde su ventana, bajó y le pidió un piti a Rafita y, en vez de pirarse, se quedó a preguntarnos si no nos aburríamos, que ella estaba muy aburrida desde que lo había dejado con Fran. Y Maikel, para chincharla, le dijo que lo mismo estaba aburrida de no follar y Sara se rio. "Qué sabrás tú lo que es follar si no habrás follado en tu vida", le contestó ella, y se le puso delante a Maikel con la cara de pan esa que tiene así de cerca. Rafita se bajó de la valla y le toco una teta y ella se rio otra vez, pero ahora se la veía intranquila. Y a mí no me mola Sara desde nunca, te lo juro, pero por inercia o yo qué sé le toqué el culo y lo mismo hasta le gustó porque quejarse, no se quejó, no dijo nada. Entonces, Maikel la cogió del brazo y entre los cuatro la metimos en el portal de enfrente. Cuando me di cuenta del percal, me acojoné. En serio, Maikel dándonos órdenes: "Rafa, tú cógela del otro brazo que no se mueva". Y me ves a mí ahí sudando porque aquello estaba yendo demasiado lejos y la chavala diciendo que por favor la soltáramos, que era broma, que se quería ir. Y Pedrito que la tiene agarrada de un brazo, Rafita del otro y yo mirando, y Maikel, que la tiene cogida por detrás, le empieza a bajar los pantalones y ya Sara se puso a gritar y a llorar y al final Pedrito la soltó. Bueno, Pedrito hizo como que se le escapaba, pero yo sé bien que la soltó. Y yo hubiera hecho lo mismo porque me estaba dando mucha pena la chavala.

»Aunque sea una puta y una calientapollas.

Catalina no articuló palabra tras escuchar el argumento, pero Juan le pidió que dijera algo para consolarle, porque lo había pasado muy mal con aquello.

—Quién le manda a Sara... —empezó a decir mientras la consumía el miedo por dentro hacia el tal Maikel. ¿Habría vuelto esa chica a clase después de lo ocurrido como si nada? ¿Sabía ya de sobra que su cuerpo no era suyo?, ¿que tener tetas y culo era un suplicio? Catalina estaba a punto de repasar esa lección nunca olvidada.

Aquella misma semana, en la clase de Inglés, se acercó a dejar su redacción a la mesa del profesor y descubrió a don Enrique mirándole descaradamente las tetas, buscándolas más bien, porque ella no tenía el busto que debía de tener Sara. El profesor intentó disimular.

—¿Sabes qué pone en tu camiseta? —le preguntó apuntando entonces a los ojos. Catalina no llevaba una camiseta, sino un niki que ya le quedaba tan pequeño que no le cubría ni las muñecas, pero no le apetecía hablar de moda con aquel hombre.

—Pone *velvet* —respondió seria.

—Ya, ya, pero ¿sabes lo que significa? —insistió don Enrique.

—Significa «terciopelo» —contestó deseando volver a su sitio.

Pero don Enrique estaba lanzado esa mañana y volvió a preguntarle:

—¿Conoces esa canción que dice... —Se aclaró la garganta y comenzó a cantar en alto—: *She wore bluuuuuue velveeeet*?

Catalina se quiso morir allí mismo porque toda la clase los estaba mirando. Cortó de cuajo:

—La conozco. ¡¿Puedo irme ya?!

Mientras caminaba hacia su mesa oyó cómo los chicos de la clase se reían de ella porque acababan de ver a su profesor cantándole y mirándole las tetas y supo que a partir de entonces todos los lunes y jueves iba a ver en la pizarra un enorme corazón de tiza con su nombre y el de don Enrique dentro.

No recordaba que alguien le hubiera mirado así, con tanto descaro y durante tanto tiempo las tetas. Aparte de los chicos del barrio, los del instituto que jugaban a tocarle y no tocarle el culo, los hombres en el autobús, Juan, por supuesto, y hasta mamá, que se las sigue mirando todo el rato desde que le vino la primera regla para ver si crecen de una maldita vez, como si tuviera una vaca que no renta lo suficiente. Al ver a don Enrique con los ojos en lo que ella querría que fuera un torso plano, mirando tan fijamente como si le hiciese una radiografía, torció los hombros hacia dentro e hizo desaparecer el poco pecho que tenía. No oyó a ninguna chica reírse, tal vez a Susana, la repetidora, que no se había enterado de nada, y a Isabel, que quería ganarse la amistad y el compadreo de los chicos a toda costa. Catalina se fue cabizbaja intentando disimular el fuego de su cara por el pasillo que la llevaba a su refugio. Se sentó junto a Guillermo, que tampoco se había reído, y le escribió con lápiz un mensaje en su mesa.

Qué asco.

Él asintió porque no sabía qué más hacer por su amiga. Se mojó de saliva la palma de la mano para borrar su testimonio y le dijo muy bajito «ya», como si supiera qué era eso que su compañera estaba experimentando. Entonces ella lo miró a sus ojos azules y quiso pensar que tal vez sí lo sabía. Silvia, sentada detrás, le tocó un momento la espalda estirando al máximo los dedos de una mano para poder alcanzarla. Al contacto, Catalina sintió que sus mejillas volvían a su color original, pero no fue capaz de girar la cabeza para ver a su amiga. Si lo hubiera hecho, se habría echado a llorar, no porque se sintiera ridícula delante de la clase, sino por la muestra de cariño que una chica dura como ella pensó que no necesitaba. Para terminar de calmarse, se quedó largo rato mirando directamente la luz que entraba por la ventana, intentando pensar en otra cosa. Esperaba que la brisa de primavera le secara los ojos, abiertos y sin pestañear desde que había vuelto a su sitio, para evitar que se le pudiese escapar una sola lágrima. Solía atender con entusiasmo a las explicaciones de don Enrique, pero aquel día no. Prefirió jugar en silencio a las dos opciones, como hacía con Amalia cuando estaban en el colegio, aunque esa vez solo hubiera una jugadora.

¿Qué haría si don Enrique volviese a mirarme las tetas?, se preguntó.

Opción 1: Decirle que no me mire las tetas.

Entonces la clase se ríe de él. El profesor se pone rojo de empacho, pero me dice que no estaba mirando nada que no fuera lo que pone en mi camiseta. Me lleva al director y me expulsan una semana por faltar al respeto a la autoridad, o me riñen o, peor, me suspenden y me obligan a estar un año más yendo a sus clases, o peor aún, me llevan ante mamá, que se morirá de vergüenza y me culpará a mí por ir vestida así a clase, aunque le haya dicho mil veces que casi toda la ropa que tengo me está pequeña.

Opción 2: Decirle que me resulta incómodo que mire lo que pone en mi camiseta, justo a la altura donde me crecen las tetas.

Entonces el profesor me responde que, si no quiere que me miren ahí, para qué me pongo una camiseta que lleva algo escrito. Le digo que a mí tampoco me gusta, pero que me la compró mamá el año pasado. El profesor me lleva ante mamá, que se morirá de vergüenza y me culpará a mí por ir vestida así a clase, aunque le haya dicho mil veces que casi toda la ropa que tengo me está pequeña.

Las dos opciones le parecieron terribles, así que no volvió a mirar a la cara a ese profesor para no saber si en algún momento se las estaba mirando.

Ahora se pregunta por qué cuando jugaba a las dos opciones, ninguna de ellas era la que en ese momento necesitaba o le pedía el cuerpo, que no era contestar ni hacerse la heroína. ¿Qué habría pasado si se hubiese dejado llevar y hubiera llorado delante de don Enrique? Quizá todo el mundo habría pensado que era una exagerada, extremadamente sensible y blanda, o que en realidad el berrinche se debiera a problemas en casa. La cosa habría acabado llevándola ante mamá y esta se habría muerto igualmente de vergüenza.

El profesor le había mirado las tetas, Juan quería desvirgarla (sin preservativo), Sara era una puta y una calientapollas. Esos eran los eventos de aquella semana del último trimestre. Mientras miraba por la ventana de la clase, rezó para que ocurriese cualquier cosa en la que ningún cuerpo estuviese involucrado.

«¿Has visto eso?», le preguntó de repente a Guillermo, que ya se estaba asomando al exterior. Todo el mundo había oído cómo algo se estampaba contra el suelo de cemento junto a la entrada del edificio. Era una mochila. Don Enrique sacó la cabeza por la ventana para mirar hacia arriba, queriendo saber de dónde procedía el proyectil. «No os mováis de aquí», dijo, y salió de la clase. Susana, la repetidora, salió tras él y volvió al cabo de diez minutos para poner al tanto de lo sucedido a los demás. Don Virgilio, el de Latín, le había tirado la mochila a un alumno de COU por la ventana. El alumno en cuestión era Schuster, el novio de Silvia, que había llegado un cuarto de hora tarde del segundo recreo y don Virgilio le había dicho que ya no podía entrar. Entonces Schuster le explicó que no pensaba quedarse: como era la penúltima hora y tampoco pensaba entrar a la siguiente, iba únicamente a coger su mochila.

DON VIRGILIO: Que no entres te he dicho.

SCHUSTER: Que solo quiero la mochila.

Schuster se acerca a su mesa a por la mochila. Don Virgilio se la quita de las manos y la lanza por la ventana.

DON VIRGILIO: Ahí tienes tu puta mochila, Moyano.

Moyano es el apellido real de Schuster, que en realidad se llama Fernando, pero como es rubio y siempre lleva el mismo corte de pelo que el famoso jugador de fútbol, todo el mundo le llama por ese nombre desde que tenía cinco o seis años. Fernando Moyano *Schuster* se fue tranquilamente a secretaría a contarle al director lo que había ocurrido antes de pasarse a recoger su (puta) mochila. Acto seguido, el director sacó a don Virgilio al pasillo, habló con él, este cogió sus cosas, su libro de Latín, su lengua muerta, y se largó de allí, se supone que a su casa, pero hubo quien dijo que lo había visto dirigiéndose al bar de enfrente.

La hora terminó para la clase de Catalina sin dar la lección de Inglés, los hicieron salir un rato antes fuera, a Gimnasia, para que no anduvieran por los pasillos. A Schuster también lo mandaron a casa, más que nada para que no entretuviese a los alumnos con su hazaña: sabían que no iban a encontrar a esas alturas de curso a nadie que quisiera venir a dar clases de Latín durante las cuatro semanas que iban a estar sin don Virgilio. Aprobado general o nota media. Catalina agradeció que Schuster protagonizara el gran drama de esa semana en el instituto e hiciera olvidar a su clase el comentario de don Enrique.

Estaba muerta de hambre cuando los pusieron a correr. Odia hacerlo de este modo, sin destino aparente y en círculos. Le dolía el pecho y así se lo transmitió a la profesora cuando pasó a su lado. Era la sustituta de don Mariano y solo la recuerda como la idiota que le quitó importancia diciendo que si le dolía el pecho era porque estaba enamorada. ¿Qué les pasa a quienes dan clase de Educación Física?, se preguntó al oír esa respuesta. Le dolía mucho el pecho. A la tercera vuelta se desplomó sin conocimiento.

Falta de agua, le dijeron a Pablito, que fue quien vino a recogerla media hora más tarde. Cuando llegaron a casa, mamá la regañó. Cuando llegó papá y mamá le contó lo ocurrido, también la regañó.

—Esta niña está muy delgada —sentenció a su estilo, como si ella no estuviera presente o como si no se hubiera desmayado nunca, como si no hubiera tenido un episodio de ansiedad hacía poco más de un año por (según papá) algo tan absurdo como no llevar los deberes hechos un lunes a clase. Pablito repitió lo que a él le habían dicho, lo de la falta de hidratación, pero tampoco le importó a nadie.

—Tienes que engordar un poquito —suavizó mamá con el diminutivo cuando se le pasó el enfado, quizá se dio cuenta de lo injusto que era disgustarse con Catalina cada vez que está triste, enferma o le viene la regla, que le irrita porque no hay nada que hacer con la sangre de sus bragas. Por eso en su casa no se queja, ni llora cuando está afligida. Siempre está seria, por si le apetece estar triste de verdad, para abstraerse en su melancolía sin que nadie lo note. Que tenía que engordar, le dijeron, pero Catalina no quería ni quiere engordar, porque eso supone tener más tetas, más culo, más carne, y no. No ansiaba más de ese cuerpo. A partir de ese día abandonó las siestas para siempre y las sustituyó por un litro de agua para no engordar ni volver a perder el conocimiento. Si a mamá le funcionaba, suponía que a ella también.

Llevaba apenas un rato pegada a una botella de agua cuando sonó el teléfono. Lo cogió mamá. «Un *tal* Juan», dijo. ¿Por qué le daría el número de teléfono?, se reprochó Catalina. Se había enterado por Schuster de lo que le había pasado. Pero si a Schuster lo han mandado a casa, fue lo primero que le dijo. A Schuster se lo había contado Silvia después de clase. Juan ya no iba al instituto y Catalina ni siquiera sabía a qué se dedicaba el muchacho entonces, puede que no le importara o que no le interesara saberlo. Acabó la llamada respondiendo con monosílabos. «No. No. Bien. No.» Cuando colgó ya tenía a mamá encima, esperando para preguntarle quién era ese *tal* Juan, pero su hija guardaba la respuesta en el paladar desde hacía meses.

—Un compañero de clase. Me ha llamado para decirme las tareas para mañana.

Mentira. No había tareas de Educación Física, pero mamá no fue apenas a la escuela, así que no tiene ni idea de lo que se cuece en un instituto y Catalina se aprovechaba de ello. Por eso fue Pablito a recogerla cuando se desmayó, por eso es él quien va una vez cada mil años a las reuniones de padres o a cualquier cosa importante que tenga que ver con su educación, porque a mamá le da vergüenza solo de pensar que un profesor le pueda preguntar algo y no entender nada de lo que le diga. La misma vergüenza que le da a Catalina hacer algún comentario sobre el último libro que hayan leído en clase. Porque el miedo a que sepan que es tonta también es heredado, solo que a Catalina se lo refuerzan más que a Pablito, que no teme meter la pata porque tiene de referente a papá, que directamente piensa que lo sabe todo y por eso no necesita ir a las reuniones del AMPA, aunque le hayan retirado la licencia de conducir y haya cambiado de trabajo mil veces y ahora gane mucho menos y no se pueda hablar de ello en casa. Y por eso las notas las firma papá, excepto una vez que se enfadó porque mamá, Pablito y Catalina intentaron poner una estantería en la habitación de este a la hora de su siesta y se cayó nada más colocar los libros. Papá no se despertó por el estruendo que hizo al caerse, sino por el que hicieron sus risas ante tanta inutilidad para montar muebles. La siesta, como la seriedad, para papá es sagrada. Así que aquella vez estuvo tres días sin hablar a nadie y, como ella tenía que volver a las clases y aún no le había firmado las notas, las tuvo que firmar mamá. Antes de escribir su nombre en aquella cartilla, practicó varias veces en un papel aparte.

Mamá siempre le dice: Estudia, Catalina, que no te pase como a mí. Estudia, dice señalando a su alrededor, los muebles, la cocina, papá... Pero cuando estaba en el colegio le dejaba faltar todas las veces que quisiera por cualquier motivo: porque hacía frío; porque llovía mucho; porque era el último capítulo de *Santa Bárbara*, el último capítulo de *Cristal*, el último capítulo de lo que fuera; porque faltar de vez en cuando a un colegio para niñas no era algo grave. Años después, mamá niega que viera ninguna de esas telenovelas para adultos con ella, o que tratara a Catalina como a una especie de mejor amiga que la acompañaba los viernes a tomar café con churros para no estar siempre sola. Y cuando alguna vez se ha atrevido a recordarle algunas de esas cosas, mamá se lo ha rebatido agregando que, si acaso, veían juntas *El chavo del 8*, aquella serie en la que unos adultos iban disfrazados de niños aún más andrajosos que los de su barrio; solo por lo grotesco de la premisa, Catalina no era capaz de apartar la vista del televisor.

Al menos, cuando la llamó Juan por teléfono tuvo una excusa para no verlo aquel día, para reducir su cuadro de ansiedad a una pequeña zozobra. Esta vez se protegió con el miedo de otros para no verlo. El miedo de papá y de mamá. Un miedo que en realidad son tres miedos distintos desde que se deshicieron de *la enfermedad*:

El miedo a que la niña tenga un accidente.

El miedo a que la niña se corrompa.

Y el miedo a que la niña sea violada, siendo este el más popular de todos los miedos en los últimos años.

La vida siempre la había estado asfixiando lentamente, pero en el tiempo que llevaba con Juan el proceso se había acelerado y estaba a punto de colapsar, mejor dicho, ya lo había hecho durante la clase de Educación Física. Esa tarde se dedicó a buscar las palabras adecuadas y menos hirientes con las que decirle que no quería salir más con él. Debía ser todo lo protocolaria posible para evitar que fuera hablando mal de ella por ahí. Pero, por si cabía la posibilidad de continuar como hasta entonces, rebuscó entre lo que se suponía que la había atraído en algún momento de ese chico:

Su pelo largo. El póster de Nine Inch Nails de su habitación. La convicción que ponía en cualquier cosa de la que hablaba. Que le recomendase nueva música que creía que le podía gustar. Que le dijera que se pusiese más a menudo aquel vestido azul con el que sus amigos la vieron un día, porque le dijeron a Juan que así vestida estaba muy guapa.

Después pensó en los motivos por los que cuatro meses más tarde lo detestaba:

Su pelo largo (y sucio). El póster de Nine Inch Nails de su habitación (le parecía horrendo). La convicción que ponía en cualquier cosa de la que hablaba (como hacía papá, probaba que no sabía nada). Que le recomendase nueva música que creía que le podía gustar (y que en todo ese tiempo nunca hubiera llegado a acertar). Que le dijera que se pusiese más aquel vestido azul con el que sus amigos (incluyendo al tal Maikel) la vieron un día, porque le dijeron a Juan que así vestida estaba muy guapa (como si importara más la opinión sobre ella de sus amigos que la suya propia).

Últimamente le apetecía partirle la cara a Juan con todas sus fuerzas, sobre todo cuando le leía sus poemas. Cuánta violencia reprimida. Juan escribía con letras mayúsculas todo, como papá cuando le hace un justificante para no ir a una excursión de la que cree que volverá embarazada. Cuando Juan terminaba de leerlos se los daba y decía: «Toma, Cata, léelo tú». Y entonces ella tenía que volver a pasarlos por su cerebro que solo pedía un descanso. Eran siempre poemas acrósticos y, aunque todas las letras eran capitales, con la primera de cada verso se podía leer TE QUIERO.

Volvió a jugar en su cuaderno a las dos opciones. ¿Qué hago si vuelve a decirme que *lo hagamos* de una vez?

Opción 1: Me acuesto con él y después lo dejo.

Entonces se lo dice a su amigo Carlos y a Schuster y estos se lo dicen a todo el mundo, incluyendo al tal Maikel. Todo el mundo me llama puta. Una semana después unos cuantos tíos me meten en un portal como a Sara.

Opción 2: Decirle que no quiero acostarme con él y después lo dejo.

Pero aquí se abrirían otras dos opciones:

Opción 2a. Se siente humillado. Entonces le dice a todo el mundo que su exnovia es una estrecha y una rara. Todo el mundo vuelve a llamarme tortillera. Espero, paciente, a que acabe el instituto para irme a vivir lejos de aquí, a una ciudad donde pueda ser quien yo quiera.

Opción 2b. También se siente humillado, pero esta vez le dice a todo el mundo que nos hemos acostado igualmente. Todo el mundo me llama puta. Una semana después unos cuantos tíos me meten en un portal como a Sara.

Esas eran sus opciones. Quería romper, pero parecía que nada de lo que hiciera causaría ningún impacto en lo que pasara después.

Una semana más tarde, cuando no le quedaban excusas para no verlo, Juan venía con un regalo: un anillo. Dijo que era de plata. A ella le pareció bonito a simple vista porque era liso y plano y sin adornos, como lo que le habría gustado decirle a Juan a la cara en ese momento. No lo cogió. ¿Cuándo se iba ella a poner algo así?, le preguntó a Juan con hastío. ¿Es que no sabía ya de sobra que sus padres no debían saber que salía con alguien? De enterarse, la meterían en una jaula aún más pequeña y la cubrirían con un trapo negro para que tampoco pudiera saber qué había en el mundo exterior. Juan resolvió enseguida que Catalina se lo pusiera al salir y se lo quitase al entrar. Una cosa más de la que estar pendiente, algo que sumar a todas las mentiras que abundaban tanto en su cabeza que a veces las confundía con la verdad. Sin dejar de mirar el anillo le dijo que en realidad quería hablar seriamente con él, pero Juan la interrumpió rápidamente:

—Yo también tengo algo muy importante que decirte.

Él iba primero. Porque sí. Ya había aprendido que los hombres van primero en todo. Papá el que más, siempre es el primero en entrar al baño cuando vuelven de un viaje y quien va detrás se come el olor de su mierda. En esos momentos odió un poco más a Juan. Odió que intuyera que ella quisiese dejar de salir con él y que aun así prefiriera no indagar en sus deseos. Odió que no se hubiese dado cuenta en todo ese tiempo de que no le gustaba, o, peor todavía, que lo supiese y que, pese a eso, no le importase que a Catalina el solo hecho de imaginarse follando con él le revolviera el estómago. Odió que tuviese un anillo de plata como un plan B, ya que los poemas no surtían buena impresión. Odió que Juan tuviera que explicarle que aquellos versos eran acrósticos y que ella ni siquiera hubiera oído hablar de lo que era eso a pesar de que él no sabía ni dónde estaba la biblioteca y de que se suponía que ella debería estar aprendiendo ese tipo de figuras literarias en el instituto. Y, sobre todo, odió que tuviese que descubrirle que sus poemas escondían un TE QUIERO.

—Te quiero. Eso es lo que te tenía que decir. Lo he estado pensando y reflexionando estos días y necesitaba decirte que lo tengo claro contigo —le dijo sin tomarse una pausa para respirar en todo el enunciado.

—Pero eso ya me lo habías dicho antes —le contestó Catalina—. Hasta me lo has escrito en tus poemas.

—Ya, pero ahora es diferente: ahora estoy seguro.

Ella sabía que estaba improvisando, que sospechaba que estaba dispuesta a decirle finalmente que quería dejar de salir con él. Le soltó algo que creyó que la halagaría, porque que él quisiera estar con ella se hallaba por encima de si ella quería estar con él.

—Me duele la espalda —fue lo único que alcanzó a improvisar ella también, poniéndose las manos a la altura de los riñones.

—¿Nos sentamos ahí? —le preguntó Juan señalando el alféizar exterior de un concesionario abandonado que había junto a su casa. Llevaba años cerrado y dudaban de que alguna vez volvieran a abrir ese local para nada más. Seguramente, los que lo abrieron pensaron entonces que el centro de la ciudad llegaría algún día hasta ahí, que el barrio progresaría, que llegaría un momento en que tendrían alumbrado de Navidad y, quizá, un par de semáforos más en mitad de la avenida para poder cruzarla sin miedo a ser atropellados.

No quería mirar a los ojos a Juan, que aún tenía el anillo en la mano, así que pegó la cara al escaparate con las manos a cada lado haciendo sombra para ver qué había dentro. Aún quedaban dos cuadros colgados, de esos llamados en 3D, con manchas pequeñas y abstractas de manera clonada que, si se quedaba observando fijamente un buen rato, le devolverían a la vista una figura, en este caso, un coche en uno de los cuadros y en el otro, el logo de Seat. Entonces oyó a Juan saludar a alguien que se acercaba. Era Ana, la que ya lo había *hecho* a pelo con su novio, una que no había podido terminar el instituto. Ahora estaba haciendo una FP de estética, aunque no por eso había dejado de perfilarse con lápiz negro los labios. A Catalina todavía no la dejaban pintarse. Mamá había dicho que a partir del año que viene, como si ella tuviera muchas ganas, aunque ya se fijaba en cómo otras chicas se maquillaban y sentía cierta curiosidad, porque debía ser como llevar una máscara, como un trampantojo en el que esconderse hasta de su propia imagen en el espejo.

Ana se sentó con los dos un rato. Catalina vio que se le iba a hacer tarde para dejar a Juan. Ya lo haría mañana, se dijo. Si había aguantado cuatro meses podía aguantar un día más. Ana estaba saliendo con Carlos, el mejor amigo de Juan. Otro chico de barba y pelo largo. A veces iban los cuatro al Savoy, el único sitio del barrio que no era un bar de viejos ni una cafetería. Allí se miraban las caras hasta que los echaban porque iban a cerrar o porque llevaban demasiado tiempo haciendo manitas. Solo podían ir si iba Carlos, que era el único mayor de edad. Juan estaba a punto de cumplir los dieciocho (y seguía siendo virgen). Cuando Ana le preguntó a qué se dedicaba esos días, Catalina por fin se enteró de que Juan se estaba sacando el carné de conducir porque se lo pedirían en el trabajo.

—¿En qué trabajo? —preguntaron Ana y ella a la vez, aunque Ana hablaba más alto.

—Donde trabaja mi madre, que a lo mejor entro ahí —contestó mirando a su novia para ver qué le parecía.

Catalina sabía que la madre de Juan trabajaba en una cadena local de supermercados y que la hermana había empezado el año pasado en el mismo sitio. Las dos iban siempre muy maquilladas, también con el perfilador negro en los labios, como si se negasen a abandonar una moda que había caído en desuso hacía años, y el flequillo cardado como todas las chicas cuando ella aún iba al colegio. Parecían hermanas. También sabía que la madre de Juan tuvo a su hija cuando era un par de años mayor que ella, que se divorció y que encontró el trabajo que tenía ahora. A Catalina le caía bien, siempre le sonreía y era muy agradable con ella. Del padre de Juan no sabía nada, solo le contó una vez que, si lo viera por la calle, miraría para otro lado. Ella no le preguntó por qué. Catalina nunca pregunta nada, dando la impresión de que no quiere complicarse la vida ni entrometerse en saber qué sienten otros seres humanos, como papá no quiere pringarse con su hija, porque ambos deben de creer que preguntar da derecho al preguntado a hacer lo mismo.

Cuando Ana los dejó a solas, Juan le dijo a Catalina que estaba seguro de que pronto empezaría a trabajar en el súper, como repartidor, pero que entonces tendría que cortarse el pelo. «Estoy pensando en raparme ya», dijo cogiendo un mechón de los cabellos de Catalina, aún más largos que los suyos entonces. Mamá quería que lo tuviese así para la primera comunión y, que ella recordase, desde los ocho años solo se había ido deshaciendo de las puntas muy de vez en cuando. Un pensamiento fugaz cruzó su cabeza tan rápido que casi no le dio tiempo a retenerlo porque Juan le mostró el anillo de nuevo. Catalina cogió el anillo y besó al muchacho en los labios.

—Tengo que irme a casa.

A casa. El sitio al que menos le ha apetecido llegar jamás excepto en estos momentos en los que ya no tiene dónde refugiarse, piensa mientras ojea la tercera revista de decoración en la tienda de la gasolinera. Si la vida fuese un cementerio, su casa sería un ataúd a mucho más de dos metros bajo tierra. El toldo marrón, las cortinas marrones, los sofás y los sillones de color marrón, los muebles marrones, el suelo de terrazo gris y negro y marrón. Sabe que las paredes fueron alguna vez blancas pero ahora también tienen ese tono que recuerda a unos dientes manchados de café. Mamá dijo que este verano tocaba pintarlas, porque en casa ya huele demasiado a humedad y tabaco, y ella todavía no ha dejado de temblar desde que se lo anunció porque, aunque están a finales de agosto, las clases no empiezan hasta mediados de septiembre y aún hay tiempo de que le toque pasar por ese infierno. A ella le gusta pintar, pero no repasar el gotelé. Y, además, intuye que al final mamá no le dejará coger la brocha, sino que la mandará exclusivamente a mover estantes y a limpiar las gotas que no hayan podido contener las hojas de periódicos atrasados que mamá lleva meses guardando para la ocasión, los mismos con los que papá esperaba poder forrar sus libros de texto de este año. Después querrá que le saque brillo a la madera de los muebles y a unos objetos de metal dorado que son de adorno pero que no adornan ni lucen nada. De su casa solo le gusta el cenicero negro de papá. Uno de esos de pie, hecho de madera, que llegan a la altura de los brazos del sofá y que Catalina usa para apoyar los libros cuando el hombre duerme la siesta. Ella se apodera de su sillón durante al menos veinte minutos, lo que tarda mamá en fregar la cocina y encender la tele para ver los toros, o la telenovela de turno que ya nunca ve con Catalina porque los gustos de su hija se independizaron para dejar de estar tamizados por los suyos. Antes del cenicero, lo que más le gustaba era una lámpara, también con pie de madera, cuyas patas se asemejaban a las de un león. La rompió a comienzos del curso pasado. Estaba haciendo las tareas de dibujo técnico en la mesa pequeña del comedor y papá se levantó, como siempre, sin avisar, haciendo que estropeara la última cartulina sana que tenía para realizar los deberes un domingo por la tarde. Un grito violento le salió del cuerpo, un grito verdadero de un cuerpo que sentía falso, y con el mismo Rotring con el que había echado a perder el pentágono regular apuñaló llorando la pantalla de la lámpara diciendo cuánto odiaba estar en el mundo. No recuerda que papá o mamá la regañaran por ponerse así. No lo recuerda porque se desmayó, y con apremio la llevaron a Urgencias, aunque había vuelto en sí al cabo de un minuto. Papá y mamá consiguieron relajarse después de unas horas en el hospital, cuando les informaron de que aquello no tenía nada que ver con *la enfermedad*. Les dijeron que su hija solo tenía un cuadro de ansiedad. A papá le pareció ridículo el diagnóstico: tanto escándalo por hacer las tareas. Aunque luego bien que se enfadaba si su hija traía algún suspenso. En lugar de llevarla a un psicólogo, la mandaron a aquellas clases de recuperación donde conoció a los chicos profanadores de piscinas. En cuanto a la lámpara, ahora se encuentra en un rincón de la casa a la espera de que alguien la repare, como el coche que al final papá tuvo que llevar al descampado más cercano. Catalina no cree que la lámpara vaya a tener una segunda oportunidad, pero ahí no se tira nada. Ni siquiera tiraron los restos de su cabello cuando fue a que se lo cortaran.

Se quiso cortar el pelo para no gustar a Juan, para que don Enrique no le mirase las tetas, para que don Mariano no la sacara nunca más a hacer el pino puente, para volver a entrar en casa de Silvia sin que su padre le prestara atención, para parecer otra cosa que no fuera una chica o lo que los demás entendían que debía ser una chica. Si hubiera sido por Catalina, se habría amputado todo el cuerpo, pues no le traía más que problemas, pero entonces solo pudo deshacerse del pelo. Su pelo. Un pelo castaño que le llegaba casi hasta la cintura y con el que jugaba a menudo entre los dedos o le servía de calmante cuando estaba ansiosa. Se metía las puntas en la boca y las chupaba hasta que se quedaba sin saliva. Quería dejar de ser un gusano ciego con hebras de pelo de seda para poder alcanzar el sueño de cualquier polilla: salir volando.

—Quiero cortarme el pelo —le dijo a mamá.

—¿Por qué? ¿Es que estás loca? Con lo que *nos* ha costado que lo tengas así de bonito.

«Te vas a arrepentir», le dijo una y otra vez mamá, que tiene el pelo corto casi desde el mismo momento en que se casó. Pero Catalina insistió en que era *su pelo*, amenazando con coger las tijeras y cortárselo ella misma: suicidarse peludamente. Por fin, mamá le pidió cita en la peluquería del barrio a la que tantas veces la había acompañado.

Allí también intentaron disuadirla dejándole una melenita por los hombros primero, siguiendo las instrucciones de mamá, haciendo como que no la habían oído. Sin embargo, Catalina reiteró que lo quería casi al cero. Era lo más rápido para cambiar de cuerpo, la otra opción era engordar treinta kilos, pero eso le habría llevado tiempo y habría tenido que escuchar después cómo la llamaban gorda todo el rato.

—Vas a parecer un chico —le advirtió el peluquero como si no existieran otras palabras.

—Córtelo todo —le exigió ella.

Mamá fue a recogerla al cabo de media hora y al verla se mordió el labio superior, llevándose las dos manos a la cabeza, poniendo los ojos en blanco y haciendo sonidos ininteligibles. Dramatizó el disgusto un buen rato, quizá para ver si así el peluquero le dejaba más barato algo que ella misma podría haber hecho con una maquinilla eléctrica en casa y, sobre todo, para que su hija supiera que la encontraba horrenda.

Al volverse hacia el espejo, Catalina vio a un chico. Un buen chico. Uno con el que tal vez le gustaría salir y al que dejaría que le echase la ceniza del cigarrillo en la bebida porque dicen algunas en el instituto que eso es afrodisiaco y a ella le gustaría probar en sus carnes qué es tener libido. Lo miró bien, intentando penetrar en esos ojos a través de su reflejo, y se dio cuenta de que era un chico sin ningún deseo sexual. Uno que no olía a pies ni escondía la *Playboy* bajo la cama.

Cuando salió de allí, llamó a Juan desde una cabina para quedar esa tarde con él. Catalina le había contado que había ido a la peluquería, pero no que se había cortado tan radicalmente el pelo. Quiso que se vieran en su casa, mejor si estaban su madre y su hermana para protegerse de cualquier comentario negativo, anticipándose a que se sintiera humillado al no haberle pedido permiso también a él como se lo tuvo que pedir a mamá. Papá, al verla, se puso contento, como si le hubiesen quitado un camión de encima. «Estás mejor así», dijo, y fue la primera vez desde que le habían crecido las tetas que lo oyó dirigirse a ella de forma tan directa. Eso la dejó sin habla un momento, pero en cuanto se recuperó le dedicó una mirada triunfal a mamá, que también lo había oído. La única razón por la que había conservado el pelo tan largo durante todo ese tiempo era por miedo a que no le dejaran hacer ni siquiera eso con su propio cuerpo.

Cuando Juan abrió la puerta se quedó con la cara de alguien que está a punto de escuchar su tema favorito y al que de repente no le funciona el walkman.

—Pero ¿qué has hecho, Cata?

Ella sonrió como si nada y entró como si nada en su casa y como si nada le dijo hola a su madre, que se asomó desde la cocina porque había oído a su hijo preguntar a su novia qué había hecho.

—Qué moderna —le dijo la madre de Juan, que siempre era muy amable.

Catalina no dejaba de tocarse el cráneo porque no podía creer lo sensible que estaba y lo placenteros que unos dedos, los suyos propios, podían llegar a ser. Habría dejado incluso que Juan le acariciara la cabeza si no fuera por cómo notaba que la detestaba en esos momentos. La miraba diciendo con los ojos «por qué me has hecho esto a mí». La miraba pensando en que sus amigos no volverían a repetirle que su novia tenía un polvo nunca más. La miraba dándose cuenta de que era tan alta como él y que, de espaldas, podrían ser confundidos perfectamente con dos maricas. Y Catalina le devolvió la mirada pasándole el testigo. Que buscase él las excusas para dejar de salir juntos, porque para entonces ya había asumido que era una novia mediocre y que tenía muy poca imaginación para abandonar a nadie. Esa noche se metió feliz en la cama.

En menos de un mes acabarían las clases. Su nuevo aspecto se convirtió en la última sensación en el instituto. Guillermo le aseguró que se parecía a Sinéad O'Connor. Guillermo era mejor que tener abuela, se dijo. A los chicos les llamó la atención su corte de pelo, pero no tanto como a las chicas. Algunas de ellas se turnaban entre clase y clase para pasarle los dedos como si su cabeza fuese de terciopelo. Esta nueva impronta, junto con la de tener nuevas amigas y atención de repente, le pareció bastante más placentera que besar con lengua a Juan. Sin duda el corte había valido la pena. Pensó que era una lástima que no lo hubiera hecho a comienzos de curso porque para después de las vacaciones le habría crecido bastante y ya nadie se acordaría de ella. Hasta Susana, la repetidora, comenzaba a verla con otros ojos. Pocos días después de cortarse el pelo se encontraron a primera hora en la cafetería del instituto. Las dos habían olvidado que ese lunes no tendrían clase de Latín porque don Virgilio seguía de baja después del altercado con Schuster. Era la primera vez que Susana y ella cruzaban más de dos palabras. Le contó que en realidad era *tripitidora* o, como le aclaró: «licenciada en Segundo de BUP». Catalina se rio al oír eso y Susana terminó la frase: «Si es que paso de curso algún día». Desayunaron sin decir mucho más y al poco aparecieron Guillermo, Silvia y alguna otra chica de la clase. No sabe cómo lo hizo Susana, pero dirigió la conversación hacia el sexo con aparente sencillez. O tal vez ese era el único tema de conversación del momento y Catalina no se había dado cuenta antes. Se acordó de Juan, cuya forma de cortar con ella había sido no dar más señales de vida. Tanta preocupación, tanta dilación y protocolo para dejarlo y mira qué fácil había sido para él. Un día antes lo había visto por la calle y solo le había dicho hola mientras seguía caminando, sin detenerse en ningún momento como había hecho ella, parada y planchada con su anillo todavía en algún rincón de su mochila. Esa mañana Susana dijo entre otras cosas que para ella un orgasmo era como un estornudo. «¿Y para vosotras?», preguntó incluyendo a Guillermo en ese apelativo femenino al que esta vez no manifestó ninguna oposición, tan solo fingió que se mantenía al margen pasando las hojas de un periódico. Con la tranquilidad de saber que esa chica le llevaba unos años de ventaja en el mundo, Catalina contestó: «No sé, todavía soy virgen». Susana arrugó la frente y se rio.

—Qué tendrá que ver tener un orgasmo con ser virgen.

—Ya..., qué tonta soy, tienes razón —respondió Catalina amedrentada, incapaz de mirar a nadie a los ojos—, supongo que se pueden hacer más cosas.

—Sobre todo —acudió Susana tomándole a Catalina un dedo de la mano— te las puedes hacer tú misma.

La chica volvió a reírse como si estuviera rodeada de niños muy pequeños que hacen y dicen bobadas. Catalina no tenía ni idea de lo que esa chica estaba hablando, no se había tocado ni había dejado que la tocaran, ¿cómo iba a saber lo que era un orgasmo? Además, nunca había oído decir a una chica que se masturbara. El timbre para el cambio interrumpió la cháchara de la cafetería con su tañido estridente. Guillermo y las demás se levantaron primero. Antes de que Catalina se despegara de la silla, Susana le pasó la mano por la cabeza casi rapada, apretando con los dedos en dirección opuesta a como le crecía el cabello, desde la nuca hacia arriba. Ella le devolvió la mirada de un pajarillo asustado. Se quedó un rato más allí sola, percibiendo aún el rastro que había dejado esa chica usando los mismos dedos con los que había dicho que se daba placer y caricias a sí misma.

Catalina se mira en el cristal sucio de la tienda pasándose los dedos a contrapelo como le hizo Susana aquel día, buscando una sensación parecida con desesperación. Ya no tiene el pelo tan corto, sino lo suficientemente largo para tocar la punta de un mechón con la lengua. Tampoco parece un chico. Solo parece inquieta. Mira al de la gasolinera envuelto en sus quehaceres, sin adarme de premura. No puedo fiarme de nadie. Voy a llegar tarde por su culpa. ¿Por su culpa?, se sorprende pensando ella misma. Ni siquiera lo conozco de nada. Catalina se acerca al mostrador, deja la revista y se dirige a la puerta.

—He cambiado de opinión. La verdad es que tengo prisa.

—Tú verás —le responde el muchacho mientras vuelve a colocar la revista en su sitio.

Catalina sale de allí trotando más rápido que cuando corría en las clases de Gimnasia. El desvío está totalmente vacío y no hay ninguna señal que indique que ningún coche pase por allí. Las chicharras siguen zumbando tanto como a primera hora de la tarde, aunque ya haya anochecido. Piensa en lo rápido que llegaría con la bici que tanto le ha negado mamá (puede que en pos de preservar su virginidad), en lo mucho que le pesa la mochila, todas las mochilas que pesan sobre sus hombros, sus hombros, sus brazos, sus caderas, sus piernas, su cabeza, incluso los cuatro dedos de cabello que le han crecido durante estos meses.

«Algún día nos acordaremos de esto y nos reiremos», dice en voz alta. Es una entusiasta, una cría decidida a soportar el mundo como sea, y a no morir, al menos, no sin haber hecho algunas de las cosas que ha ido apuntando en una lista aunque sabe que, conforme pasen los días, los meses, los años, el catálogo se irá ampliando hasta que se dé cuenta de que la mayoría de esas tareas han quedado obsoletas o son imposibles de completar en lo que le quede de vida. El camino se hace más llevadero mientras las enumera.

Saltar en una cama elástica.

Volar una cometa.

Patinar sobre hielo.

Decorar mi habitación y ordenar los libros por colores, porque algún día tendré decenas de libros y de discos.

Criar gusanos de seda para verlos salir volando.

Ser buena en una cosa, lo que sea.

Dejar una hermosa huella en alguna persona que conozca.

Acostarme con alguien que de verdad me guste y a quien guste de verdad.

Al llegar a ese punto la invade un viento negro, tal vez porque la lista está prácticamente vacía de lo que importa.

Tener derecho a estar triste.

Ser escuchada.

Resarcirme del daño. (O al menos no tener que volver a ver a quien lo hizo.)

No sabe qué tendrá que hacer para tachar la venganza y el rencor de la lista. No puede volver atrás, tan solo unas horas en el tiempo, para hablar ni decir siquiera cómo se siente, puesto que primero tendría que saber qué siente y aún no lo sabe con certeza.

Quiere llorar, pero no le sale, de modo que grita y corre por la linde de la carretera deseándose la muerte. Solo porque va a llegar tarde, solo porque tiene miedo a llegar tarde, solo porque está en mitad de la nada, solo porque el padre de su amiga, el mismo que ha querido mil veces que fuera su propio padre, la ha acorralado junto a un árbol frente a su parcela y la ha besado. La ha besado pero también le ha tomado la mano, se ha fijado en la herida aún sin curar que le ocasionó mamá con la cuchilla, pero el hombre no le ha preguntado cómo se la hizo. En lugar de eso se ha llevado la mano de Catalina a la ingle, se ha desabrochado el pantalón y ha hecho que le tocase. Ella nunca había tocado así a nadie, ni a sí misma. Tampoco había visto un pene tan de cerca. Cuando ahora se acuerda de lo que ocupaba aquello entre sus dedos, su fisonomía, su textura, lo que llenaba aquel espacio, le resulta extraño. Un trozo de carne compacta que no tiene nada que ver con lo que intuía bajo los pantalones de deporte de sus compañeros de clase, incluso de los de don Mariano. Durante cuánto tiempo ha estado su mano ahí, él guiándola. Cuando por fin ha entendido que Catalina no quería y que estaba a punto de echarse a llorar solo ha dicho «shhhhhhhh» mientras le tapaba la boca con una mano. Con la otra ha puesto sus dedos enormes sobre los de Catalina para hacerlo todo más rápido y terminar cuanto antes. Y ha acabado, y le ha colmado hasta la muñeca de aquel líquido viscoso y, después, cuando ha visto sus ojos húmedos, sus mejillas ardientes, su cara descompuesta entre la curiosidad, el miedo y la repulsión, quizá ha comprendido que la amiga de su hija no sabía nada de sexo. Enseguida se ha sacado un pañuelo de tela del bolsillo y se ha limpiado solo a sí mismo antes de abrocharse de nuevo. Ha sido entonces cuando ha dicho «Perdona» y Catalina, en ese momento, se habría dispuesto a borrar de su memoria lo que acababa de suceder. Pero el hombre ha vuelto a abrir la boca, causando tanto dolor con lo que salía de ella como con los silencios con los que iba espaciando las frases.

—Pero esto es culpa tuya...

»Tú te lo has buscado...

»Me has estado provocando todo el tiempo...

¿Qué ha pasado después? Ha ido rauda hacia la casa para coger sus cosas —la mochila—. ¿Dónde demonios las había puesto? Después se ha apresurado hacia la misma entrada, ahora salida, para largarse de allí. En la escasa vereda entre la casa y el comienzo de la parcela se ha tropezado con Silvia, que venía de frente hacia ella. Pero si había dicho que se estaría echando una siesta junto a la piscina. ¿De qué lugar había salido? ¿Habría visto algo? Catalina la ha examinado un segundo y ha echado a correr, incapaz de mirarla dos veces a los ojos. Sin embargo, ahora le gustaría llegar a casa y encontrarla esperándola en su portal. Fantasea con que lo haya oído todo; peor: con que también lo haya visto. Imagina que se detiene frente a su amiga, que esta le grita y le dice que es una puta y no quiere volver a verla. Catalina se agarra a Silvia, suplicándole que la escuche. «Yo no he hecho nada», le dice, aunque todavía piense que ha contribuido a esa nada. Hará lo que Silvia quiera pero que la perdone, que todo vuelva a ser como antes, porque prefiere morirse a que se enfade con ella. Entonces Silvia la abraza y ella por fin llora, llora en su hombro, el hombro inexistente en el que necesitaría apoyarse ahora mismo.

Se descubre llorando de verdad, no en su imaginación. Lo que más miedo le da es perder la normalidad que le aporta su amiga. Catalina no necesita acusar a ese hombre, solo le gustaría que Silvia supiera que ella no tenía intención de hacer nada de lo ocurrido. Pero es su padre, incluso si lo ha visto u oído todo tampoco sabe cómo su amiga lidiará con eso. Cómo se sentiría ella si viera a papá haciendo lo mismo con Silvia. Cree que se pondría de inmediato de parte de su amiga. No hay vínculo real alguno con papá, se dice, pero sabe que se engaña, porque tampoco hay un vínculo verdadero con Silvia, aunque ahora le parezca la persona más importante del mundo. Si de verdad los ha visto, se hará sus propias conjeturas y se alejará de ella, mirando hacia otro lado, lidiando con esto en otra historia, otra memoria, otro cuerpo. Se observa la mano. Sigue sucia y pegajosa como después de comer sandía. Se agacha y coge un puñado de tierra para limpiarse o al menos para tener una suciedad distinta. La sensación de restregarse las manos con la tierra seca le amaina el llanto. Le recuerda a las pocas veces que jugaba sentada en el suelo con ella. Echa de menos ser pequeña, pero no demasiado pequeña. Echa de menos tener nueve o diez años, cuando ya no era una renacuaja pero aún faltaba mucho para tener la regla. Su torso todavía era plano; y el verano, largo y sin desazón. Incluso aquel, el de su décimo cumpleaños, aunque en esa ocasión no pudieran ir de vacaciones a la playa. Tampoco es que la playa le gustara entonces, pero ese agosto iba a ser diferente porque papá, que aún la llamaba por su nombre, Catalina, como si fuese el más bonito del mundo, había prometido regalarle una cometa. Su sueño de izarla se vio aplazado un año más. Para que no se aburriera, mamá la apuntó a unas clases de verano muy cerca de casa. A ella le encantaron solo porque eran unas clases mixtas; saber que también habría niños —no solo niñas— la hizo sentir importante. Había un niño de más edad, Miguel, que entraba y salía cuando le daba la gana, cada día traía un pretexto para no hacer sus deberes y la maestra se lo consentía, haciendo que aquellas clases perdieran el valor que ella les había otorgado en un principio. Lo odió por eso hasta el día en que se presentó con un pájaro en una caja de zapatos agujereada. Él lo llamaba golondrina y la maestra, vencejo. Dijo que lo había estado cuidando y que ya estaba listo para volar. Antes de soltarlo, Miguel sacó al pájaro de la caja y le preguntó a Catalina si lo quería acariciar. Era muy suave. Los demás creyeron que le temblaban los dedos porque le daba miedo el pájaro, pero aquel tacto la condujo a una emoción distinta: lo que le daría placer a esa niña aún no había sido escrito por nadie. Salió unos pasos detrás de Miguel hasta la plazoleta, donde lo vio extender los brazos y abrir las manos. Ella se hizo visera con las suyas, como hacía mamá cuando la buscaba entre las sombrillas de la playa otros veranos o como haría ella el día que izara una cometa. Acaba de cumplir dieciséis y todavía no sabe lo que es eso. Se levanta y sigue corriendo porque le gustaría hacer todas las cosas que guarda en su lista, pero para eso necesita primero llegar a casa y seguir viva. Cómo puede ser eso una tarea tan ardua para una chica.

Por fin está frente a la carretera principal y no recuerda que el chico de la gasolinera le dijera izquierda o derecha, pero hay señales con el nombre de la ciudad apuntando hacia la dirección que debe tomar. Ya no corre, no tiene por costumbre hacer ejercicio y le falta el aliento. Se siente cansada como una señora de sesenta años y el corazón le late a gran velocidad, pero sabe que latiría igual de rápido aunque no hubiera corrido en absoluto.

Pasan algunos coches, no muchos, por fortuna. No se atreve a caminar por el arcén, la iluminación es bastante pobre y prefiere quedarse detrás de las vallas de seguridad, aunque eso le dificulte el paso. La hierba seca, las ortigas y los cardos que le llegan a la altura de las rodillas la retrasan aún más. Aún siente la compañía de las chicharras a estas horas, señal del calor reconcentrado. Un camión pasa y le hace comer el polvo.

Asume que no llegará a casa antes de las diez, la hora de la cena. A ese paso puede que llegue a medianoche. Para entonces, a papá le habrá salido una calentura en la boca y mamá tendrá los ojos del revés porque no están habituados a que su hija les dé muchos problemas, aparte de morderse los dedos y, sin que lo sepan, mentirles con historias cada vez más descabelladas. ¿Cómo has podido hacernos esto?, dirán. No volverán a dejarme salir en la vida, se dice ella. Hace años que mamá no consigue darle un bofetón, pero es probable que hoy, con lo cansada que se encuentra, deje que la zurre sin oponer resistencia. Espera que Pablito esté en casa y despierto para cuando llegue. Lo mismo no se atreven a matarme en su presencia, se dice.

Ya solo quedan las luces rosáceas que anteceden a la noche. El chico de la gasolinera tenía razón, esto es una locura. A pesar del calor, ella vuelve a tener frío: ha sudado y corre una brizna de viento. Se refugia en la sudadera.

¿Qué dirá cuando llegue, si es que llega? El agotamiento la ha dejado sin imaginación. Piensa algo, Catalina, se dice, ¿qué podrías decirles? Ni siquiera saben que ha estado en la parcela de Silvia, ni siquiera saben que los padres de Silvia tienen una casa en el campo y que ha ido otras veces. Seguro que Silvia ya la encontraba rara por querer irse siempre sola en autobús o por no esperar a bajarse con ellos. ¿Qué dirá cuando se entere de que ha llegado tarde o de que no ha llegado? Oh, Silvia. Lo que más le gustaba de ella era que tenía un padre que hablaba a su hija mirándola a los ojos, que tenía un huerto y arreglaba lo que se rompía en su casa, que ayudaba a Silvia con los deberes, que la abrazaba. Catalina se acercó a él porque pensaba..., ¿qué pensaba? Ni siquiera se había dado cuenta de cómo la acechaba hasta el día de los espárragos. Entonces se alejó como pudo. Hasta se echó un novio y se rapó la cabeza. Pero luego ha regresado. ¿Qué creía aquel hombre que Catalina quería de él?

Se sube la ropa para tocar su cicatriz palpitante. Ojalá me hubiera muerto de aquella enfermedad, piensa, así no tendría que estar pasando por todo esto. Pero ella no se quiere morir, lo que quiere es no tener carne que tocar ni boca con la que hablar, así estaría segura de no herir a nadie, porque ahora está tan abrumada que podría decir cosas terribles. No oye nada a su alrededor, ni siquiera ya a las chicharras. Puede que lleven tanto tiempo zumbando que ha dejado de notarlas, como a su propio ser. Lo único que quiere es gritar. Porque se siente como un cerdo en un matadero. Porque no sabe buscar el afecto dentro ni fuera de casa. Porque el padre de su amiga la ha besado y ha hecho que lo toque y, cuando no se ha visto correspondido, la ha amenazado con decir a sus padres que es una guarra, una buscona. Porque ella no tiene la culpa de nada, mucho menos de haber venido al mundo, mucho menos de llegar de forma inesperada, de tener una forma inesperada, una forma perniciosa. Porque está harta de que le digan que es ella quien desata el peligro contra sí misma solo por pisar la calle. Porque quiere un cuerpo que no le haga daño. Porque no tiene otro. Porque es lo más preciado que tiene, lo único que tiene. Porque sin cuerpo no es ni está. Quiere gritar porque es lo que debe hacer en este instante para sobrevivir. Porque es el mismo cuerpo que aborrece quien le pide que deje a ese grito salir. Y grita, y gracias a que grita y berrea como una bestia, el chico de la gasolinera frena cuando la ve en plena noche al pasar junto a ella con la moto.

—¿Estás bien? —dice quitándose el casco—, anda, sube.

A ella le falta el aire. Ya no grita pero tiene miedo. ¿Y si le pide hacer algo que no quiere? ¿Y si le pone la mano encima como el hombre que la ha llevado hasta la gasolinera? Teme que le enumere en voz alta una lista sacada de una *snuff movie* con todo lo que podría haberle hecho aquel tipo. Que después le diga yo no te voy a violar ni a matar ni nada pero me vas a hacer una mamada a cambio de dejarte cerca de tu casa o si no te dejo aquí tirada y lo mismo te recoge uno que es peor que yo. Que entonces Catalina piense que debió llamar a Juan y follárselo de una vez, porque al menos a él lo conocía. Que el chico de la gasolinera le diga que se está hartando de esperar a que se decida, que no debería haber hecho autostop y que si lo está haciendo es porque esto se lo está buscando. Que va tentando la suerte. Que le diga mira cómo estoy por tu culpa, mientras se baja la bragueta, mira cómo me tienes. Que le enseñe la polla. Que le diga «cógela». Que tenga que coger esa parte de su cuerpo que encuentra tan crucial y ridícula al mismo tiempo y que tenga que explicarle cómo masturbarle porque ella solo lo ha hecho una vez en toda su vida, hace apenas unas horas. Que después ponga una mano en su nuca para obligarla a bajar la cabeza. Que le ordene «chúpala». Que chupe y que después le diga que en realidad todo eso es por su bien, así no se le ocurre volver a hacer autostop nunca más. Y entonces se ponga el casco de nuevo y se vaya y la deje como estaba, pero con la boca llena y pegajosa, como pegajosa tenía la mano hace un momento.

Vuelve en sí, a contactar con la noche, con las chicharras, con su propio cuerpo al que reza y pregunta en silencio qué hacer como si fuera su dios. Y ahora mismo lo es porque no hay nadie más ahí dentro, ni siquiera la criatura caníbal a la que ofrece la piel de sus dedos. En este instante, hasta el rencor la ha abandonado. No preguntes nada, se instiga, acércate y súbete a la moto.

—Un momento —le dice el chico bajándose, y ella se echa hacia atrás muerta de miedo unos segundos—, voy a sacar otro casco para ti, que ahora es obligatorio.

Catalina respira de nuevo. El muchacho le parece la persona más buena del mundo solo porque no es un violador. Al principio no quiere rozarlo y se sujeta poniendo las manos en la parte de atrás del asiento, pero cuando coge velocidad no tiene más remedio que agarrarse a su cintura. Es la primera vez que se sube a una moto. La brisa hace que le lloren los ojos y ella aprovecha para soltar unas lágrimas que nada tienen que ver con el viento. El chico de la gasolinera la nota tensa, la ha visto dando alaridos como los de un elefante y con los ojos enrojecidos hace un momento, pero no le tiene ningún miedo a Catalina, a pesar de la violencia de sus gritos. Para hacerla reír, le cuenta a voces que ha visto a gente en la gasolinera más rara que ella. Catalina ya no cree que el chico vaya a hacerle daño, así que intenta relajarse y disfrutar de lo que queda de viaje y hasta de oír su propia risa, no por las bromas, sino porque al chico también le lloran los ojos a causa del viento y sus lágrimas se estampan en las mejillas de ella. Es lo más singular e íntimo que ha tenido nunca de otra persona. Por fin entran en la ciudad. Catalina aprovecha un semáforo para mirar la hora en su muñeca; quizá no llegue tan tarde después de todo. El chico se gira un poco y le pregunta dónde vive. Ella le contesta que no se preocupe, que la deje en cualquier parada de autobús.

—Déjate tú de tonterías. Ya que estoy me da igual llevarte adonde sea, de verdad.

Ella juega a las dos opciones por última vez esta noche con la respuesta:

Opción 1. Le digo una calle cerca de la mía. Me bajo, me despido y camino hasta casa. Llego cuando ya han quitado la mesa. Me castigan sin salir.

Opción 2. Le doy la dirección exacta, algún vecino me ve bajar de la moto y papá y mamá acaban por enterarse, aunque para cuando eso ocurra me da tiempo a inventarme la mentira 23.214 y quizá salga indemne de todo esto.

Pronuncia el nombre de un barrio y una calle cuando la luz ámbar del semáforo aún parpadea. La moto arranca y cree que el camino se le hará tan largo como si lo hubiera hecho andando. Es incapaz de ver la suerte que ha tenido hasta que vuelve a agarrarse, esta vez más tranquila, apoyando la cabeza en el hombro que llevaba necesitando toda la tarde.

Cuando llegan, Catalina se baja de un salto, pero no se quita el casco hasta cerciorarse de que no pasa nadie que la conozca. Al fin se lo devuelve. Le da las gracias de todo corazón y él se apresura a decirle algo antes de que se vaya:

—Mira, no sé en qué andas metida pero deberías hablar con tus padres. O con alguien. Me llamo Bernardo. ¿Y tú?

—Catalina, pero me llaman Cata. Me tengo que ir, de verdad —dice girándose hacia su portal.

—¡Espera! —grita el chico—. ¿Tienes un papel y un boli? Te voy a dar mi teléfono. Por si vuelves a tener problemas.

Saca apurada el papel enrollado de su mochila y se lo ofrece por la parte en la que no se ve que es un volante médico. También coge el boli, pero le advierte que está casi gastado. El chico se saca un mechero del bolsillo del pantalón y pasa la llama un par de veces por la punta del bolígrafo, apoya el papel sobre el depósito de la moto y escribe. Se lo devuelve con un número de seis cifras que indica que el prefijo es el mismo para los dos. Ella se queda mirando el papel un momento, entonces se acerca un poco más, le quita el casco, lo apoya en el suelo con cuidado y abraza al muchacho, lo abraza con gratitud y con todas sus fuerzas porque no quiere que ese día se quede en el día en que, sino que se convierta en el día en cómo.

Se encamina hacia el portal. Oye la moto arrancando mientras la puerta se cierra. Sube corriendo por las escaleras, para que nadie en casa note que respira de forma entrecortada por otras razones. Cuando está a punto de llamar al timbre, su reloj dice que faltan dos minutos para las diez.

Le abre Pablito, sin mirarla a la cara, como siempre. Catalina va a lavarse las manos a la cocina, usando una buena cantidad de lavaplatos, porque papá está usando el baño para lo mismo. Sin terminar de secárselas ayuda a poner la mesa.

Cena en silencio, seria, fingiendo ver el telediario. Está segura de que, incluso si le hubiera pasado *algo*, pero no algo como lo que le ha pasado esta tarde, sino *algo algo*, *algo peor*, como diría mamá, ella no lo mencionaría con tal de que no le prohibieran salir. Tiene menos miedo de que la agredan, de que la violen, de encontrarse a mil padres como el de Silvia, que de estar metida en una jaula o en una cajita con agujeros. Papá y mamá le dirían que solo piensa así porque no le ha pasado nunca nada *de verdad*, pero ella ya sabe que la lista con todas las vejaciones sufridas y por sufrir es aún más grande que la de las cosas que le quedan por hacer en esta vida.

Pincha el último trozo de tortilla para llevárselo a la boca y lo mastica despacio, pensando qué va a hacer con el número de teléfono que esconde en el bolsillo. De momento, mete la mano y acaricia el papel con dos dedos, como hace con las fichas de los libros antes de sacarlos de la biblioteca.

AGRADECIMIENTOS

Gracias a Yolanda B., por acompañarme durante estos últimos años en esa travesía de abrazar al cuerpo.

Gracias a mis Luciérnagas, por sostenerme si me caigo, por alumbrarme allá donde piso.

Gracias al resto de mis amigas, todas y cada una de ellas, siempre, en especial a Rebeca Rodríguez, por señalarme las lecturas adecuadas que me ayudaron a confiar en lo que ya llevaba escrito.

Gracias a José Martín S., por hacerme la vida más fácil, dejarse querer y quererme sin juzgarme.

Mil gracias a Elena Ramírez, Jesús Rocamora y el equipo de Seix Barral, por el entusiasmo y el cariño empleado para hacer brillar mis palabras.

Y gracias al jurado del Premio Biblioteca Breve, por galardonar un manuscrito que no había dejado leer a nadie de mi entorno. No lo saben, pero también han premiado la seguridad en mí misma, mi promesa de volar sola, como una polilla.